Sur l'auteure

Sara Baume est une Irlandaise d'une trentaine d'années vivant dans la campagne de Cork. Sa vie est tout entière tournée vers la littérature à laquelle elle se dédie corps et âme après avoir étudié les beaux-arts et la création littéraire. Son premier roman, *Dans la baie fauve*, a été sur la dernière liste du *Sunday Independent* Newcomer of the Year, du Irish Book Award et du *Guardian* First Book Award 2015.

SARA BAUME

DANS LA BAIE FAUVE

Traduit de l'anglais (Irlande)
par France Camus-Pichon

10/18

LES ÉDITIONS NOIR SUR BLANC

Ce livre a été publié
avec l'aide de Literature Ireland

LITERATURE
IRELAND
Promoting and Translating Irish Writing

Titre original :
Spill Simmer Falter Wither

ISBN : 978-2-264-07369-3
Dépôt légal : janvier 2023

Pour maman, bien sûr

PROLOGUE

Il court, il court, il court.

Et il a l'impression de courir comme jamais encore il n'a couru. Il est la crue qui a fait exploser le barrage, et il dévale le flanc de la colline, il creuse dans l'herbe un chenal aussi large que la plus large partie de son corps. Il trébuche dans les ornières. Couche les tiges de séneçon. Les pissenlits et le mouron, les orties et les patiences sauvages.

Cette fois, aucune chance de flairer une piste pour se remplir la panse. Aucun barreau d'acier pour mettre fin à sa course, aucune chaîne tendue à se rompre, aucun beuglement pour le faire rentrer par la ruse ou la menace. Cette fois, il est plus loin que jamais, laisse derrière lui chaque point de repère sur la ligne d'horizon, chaque bosse et chaque pylône qu'il connaît par cœur.

C'est la meilleure saison pour débusquer un blaireau. C'est une journée pleine de bruine. Il y a assez de vent pour courber les troncs les plus minces et assez de crachin pour transformer les longs poils de son dos en une toison mouillée. Il y a assez de sang pour dégouliner dans sa barbiche, lui éclabousser les pattes de devant lorsqu'elles s'élèvent et plongent. Il y a aussi quelque chose de chaud, d'humide qui bat contre son cou. C'est de la taille d'une coquille d'escargot et ça fait un bruit de ventouse à chaque fois. C'est attaché à un lambeau de cartilage qui pendouille d'une partie de lui, mais impossible d'identifier laquelle.

S'il s'arrêtait, s'il examinait le flanc de la colline, les ornières, le séneçon, les pissenlits, le mouron, les orties et les patiences sauvages, il s'apercevrait que son champ de vision est réduit de moitié à droite, qu'à gauche c'est le noir complet sauf s'il tourne la tête. Mais il ne s'arrête pas, remarque seulement les brins d'herbe encombrants, les lances de la pluie, les soulèvements d'insectes minuscules et le sang qui jaillit du mauvais côté de sa toison, dehors alors qu'il devrait être dedans.

Il court, il court, il court. Et il n'y a ni chemin ni courant pour le détourner de son but. De la racine de son cerveau à sa boîte crânienne aucune impulsion ne lui dit autre chose que : COURS.

Maintenant il est One Eye.

Il est en route.

PRINTEMPS

Tu me trouves un mardi, où je vais en ville comme chaque mardi.

Tu es affiché dans la vitrine de la brocante. Une photo de ta tête estropiée et, au-dessous, un appel : RECHERCHE MAÎTRE COMPATISSANT ET TOLÉRANT, SANS AUTRE ANIMAL DE COMPAGNIE, NI ENFANT DE MOINS DE QUATRE ANS. L'annonce partage la vitrine avec une veste en peau de mouton, un tambourin en bois d'hévéa, un canard empaillé et un kit de calligraphie. La veste est informe et le tambourin crevé. De la sciure s'échappe du canard et il doit manquer des encres, des plumes ou du papier au kit de calligraphie, très certainement le mode d'emploi. Cette brocante a quelque chose de triste, mais je l'aime bien. J'aime ce minuscule refuge pour l'imperfection. Je m'arrête toujours devant la vitrine pour rêvasser, et toujours elle m'aide à me sentir un peu moins horrible, un peu moins étrange. Mais je n'avais encore jamais remarqué les petites annonces. Il y en a plusieurs, chacune avec un texte de quelques lignes sous une photo floue. Ensemble elles forment un pêle-mêle d'yeux implorants, de fronts au pelage plissé par l'inquiétude, de queues figées dans un mouvement plein d'espoir. Les phrases contiennent des mots comme

CASTRÉ, VACCINÉ, TATOUÉ, DRESSÉ À LA PROPRETÉ. Chaque truffe moite dans cette vitrine est censée chercher un FOYER POUR LA VIE.

J'étais parti acheter une boîte d'ampoules à incandescence car je ne supporte pas le manque de luminosité de celles à basse consommation, leur démarrage hésitant suivi d'un ronronnement parasite si doux qu'il me fait croire qu'un nerf de mon oreille interne ou un vaisseau vital de mon lobe frontal a lâché. Je m'arrête et, les mains jointes, j'étudie le dragon cracheur de feu peint sur la peau du tambourin, les pattes jaune vif du canard vissées sur un socle en cèdre, ses ailes en extension qui ne peuvent pas voler. Et je me demande s'il manque vraiment le mode d'emploi du kit de calligraphie.

Tu es affiché tout en bas dans un coin. Ta photo est la moins nette, ta tête la plus sinistre. Je suis obligé de me pencher pour t'examiner de plus près ; et dès que je bouge, l'ombre de mon corps obscurcit la vitrine de la brocante et c'est moi que je vois. Mon crâne dépasse de ton dos comme une excroissance bizarre. Ma propre tête estropiée me dévisage avec désolation dans cette obscurité.

Le refuge se trouve à quarante minutes – et trois grosses cigarettes roulées – de chez moi en voiture. Il occupe une bande de terrain sur la ligne invisible au-delà de laquelle usines et lotissements font place aux forêts et aux champs. D'un côté, le faîte des toits, de l'autre celui des arbres. Sous les pieds, du béton, et partout des cages au grillage gainé de PVC, ébranlé par les tremblements inquiets de créatures MALTRAITÉES, ABANDONNÉES, BATTUES. Jouxtant les cages, un bâtiment au toit en terrasse et aux murs préfabriqués, avec un bloc de parpaing sous chacun de ses quatre angles. Planté dans le béton, un panneau avec l'inscription : ACCUEIL. PRÉSENTEZ-VOUS EN ARRIVANT.

Je ne suis pas le genre de type qui agit. Je n'ai pas trop envie de gravir les marches et de pousser la porte, mais pas trop envie non plus de désobéir aux consignes. Ma main droite cherche la gauche et elles se soutiennent mutuellement. Je monte et elles frappent en chœur. La porte s'ouvre. À l'intérieur, une femme assise derrière un grand guichet entre deux armoires métalliques. Elle a quelque chose de fragile. Elle paraît trop petite pour le guichet, mais ça ne vient pas de là. C'est à cause des veines saillantes sur ses tempes, à cause de ses paupières couleur d'œil au beurre noir.

« Lequel ? » dit-elle en me montrant une feuille avec des photos miniatures. Lorsque je pose le bout de l'index sur ta truffe miniaturisée, elle sourit discrètement. Je signe un formulaire et je verse un don. La femme fragile parle dans un talkie-walkie et un gardien du chenil vient m'attendre à la sortie du bâtiment préfabriqué. Je m'imaginais que ce serait plus compliqué.

Cet homme est triangulaire. Des épaules massives sur des jambes en échalas, une silhouette de légume-racine. Il a un collier et une laisse à la main. Il les agite d'avant en arrière et parle fort en me faisant traverser le refuge : « Il faut piquer ce clebs, j'avais dit en le voyant, et vous savez quoi ? Voilà qu'il plante ses crocs dans la joue d'un compagnon d'infortune qui lui faisait des amitiés et il refuse de le lâcher. Tenez, celui-là. »

Il désigne un cocker au pelage cuivré dans une cage, avec une couverture de bébé et un hamburger couineur en caoutchouc. Le cocker lève les yeux à notre passage et je vois deux trous roses dans l'une de ses babines.

« Sale petit vicelard. Il a fallu que je lui desserre les mâchoires et je me suis fait mordre à mon tour. Aucun dressage ne viendra à bout d'un caractère pareil. Un jour de plus et on le piquait, vous savez. »

Je hoche la tête, même si le gardien du chenil ne me regarde pas. Je l'imagine chez lui, dans une maison où toutes les plantes vertes appartiennent à sa femme et où la pelouse a été goudronnée pour devenir une immense allée de garage. Les murs sont couleur magnolia, les placards de la cuisine contiennent des stocks de pain de mie « à toaster » dont il se sert non seulement pour les toasts, mais pour tout.

« Il chasse les rats ?

— Pour ça oui, répond le gardien, c'est un bon petit ratier. Tenez, le voilà. » Et il pointe l'index vers toi. Tu es tout seul, à l'isolement dans une cage près des bennes à ordures. Il y a la puanteur de la viande avariée, des centaines et des centaines de globules desséchés, collés à l'intérieur des boîtes de conserve mal rincées. Il y a la poussière, les papiers de bonbons et les gobelets en carton qui tourbillonnent, amenés par le souffle de la circulation routière : *whoomph !* Il y a des jappements et des gémissements au coin de l'allée, hors de notre vue. C'est un endroit triste, et tu es plus petit que ce à quoi je m'attendais.

Tu grondes lorsque le gardien t'attrape par la peau du cou et te met ton collier, mais tu n'aboies pas. Et quand tu marches, il n'y a pas de violence ni de malveillance dans ta façon de bouger. Tu n'as rien du paria que j'imaginais. Tu fais profil bas, tu rampes presque sur le sol, comme sous le poids d'un gros bloc de peur.

« Doucement, te dit le gardien. Doucement. »

À quoi je peux ressembler, vu de ton œilleton solitaire ? Tu m'arrives tout juste au mollet et je suis massif comme un rocher. Mal fagoté, avec une barbe mitée. Les traits passés au rouleau compresseur, le poil pareil à de la limaille de fer. Quand je reste immobile, je me voûte sous le poids de mon propre bloc de peur. Quand je marche, je clopine sur mes pieds de cul-terreux et mes jambes mal proportionnées. Mes rotules calleuses sortent par les déchirures de mon jean et mes mains battent l'air maladroitement, bêtement. Elles m'ont toujours donné du fil à retordre. Je n'ai jamais trop su quoi en faire quand elles ne battent pas l'air. J'ai la sale habitude de tirer sur les bouts de peau autour de mes ongles, lentement et sans que ça saigne. Quand je me promène, je bats l'air pour m'empêcher de les arracher, et dès que j'arrête de marcher je pose les mains sur mon ventre. J'entrelace mes doigts pour me retenir. Quand je suis seul chez moi sans bouger, c'est en fumant que je m'empêche de tirer sur mes peaux.

Sous certaines lumières et certains angles, ou à voir mon reflet sur certaines surfaces, je suis un vieil homme. Je suis un vieil homme sur le pare-brise de la voiture et le dos de ma cuiller à soupe. Un vieil homme sur la fenêtre du salon à la tombée de la nuit et dans les étroits miroirs de part et d'autre du réfrigérateur de l'épicier. Chaque fois que je m'apprête à fermer les rideaux, que je me penche pour prendre du lait, de la margarine ou des yaourts aux fruits des bois, je vois un vieil homme. Mon front fait des plis qui viennent me chatouiller les globes oculaires, mes dents tachées sont couleur ocre, les rides entre mes sourcils si profondément gravées qu'elles ne disparaissent jamais, même quand je souris. J'ai beau rester indifférent à ma propre odeur, c'est sûrement celle d'un vieil homme. Plus une odeur de moisi, de porridge et de pisse que de sucre, de pomme et de savon.

J'ai cinquante-sept ans. Trop vieux pour prendre un nouveau départ, trop jeune pour baisser les bras. La première syllabe de mon prénom est aussi celle de « rayon de soleil » ou « rayon de lune ». Mais je suis bien trop solennel et pataud pour ressembler à un rayon de lumière, et de toute façon mon prénom n'est jamais qu'un son bizarre de plus qui sort de la bouche des hommes pour te désorienter, te distraire des ordres qui composent ton vocabulaire habituel. Sur une étagère de ma bibliothèque il y a un livre aux pages gondolées par l'humidité, mais qui parle de la façon dont les oiseaux, les poissons et les animaux communiquent, et on peut y lire qu'un chien comme toi finit par comprendre jusqu'à cent soixante-cinq mots humains, presque autant qu'un enfant de deux ans. Ça m'étonnerait, mais c'est ce qu'on peut lire dans ce bouquin aux pages gondolées.

À une époque, sous certaines lumières et certains angles, j'avais des cheveux noir corbeau aux reflets d'un bleu électrique, mais ils sont maintenant mouchetés de gris comme une corneille ébouriffée. J'en fais une tresse qui descend sur la bosse de mon dos de rocher, et parfois je me dis que, si j'avais des gens avec qui blaguer, on me surnommerait GRAND SACHEM à cause de la largeur de mon visage, de ma coiffure de femme, et de mes yeux larmoyants au regard nostalgique et fuyant. Seulement je n'ai personne avec qui blaguer. Ma cage à moi a des murs, des fenêtres et des portes au lieu d'un grillage aux mailles gainées de PVC, mais c'est quand même un isolement. Je suis tout seul, comme toi.

Partout où je vais, j'ai l'impression de porter une

tenue de spationaute qui me protège des autres. Une grande combinaison brillante qui masque à quel point je me sens petit et terne à l'intérieur. Je sais que tu ne la vois pas ; moi non plus, mais quand je marche dans la rue en clopinant et en battant l'air les hommes adultes descendent dans le caniveau pour éviter de frôler cette combinaison invisible. Quand je fais la queue à la caisse du supermarché, la caissière sonne pour aller aux toilettes. Quand je passe en voiture devant une aire de jeux pour enfants, il y a presque toujours une jeune fille au pair qui mémorise mon numéro minéralogique : 93-0Y-5731.

Tout le monde croit que je ne m'en rends pas compte. Mais si.

« Monte ! » te dit le gardien.

On est tous les trois sur le parking bétonné, et tu refuses de grimper dans la voiture. L'homme triangulaire commence à s'énerver. Il doit être près de midi et dans son esprit il est déjà assis à la cantine, sa bouche déjà en train de mordre dans un gros sandwich. Il te soulève du sol et te plante sur la banquette arrière.

« Te voilà à ta place. » Sa voix manque de conviction, de sincérité. « Bonne chance. »

Tu essaies de résister au claquement de la portière, tu tournes la tête dans tous les sens à la recherche d'autres issues. Elle a quelle odeur, ma vieille bagnole ? Un mélange de sel, d'huile, de poussière, de pop-corn rance et d'épluchures racornies ? La banquette arrière est recouverte d'un plaid rouge aux fibres incrustées de sable. Tu as déjà vu du sable ? Ça m'étonnerait. Tu baisses la tête comme pour contempler tous ces minuscules cailloux nacrés. Sur le siège du conducteur, je boucle ma ceinture, je mets le contact. Aux premiers crachotements du moteur, tu lèves la tête vers la lunette arrière. Tu regardes le bâtiment préfabriqué se réduire à la taille d'une carte postale, puis d'un timbre-poste, et disparaître.

On quitte la ville et on arrive en banlieue. Au bord de la route, des cerisiers en fleur qui crachent des pincées de pétales roses sur les flots de voitures. Tu vois les rhododendrons, les cytises prêts à éclore, les forsythias et les saules pleureurs ? Il y a assez de lauriers pour en faire une haie autour d'un stade, et chaque coup d'accélérateur transforme tout en une bouillie de couleurs terreuses, de formes longilignes. Mais tu as un mouvement de recul devant cette bouillie, et tu t'étires. Tu t'aventures à l'avant de la voiture, escaladant tant bien que mal le frein à main et le siège du passager. Tu te tapis sous le tableau de bord, avec la chaleur du moteur tout contre ton dos et seulement une fine plaque de tôle entre toi et les chuintements du bitume. La banlieue cède la place à une route à quatre voies, les fleurs de cerisiers à un terre-plein central couvert d'une pelouse en friche. L'écume blanche des pâquerettes mousse dans l'herbe plus rase. Un beau petit coin de nature sauvage, un minuscule refuge pour l'imperfection.

Mais tu ne veux pas sortir pour le voir. Tu restes sous le tableau de bord, d'où seule ta truffe dépasse. Elle frétille comme un ver. Qu'est-ce que tu renifles par les aérateurs ? Des pollens, des odeurs d'essence, de peinture ? On longe des maisons avec des gens à l'intérieur, des magasins avec des marchandises à l'intérieur et des églises avec des dieux en plâtre à l'intérieur, on fait le tour d'un rond-point et on s'engage sur la petite route qui va chez moi. Prépare-toi pour les nids-de-poule, les virages, les dos-d'âne. Tu te cognes la tête contre la boîte à gants et tu grognes, un vrai grognement de cochon. Si ton œil manquant était dans ta truffe qui frétille comme un ver, tu verrais le jaune à son zénith d'un champ de colza sur une toile de fond d'un gris velouté : celui du ciel. Tu verrais le colza s'effacer devant le bleu infini de la mer. Elle a déjà vu la mer, ta truffe frémissante ? Ça m'étonnerait. On suit la courbe de la baie, on se gare à cheval sur le trottoir devant une maison rose saumon, celle de mon père, qui est aussi ma cellule d'isolement, mon chez-moi.

Parfois je me dis que, si je desserrais le frein à main n'importe où sur la planète, la voiture reviendrait toute seule jusqu'ici, elle roulerait jusqu'au trottoir de la rue donnant sur la baie, à contrecœur mais irrésistiblement. Sauf que je ne suis jamais allé n'importe où sur la planète. D'abord je ne saurais pas comment y aller.

Tu refuses de descendre de la voiture. Je suis accroupi par terre et toi tu me foudroies du regard depuis ta cachette. J'ouvre la portière en grand pour laisser entrer l'air salé. Il est dense, grisant, avec des relents écœurants de pourriture, de poisson, de marée et d'humidité. Ta truffe les flaire, se réveille et frétille. Elle entraîne tes pattes de devant qui entraînent le reste de ton corps. Tu grognes, mais plus avec la même intonation ; cette fois, c'est un grognement interrogateur. À contrecœur mais irrésistiblement, tu sors de ton abri, et te voilà au bord de la mer.

Bienvenue chez toi, One Eye, mon bon petit ratier.

Je ne sais pas trop où je suis né. À l'hôpital, je suppose. Entouré de scialytiques, de draps frais sortis de la lingerie et d'un chariot d'instruments d'obstétrique stérilisés. Difficile pour moi de me représenter un inconnu en blouse de chirurgien brandissant ma petite personne nue et braillarde comme si c'était un jambon grillé. Je préfère feindre d'être né tout seul sans faire de bruit, sans flots de sang. Ici même, dans la maison de mon père. Je préfère croire que la maison a accouché de moi, que j'ai glissé dans la cheminée, atterri sordidement sur les chenets, et qu'à ma première inspiration j'ai inhalé des tourbillons de cendre froide.

La maison de mon père est l'une des plus vieilles du village. Deux étages recouverts d'un toit d'ardoises pentu. Certaines ardoises sont cassées et d'autres de travers, chacune duvetée de vert, festonnée de minuscules hérissons de mousse. La façade est rose saumon, le toit pareil au versant d'une colline fabriquée par l'homme, rabotée et déformée par l'affaissement du sol en profondeur. Un commerce occupe presque tout le rez-de-chaussée, raison pour laquelle une enseigne est suspendue entre deux jardinières. C'est un salon de coiffure, ce qui veut dire qu'à travers le plancher montent des bruits d'eau et de casques chauffants, des chansons à succès, le cliquètement des talons hauts et le rire strident de la coiffeuse polonaise faisant semblant d'accueillir comme une amie la dernière personne entrée.

Quand j'étais petit, ce rez-de-chaussée abritait la boutique d'une modiste. Elle laissait toujours deux mannequins décapités dans la vitrine, et je ne comprenais pas pourquoi elle les habillait à la dernière mode sans se soucier de remettre leur tête en place. J'avais peur que, la nuit, les visages oubliés de ces mannequins ne rongent la paroi de leur placard et ne viennent rôder entre les présentoirs de vêtements endormis. Je jurais les avoir entendus grincer des dents et se traîner sur la moquette dans un bruissement de sourcils. Après la fermeture de la boutique, sa vitrine a servi de panneau d'affichage pour les annonces d'un agent immobilier. Pendant plusieurs années, j'ai pu inspecter en douce toutes les maisons à vendre ou à louer des trois villages alentour sans quitter le sentier devant chez moi. Enfant, j'imaginais ma vie dans chacune de ces maisons jumelles récemment rénovées aux murs crème, avec cuisine intégrée. Et dans chacune d'elles je m'imaginais différent, tout neuf, meilleur.

En plus du salon de coiffure, il y a un traiteur chinois, un épicier, un *fish and chips* et deux pubs. C'est un village d'ornithologues amateurs et de flâneurs, de vieillards, d'alcooliques, d'hommes en salopette de couleur vive. À une extrémité il y a aussi d'énormes cuves de carburant : celles de la raffinerie. À l'autre, une cheminée à rayures rouges et blanches qui ressemble à l'enseigne d'un coiffeur pour hommes : celle de la centrale électrique. Au milieu, une réserve naturelle. Les cols-verts et les grèbes barbotent joyeusement sous le crachin. Immobiles, à mi-pattes dans la vase laissée par la marée, les hérons se font passer pour des statues. À cause de la raffinerie et de la centrale électrique, le village est parcouru par un murmure. Pris en sandwich entre ces deux sources de pollution sonore, les oiseaux crient et chantent de plus belle.

Suis-moi de l'autre côté de la grille, le long de l'allée conduisant à la porte d'entrée. Voici le vestibule qui ressemble à une usine de recyclage de vêtements. Des lainages, du tweed et de la toile huilée accrochés aux portemanteaux recouvrent mes bottes en caoutchouc, le radiateur, la rampe. Aucune de ces vestes n'est à moi ou presque, du moins elles ne l'étaient pas à l'origine.

Là, c'est la cuisine exiguë et sombre, avec ses carreaux ébréchés sur les murs et ses taches d'origine indéterminée sur le lino. Elle sent l'ail, la fumée de cigarette, les poubelles ; et les poubelles sentent les épluchures d'ail, le marc de café et les mégots. Laisse les poubelles tranquilles, d'accord ? Interdiction de voler les boîtes de conserve, les os de poulet, les kleenex transformés en sculptures abstraites par la morve durcie. Ça, c'est ma tasse enduite d'un dépôt noirâtre et indélébile. Si j'étais gitan, je te lirais l'avenir dedans comme dans les feuilles de thé, et si j'étais visionnaire je te montrerais les traits de Jésus au fond. Tu le vois ? Tu vois le visage de Jésus ?

Maintenant suis-moi dans l'escalier adossé à la cloison du salon de coiffure, jusqu'au palier du premier étage. Regarde mes assiettes de collection qui recouvrent le plâtre en décomposition. Elles viennent des quatre coins du monde. Celle avec une photo de saint Georges, des Bermudes. Ce martin-chasseur est australien, et ces hommes moustachus qui bradent leurs coquelets, portoricains. Voilà Andorre et son téléphérique, Majorque et ses amandiers, Hawaii avec le nom de l'île en relief et en lettres dorées, mais ma préférée est celle de Djibouti. Aucune idée de l'endroit où ça se trouve.

Cette pièce à la moquette cachée sous des tapis, c'est ma chambre. Chaque tapis a été tissé avec des lambeaux de ceux d'inconnus vivant dans des pays lointains. Ces inconnus ont de plus grandes familles que nous mais moins de biens, des vêtements de couleurs plus vives mais un avenir plus sombre, et je me sens curieusement plus proche d'eux que des gens qui se détournent de ma combinaison spatiale dans la rue. Voici le lit, le fauteuil à bascule, la penderie, et puis la cheminée, les chenets sur lesquels la maison a accouché de moi. De part et d'autre, deux seaux, un pour le charbon et un pour les bûches. Je les débite à la hache sur un billot en frêne derrière la maison. Le frêne est le bois le plus solide, celui sur lequel tous les autres se fendent inexorablement. Ce qu'elle sent, ma chambre ? Le champignon, les moutons de poussière et la résine. Regarde ces moisissures noirâtres sur le mur du fond, elles forment une constellation à l'envers : le ciel nocturne est un mur blanc criblé d'étoiles noires, humides, duveteuses.

Derrière ce rideau de perles en bois se cache la salle de bains, et quand on les agite les perles bruissent comme une cascade de bonbons, une fuite dans une usine de boutons. Interdit d'aller dans la salle de bains, d'accord ? Interdit de lécher les éclaboussures sur l'émail des sanitaires. Des rubans multicolores pendent d'un lambris en pin sur deux, jusqu'au sol. C'est après la disparition de mon père que j'ai cloué ces arcs-en-ciel au plafond. Parfois je marche dessus et ils claquent comme une minuscule cravache. Parfois ils s'entortillent autour de mes bras et de mes jambes et je les arrache sans le vouloir. Ils sont agaçants. Je sais qu'ils sont agaçants. Et pourtant à chaque fois je les cloue de nouveau. L'oiseau jardinier en moi y tient.

Allons dans la salle de séjour qui mérite bien son nom : on y passe l'essentiel de sa vie. J'ai entendu un jour à la radio que les animaux voient le monde comme les daltoniens, que le tien est plus jaune, plus bleu et plus gris que le mien. Si c'est vrai, les murs du séjour vont éblouir ton œilleton solitaire, désolé pour toi. Ils sont peints de la couleur du jaune d'œuf. La fenêtre est orientée au sud et touche la charpente. Voilà le canapé, la table basse, le téléviseur presque toujours éteint avec son écran transformé en miroir sombre, en réplique miniature de la pièce vidée de son éclat. J'ai l'air d'un vieillard sur cet écran. C'est l'un des endroits où je suis vieux. Voilà les rideaux, les plantes grimpantes, les photos dans leurs cadres. J'oublie toujours d'arroser les plantes vertes, jusqu'à ce que le terreau soit si sec que l'eau s'écoule à travers et dégouline sur la moquette. Ou bien la plante meurt de soif et se gorge tellement d'eau que ses feuilles deviennent toutes molles, pâles et spongieuses : elle boit jusqu'à se noyer. Ça, c'est mon aloès, tu vois les bulles à travers sa peau translucide ? Regarde cette photo dans un cadre. Ces inconnus souriants, j'ignore qui ils sont. Je me contente d'acheter des cadres et les photos qui vont avec. Celles de figurants choisis par le fabricant, qu'on a fait poser.

Les oiseaux jardiniers sont les artistes de la Création ; incroyablement sensibles à la beauté, ils construisent leurs nids comme des sapins de Noël en forme de vortex. On les voit dans un des livres sur une des étagères chargées de reliures de toutes hauteurs et de toutes couleurs, à différents stades de décomposition. Des livres, encore des livres, toujours des livres, s'élevant comme des tours sur la table basse, alignés le long des plinthes. Ils sentent quoi ? Les poissons d'argent, la colle craquelée, les toasts rassis, le scotch jauni.

Et là, au fond du couloir, la dernière pièce, celle avec une échelle et une trappe pour monter sous les combles où les rats ont niché. Tu vois la poignée usée, la serrure sans clé ? Tu vois le bourrelet de porte en forme de serpent avec sa langue en feutre rose, fourchue et menaçante, qui dépasse d'une couture grossière ? Interdiction d'entrer dans cette pièce, compris ? Je n'y mets pas les pieds moi non plus.

Je m'aperçois que tu m'observes attentivement, que tu sursautes au moindre mouvement brusque. Tu es encore effrayé, alors que je n'ai même pas élevé la voix. Tu t'attends à ce que je brandisse un collier étrangleur ? À ce que je te retourne une claque sur le museau ou que je te flanque un coup de botte ? Là, je vais devoir te faire sortir par la porte de la cuisine et t'enfermer dans la cour, juste quelques instants. Il faut que j'aille acheter à manger et j'hésite à te laisser si vite seul. Une boîte de pâtes à la tomate, des biscuits au gingembre, une brique de lait et des sardines à l'huile.

La cour est un carré de travers entouré d'un mur de pierre, avec une porte en bois qui ouvre sur le jardin voisin. Du béton fissuré et du gravier recouvrent le sol, avec un peu de végétation par endroits. Un géranium herbe à Robert, un pied de fumeterre, des euphorbes, quelques variétés moins belles. La plupart des plantes vertes ou brunes qui s'étiolent dans les pots alignés le long du mur d'enceinte sont les squelettes de l'été dernier. Des brocolis violets montent déjà en graine. De petits moulins à vent tournoient furieusement entre les squelettes. Ailleurs, des herbes couchées par le vent tressaillent sur le gravier. Cette bâche usée protège le billot en frêne, le tas de bois, le tuyau d'arrosage. Ici, le séchoir à linge qui tourne au vent, la table avec son plateau de verre, les chaises de jardin ; et là, des dizaines de balises fracturées d'un orangé ou d'un jaune délavé, plus des dizaines de fragments, certains tranchants, la plupart polis par la mer et inoffensifs. C'est une collection – ma collection. S'il te plaît, ne pisse pas dessus en mon absence.

Quand je pars, tu es assis sur le paillasson. Tout le corps tendu comme pour encaisser un coup. Tu as l'air si lugubre et vulnérable, quand je pars. Tu lèves la tête et regardes la porte de la cuisine se fermer.

Je sors par-devant et me voilà dans le village, un vent salé souffle en rafales de la baie, un sachet de chips vide roule sur le trottoir, une guirlande de fanions claque contre un poteau téléphonique. April, la fille de l'épicier, parle fort au téléphone en scannant mes achats, elle oublie de me proposer un sac. J'imagine depuis toujours qu'April est née en avril, qu'elle a trois sœurs respectivement prénommées May, June et July, et peut-être un unique frère appelé December, car si l'été est une femme, l'hiver est forcément un homme.

De retour devant la grille, le lait et les biscuits sous un bras, les boîtes de conserve sous l'autre, je me débats avec la clé lorsque je te vois, et tu es en train de t'enfuir. Tu sors de l'allée du voisin. Tu traverses la route jusqu'au remblai qui suit la courbe de la plage et tu le longes en courant, dépassant les lampadaires et les massifs de fleurs.

Où as-tu puisé la volonté de sauter si haut ? Plus d'un mètre cinquante pour escalader cette porte en bois. Quand tu as atterri dans la cour identique de la maison voisine, tu n'as pas été déçu de trouver encore le même béton, la même euphorbe et le même séchoir à linge, encore un mur de pierre, encore une porte aussi haute ?

Tu cours, tu cours, tu cours, comme si en courant tu pouvais comprendre. Et moi je regarde, impuissant. Tu arrives à l'autre bout du village et tu sembles ralentir. Maintenant tu t'arrêtes, tu te retournes pour contempler la distance que tu viens de parcourir. Tu me vois, sur le trottoir ? J'ai lâché la brique de lait et suis tombé à genoux. Un ruisseau de lait entraîne le sachet de chips vide dans le caniveau. Soudain je me fiche que des gens me voient et m'entendent, qu'ils me reconnaissent ; je me fiche de ce qu'ils pensent. Les bras en croix, je t'appelle encore et encore, de plus en plus fort, mes cris portent jusque dans la baie et font s'envoler les huîtriers.

ONE EYE ONE EYE ONE EYE ONE EYE !

Pourquoi t'arrêtes-tu brusquement ? Parce que tu as oublié où tu vas, que tu n'es plus chez toi nulle part, que tu ne vois rien de plus familier que ce que tu viens de laisser derrière toi ? Cet homme à l'odeur de moisi et de porridge, cet homme-rocher avec sa tresse, sa voiture et sa maison rose saumon, ce village qui murmure. Voilà que tu t'assois dans le fossé. Tu ne bouges plus jusqu'à ce que je te rejoigne. Je glisse les doigts sous ton collier, et tu te laisses ramener sans résistance.

On dîne de pâtes à la sauce tomate et de sardines, avec une montagne de toasts beurrés et bien grillés. On mange une boîte de sardines chacun, sauf les arêtes centrales friables que j'extrais de la chair, de la peau et de la sauce sur mon assiette pour les jeter entre tes mâchoires impatientes. Des sortes de fils de la Vierge pendent de ta barbiche, et quand ils touchent le carrelage de la cuisine ils forment une flaque de bave visqueuse. Il y a quelque chose de splendide dans ta façon de trôner au milieu de ta bave visqueuse, et ça te va bien. La splendeur te va bien.

*

Tu restes à la porte du séjour pendant que je sors le vieux fauteuil.

Avec mes ciseaux à couture, une agrafeuse, une pelote de ficelle et une pile de couvertures élimées en laine polaire, je vais te fabriquer un lit. Ce vieux fauteuil a une assise anormalement large et basse, comme un siège d'enfant dans une nursery, du temps où on pouvait encore envoyer les enfants dans ce genre de pièce avec pour consigne de ne pas faire de bruit. Il m'est si familier que je ne sais plus d'où il vient, seulement qu'il a toujours été là. Je soupçonne mon père d'avoir été l'enfant assis en silence et, devenu trop grand pour le fauteuil, de l'avoir trimballé avec lui jusqu'à cette maison. Vu de près, le bois de ses accoudoirs arrondis est piqueté de traces d'ongles minuscules.

Tout est rempli d'histoires, m'a dit un jour une voisine âgée, justement celle qui m'a appris à coudre. J'étais alors tout petit, trop petit pour comprendre que l'apparence de la plupart des choses est trompeuse, et leur signification changeante. À cause de ce qu'avait dit cette voisine, j'ai ouvert avec un couteau à pain la couture dans le dos de Mister Buddy, mon ours en peluche préféré. Je cherchais des histoires, j'ordonnais aux mots de jaillir et de former des lignes horizontales comme dans mes livres de contes. Au lieu de quoi j'ai découvert que Mister Buddy était entièrement rembourré de nuages miniatures. J'ai remis les nuages à l'intérieur et je l'ai fourré sous la machine à laver pour que mon père ne voie pas mon forfait. Et s'il n'a jamais rien vu, moi j'ai entendu pendant des années le bouton qui tenait lieu de nez à Mister Buddy claquer contre le mur à chaque essorage. La machine ne marche plus, mais elle est toujours au même endroit dans la cuisine, et je suppose que Mister Buddy aussi.

Le dossier du vieux fauteuil est en osier crasseux. Un fin cannage comble l'espace sous l'accoudoir gauche, mais à droite il a disparu. Le coussin d'origine a disparu lui aussi, mais j'en confectionne un de remplacement avec une couverture polaire trouée et un monceau de lambeaux de tissu, pliant, assemblant, cousant. Sur le cannage noir de crasse, je tends un plaid à carreaux bleus et roses. Regarde comme c'est moelleux et coloré, comme ce sera joli et confortable.

Je transporte ton nouveau lit dans la cuisine. Je n'ai jamais eu d'animal de compagnie plus gros qu'un kiwi, et pourtant l'idée me vient que dans une maison la cuisine est le meilleur endroit pour faire dormir un chien. J'installe ton lit dans le recoin où sont suspendus les tabliers. « Couché, dis-je. Bon chien. » J'éteins et je ferme la porte. Toi d'un côté, moi de l'autre.

Tu n'aimes pas qu'on t'abandonne. J'aurais dû m'en douter. Tu n'as jamais dû rester seul dans une cuisine au sol froid et glissant, aux murs construits à l'aide d'engins sophistiqués qui soupirent, vibrent et font bip-bip. Tu entends le goutte-à-goutte du robinet ? Tantôt la tuyauterie se dilate et se contracte comme si les murs faisaient craquer leurs os, tantôt ce sont des grattements derrière les plinthes, un ou deux rats qui restent de la nichée. Tu entends mon raffut au-dessus de ta tête ? Le lavabo qui se vide, mes pantoufles qui vont du lino au tapis, le couinement de la porte de la penderie, le claquement sourd quand elle se referme. Et le silence pendant que je fume. Ce sont les bruits de mes rites du coucher auxquels je sacrifie chaque soir, comme en transe, à la même heure et dans le même ordre. Dents, visage, pantoufles, pyjama, cigarette. Enfin j'appuie sur l'interrupteur de ma lampe de chevet et j'éteins pour la nuit la dernière ampoule encore allumée.

Je dresse l'oreille. Je t'entends te lever de ton coussin et aller à la porte de la cuisine. Tu t'arrêtes devant et tu commences à gémir. Un son à mi-chemin entre roucoulement et pleurs, venant d'un organe quelque part entre le ventre et les poumons. Un son plaintif, élégiaque, caverneux et veule. Je l'écoute pendant treize minutes exactement. Je regarde les chiffres phosphorescents se succéder sur mon réveil numérique. Pendant treize minutes exactement, je reste figé sur mon vieux matelas à ressorts, hypnotisé.

Je me lève, descends l'escalier, pousse la porte de la cuisine. Tu es assis sur le lino, les yeux grands ouverts. Je te caresse entre les oreilles pour te consoler, et pourtant tu grimaces. Je soulève le fauteuil pour le remonter à l'étage, et dans la chambre je le coince entre la penderie et le lit. Quand je me retourne, tu attends prudemment à la porte. Je vois ta truffe flairer l'odeur des mites, du petit bois et de la poussière de charbon. Je m'accroupis et tapote le plaid.

« Viens ici, dis-je. Allez. »

Tu traverses le tapis à pas de loup, te hisses péniblement sur le fauteuil. Tu me regardes éteindre la lampe de chevet, me blottir sous la couette. Je vois un petit reflet dans ton œilleton solitaire, celui de la lumière verte de mon réveil. Il luit dans l'obscurité. Je me demande si tu entends tout ce que moi je n'entends plus, toutes ces choses si familières qu'elles sont devenues inaudibles, de même que je ne sentais jamais l'odeur de mon père, alors qu'il en avait forcément une. Le ronronnement du groupe électrogène dans le jardin de l'épicier, le bruissement des plumes dans le conduit de la cheminée où nichent les choucas, ma respiration laborieuse et le crissement de mes poumons pleins de goudrons. Je me demande si tu aperçois entre les rideaux ouverts le contour des continents de la Lune. Ses océans, ses montagnes, ses lacs emplis d'eau lunaire. Mais voilà que la lueur dans ton œilleton vacille et s'éteint. J'écoute tes ronflements et tes grognements sourds, la berceuse bourrue d'un étrange animal qui serait plus à sa place dans la cuisine.

Dors bien, One Eye.

Cette nuit-là, je fais un rêve bizarre. Je fonce dans le noir, à travers bois et champs. Comme un fou, sans but. Je rêve d'herbes hautes qui me cinglent les jambes et d'un tourbillon de mouches au bourdonnement grisant. Je rêve du crépitement d'une pluie invisible. Je rêve de mourons blancs, d'épervières, de renouées, de centaurées, de liserons. J'atteins le dernier pré à flanc de colline avant une route, et là je m'arrête, exténué. Au pied de ce pré, le bitume. Plus bas sur la route, une maison avec une fenêtre éclairée. Les rideaux sont retenus par un lien et je vois les contours d'un vase de jonquilles fanées au-dessus de l'évier, un miroir sur le mur du fond, et, dans ce miroir, le reflet du noir et de quelques nuages d'orage derrière la vitre. Mes jambes se dérobent sous moi et je m'écroule. Maintenant un vide, un tunnel noir. Long de mille ou deux mille kilomètres à l'aune de mon rêve, et au bout un cercle parfait de lumière éblouissante, comme si on avait cueilli le soleil pour le fixer sur la grille d'un poêle, le monter sur une tige de métal dans l'unique but de me réchauffer. De près, ça sent la fourrure roussie et le papier journal en train de se consumer. Plus loin mais me cernant, un mélange d'odeurs : excréments, désinfectant, sécrétions d'animaux pétrifiés par la peur. Dans mon rêve, l'odorat est tout pour moi, c'est ma langue natale. J'entends des voix et fais pivoter ma tête vers la droite, mais il n'y a qu'un mur nu à la peinture blanche écaillée. Je découvre que je suis derrière une porte fermée à clé, celle d'une cage suspendue. Tout se balance, j'ai le visage en feu.

Et quand je tourne la tête à gauche, je m'aperçois qu'il n'y a rien.

Dans mon rêve c'est le printemps. D'abord je crois le savoir d'instinct ; mais comme presque toujours quand je crois savoir quelque chose d'instinct, ce n'est pas vrai, j'ai simplement oublié la cause. Et là elle me revient : ce sont ces jonquilles dans un vase qui m'ont annoncé l'arrivée du printemps.

*

Je dirais que tu es à peu près de la taille d'un blaireau, mais différemment proportionné. Au fil des ans, j'ai vu des dizaines d'entre eux écrasés sur les accotements, aussi morts que la poussière dont ils sont recouverts. J'ai lu un article de journal sur l'obligation pour la direction de l'Équipement de construire un passage souterrain chaque fois qu'une autoroute coupe en deux le territoire d'un blaireau. Ils sont néanmoins neuf cent quatre-vingt-seize à se faire tuer chaque année en essayant de traverser les routes, d'après l'article. Chaque année, neuf cent quatre-vingt-seize blaireaux ignorent les passages souterrains et prennent le chemin qu'ils ont toujours pris. Je trouve ça considérable, consternant.

Quelle taille faisait ton blaireau ? Était-ce une grosse femelle agressive comme une guêpe qu'on repousse de la main, à cause de sa portée de nouveau-nés dans l'obscurité derrière elle ? D'où son attaque à coups de griffes acérées ? Tu n'as pas l'air de t'en rendre compte, mais tu es aussi mince qu'un vison. Tu pourrais faire trois mètres de haut que tu ressemblerais quand même à un chat de gouttière. On voit tes côtes. Ta croupe se termine par une queue coupée aux trois quarts et ton poids te tire vers l'avant comme une brouette. Tes pattes sont tout en os, tes épaules tout en muscles. Ton cou est trop court pour ton corps, ta gueule trop grande pour ton crâne, tes oreilles juste assez longues pour se replier sur elles-mêmes. Maintenant que ta tête est guérie, tu as une profonde cicatrice bien visible à la place de l'œil gauche. Il manque un morceau de tes babines, et elles sont figées en un rictus. À l'exception d'une barbiche blanche et duveteuse qui te descend jusqu'au poitrail, tu es d'un noir uniforme, le même que celui des trous dans l'espace.

Une semaine s'est écoulée. On est mardi, et je vais en ville comme chaque mardi.

D'abord le bureau de poste. La cloche à la porte annonce mon arrivée. Je m'approche du guichet pour glisser ma carte sous l'hygiaphone. C'est toujours le même vieux postier. Alors qu'il est vieux depuis aussi loin que je me souvienne, on dirait qu'il ne vieillit plus. Même assis sur sa chaise en bois, il semble plein de vie, comme si l'air de son côté de la vitre était curieusement plus pur, curieusement salvateur. En comptant mes billets et mes pièces, il parle souvent de la pluie et du beau temps, de la journée qui est « torride », « douce », « désespérante » ou « étouffante », et chaque mardi je lui réponds la même chose : « Pour sûr, on ne peut jamais savoir à quoi s'attendre. » Il acquiesce toujours. Je récupère mon argent. Je le remercie. Et la cloche à la porte tinte de nouveau, comme si elle n'avait pas compris que je m'en allais.

Aujourd'hui, au lieu de passer devant la brocante, je me dirige vers l'animalerie. Je n'y suis jamais entré. Elle sent la sciure, la crotte d'oiseau, les biscuits à la viande. Tu aimerais. En particulier ce lapin à l'oreille repliée qui, dans une caisse sur le sol, ronge méthodiquement ses murs de carton. Il a percé un trou assez grand pour y glisser la tête et je me demande si je ne devrais pas prévenir une vendeuse. Mais comme je ne veux pas anéantir les efforts du lapin, je passe mon chemin au plus vite. Je trouve le rayon des colliers et des laisses, et en y jetant un coup d'œil je me laisse bercer par les grattements, les gargouillis et les claquements en bruit de fond. L'unique son qui se détache est un drôle de martèlement comme celui de pieds minuscules, à intervalles aussi réguliers que les battements d'un cœur humain.

Je veux que tu aies un nouveau collier pour ta nouvelle vie. Un collier choisi par moi. J'en sélectionne un rouge à petits clous, avec une médaille en forme d'os. Quel genre d'os c'est censé être ? Un fémur ? Une clavicule ? Une côte ? À la caisse, la vendeuse me fait écrire ton nom en toutes lettres et mon numéro de téléphone. Ensuite elle tape mes griffonnages sur les touches d'une machine et insère la médaille dans une fente. Une aiguille invisible grave cet os métallique et la machine le recrache. La vendeuse a un grand front pâle. Je le fixe pour éviter de croiser son regard. Prenant sur moi, je lui demande d'où vient ce martèlement.

« C'est sûrement la gerbille qui prévient les autres gerbilles », dit-elle. Elle me rend la monnaie et passe au client suivant.

Laisse-moi t'admirer avec ton nouveau collier. Laisse-moi redresser ton oreille de travers. Tu es splendide, encore plus qu'avant. Je sais que tu ne peux pas le voir, mais le tintement est celui de la médaille qui bat contre la boucle du collier chaque fois que tu bouges, où que tu ailles. J'ai conscience que tu ne sais pas lire, mais au dos de la médaille est gravé le numéro 02 14 64 52 07 et, sur la face, ONEEYE en majuscules et en un seul mot, comme un nom africain, comme si tu étais une sorte de prince africain.

Qu'est-ce que je faisais de mes journées, sans toi ? Je ne m'en souviens déjà plus.

Tu es assis devant la fenêtre de la salle de séjour, la colonne vertébrale contre le cannage du dossier. J'ai orienté le fauteuil de telle sorte que tu as vue sur l'autre côté de la route, sur la baie et tout ce qui s'y passe. Assis près de toi dans ton fauteuil ventru, je regarde moi aussi.

Nous voyons des cargos entrer et sortir du port, leurs conteneurs empilés comme les briques d'un jeu de construction. Nous voyons des échassiers patauger à marée descendante, creuser la vase avec leur bec comme avec les dents d'une fourchette, piller des civilisations souterraines d'organismes salés. À marée haute, nous voyons des canards aller par deux, toujours par deux. Les canards sont comme les chaussettes. S'il n'y en a qu'un, quelque chose cloche. Nous voyons les voitures se garer dans la rue, les gens traverser pour aller à l'épicerie et retraverser en direction de leur voiture les bras chargés de sacs, de cartons, de bouteilles, de sachets, de boîtes de conserve. « REGARDE », dis-je, l'index pointé. Regarde la pile de provisions dont cet obèse va orner son frigo. Elles servent à combler un formidable appétit dans une autre partie de lui-même que son estomac. « REGARDE. » Je désigne autre chose. Cette fois, j'attends que tu repères le matou pelé qui rôde sur le remblai au-dessus de la plage, poursuivant un vieux kleenex. Tu produis un bruit de gorge pareil à celui d'une minuscule hélice : voilà comment je sais que tu vois ce chat toi aussi.

Parfois un camion de livraison se gare sur le sentier devant la maison, et on ne voit que la poussière sur son toit, les marques laissées par le passage sous un pont. Tu inclines la tête vers la gauche. Je sais désormais que tu fais ça quand tu essaies de comprendre, comme si le monde prenait mystérieusement plus de sens sous cet angle, avec ton côté doué de vue un peu plus haut que celui aveuglé par le blaireau. Il arrive qu'en repartant les camions percutent mes jardinières suspendues. Nous les regardons emporter les têtes écarlates de mes géraniums vers la prochaine livraison. Maintenant, même les têtes de mes géraniums voient plus de pays que moi.

Le fauteuil bas et ample est ton refuge, c'est toujours là que tu te caches à présent. Tu te roules en boule au milieu, ou bien tu t'étires de tout ton long et tu lances tes pattes à travers l'espace où se trouvait le cannage. Revêtu du plaid à franges comme d'une cape, tu es à l'abri et rien de mauvais ne peut t'atteindre. Je ne m'attendais pas à ce qu'il y ait dans la maison de mon père autant d'objets ordinaires, inanimés, qui te fassent peur. Parce qu'ils représentent autre chose pour toi ? As-tu compris qu'ils pouvaient se transformer en instruments de torture ? Les sacs plastique bruissants asphyxier, le papier alu étincelant taillader, les torchons sifflants gifler ? Et même si je n'ai jamais tenté de te fouetter, de t'étouffer ou de t'étrangler, tu te précipites encore vers ton refuge dès que j'ouvre un tiroir ou que je commence à essuyer la vaisselle.

Je m'agenouille sur le lino froid de la cuisine. Je déroule un bout de papier alu. Je pose un chocolat dessus et te le tends comme une offrande. Je sais que ça te déconcerte, mais je le fais parce qu'il faut que tu t'habitues à un monde qui t'effraie, comme je m'y suis habitué.

La plupart de mes peurs d'enfant se sont estompées à mesure que je grandissais et devenais plus raisonnable. J'ai compris que les bruits de pas que j'entendais la nuit étaient les grincements des canalisations, que l'homme qui remontait l'allée le matin pour fourrer des brochures dans la fente de ma porte était le facteur. Je me suis mis à aller en ville, à faire mes courses au supermarché, et là j'ai appris à affronter les caissières et à échanger des politesses sans intérêt, sans chuchoter ni bredouiller.

Mais on a parfois le droit d'avoir peur. Toute forme de vie sociale ou presque m'effraie encore. J'évite encore les représentants de l'autorité en uniforme. J'ai toujours eu une expression coupable, une nervosité éveillant les soupçons, même quand j'étais innocent. Le hurlement des sirènes m'anéantit ; seuls les gyrophares me font regretter la pénombre épuisante des ampoules basse consommation. J'ai peur d'avaler des araignées dans mon sommeil, de sentir un insecte me percer le tympan, de renverser un présentoir chez le pharmacien, de tomber en panne et de bloquer la circulation sur la voie rapide à l'heure de pointe. J'ai peur de ces écrans miniatures que tous les gens ont dans leur poche, de leurs vibrations et de leurs grondements impérieux. Et j'ai peur des enfants ; j'ai surtout peur des enfants.

J'enroule de nouveau le papier alu et je dépose le chocolat dans ton bol.

Il est devenu l'épicentre de ton existence, la maison et tout le reste n'étant qu'une extension, comme les rayons autour du soleil, comme les nageoires cartilagineuses des requins. J'ai gardé les bons sur les boîtes de céréales et les ai envoyés pour recevoir ce bol. Le jour où il est arrivé, le facteur a sonné à ma porte et j'ai signé son registre. Maintenant ton bol vit sa vie sur le sol de la cuisine, dans le recoin où sont accrochés les tabliers, et tu l'inspectes constamment, un nombre incalculable de fois chaque jour.

Ce recoin est aussi sale qu'une ruelle des bas quartiers d'une ville. Il y a une couche de crasse incrustée dans les rainures de la plinthe, tartinée sur le lino. La nuit, des cafards sortent sans bruit du mur pour la ronger, et sa surface poisseuse retient de minuscules boules de cheveux malgré le soin que tu mets à nettoyer après chaque repas. Je te vois lécher le moindre centimètre carré sur lequel aurait pu atterrir un morceau fugitif, aspirant au passage de la bourre, de la poussière, du sable et des cafards. Ton bol est rempli de nourriture trois fois par jour, mais tu ne te le tiens pas pour dit. Tu engloutis chaque repas en te servant à peine de tes dents, de ta langue, de tes maxillaires.

« S'il te plaît, prends le temps de mâcher, dis-je à chaque fois. Mâche, s'il te plaît. »

J'ai lu quelque part, à moins de l'avoir entendu à la radio, qu'un animal affamé dans son jeune âge consacre le reste de son existence à chercher de quoi manger. Dans la maison de mon père, rien ne viendra te disputer ta pitance, ni les cordons du tablier qui te caressent la nuque pendant que tu te goinfres ni les appareils ménagers qui soupirent, vibrent et font bip-bip. Pourtant tu vides ton bol en un éclair et ensuite, assis dans ce recoin de la cuisine, tu régurgites les croquettes mal digérées, pour les mastiquer et les avaler une seconde fois. Et quand tu as fini, tu inspectes de nouveau ton bol.

Désormais tu connais le moindre signe, le moindre son indiquant que je vais me mettre à table. Tu connais la brève dépression d'air qui signale l'ouverture de la porte du frigo, le claquement des aimants du placard, le bruissement du tiroir monté sur ressort. Tu connais le crissement de la spatule au fond de la boîte de margarine, tu sais qu'il signifie que tu vas pouvoir lécher la boîte. Lorsque je m'épluche une pomme avec un couteau de cuisine, tu connais l'angle exact de ma main quand je coupe un quartier pour te le lancer.

Un estomac plein est une sorte de sanctuaire, je comprends ça. Je suis goulu moi aussi. Même si je ne suis jamais affamé, je me souviens d'avoir eu faim, et il m'arrive de m'empiffrer avec l'énergie du désespoir, sans réfléchir, comme si je pouvais compenser tous les repas dignes de ce nom qui m'ont manqué dans mon enfance. Il m'a fallu des années pour affronter les caissières, m'habituer à aller seul en ville ; jusque-là, je m'étais reposé sur mon père qui savait à peine faire la cuisine et ne remplissait pas régulièrement les placards. Maintenant, quand je sens la chaleur de la nourriture qui émane de mon ventre et court dans mon sang, ça me fait du bien. Tu sens cette chaleur, ces émanations ? Je sais que si tu inspectes irrésistiblement ton bol, c'est parce que j'y dépose sans arrêt des gâteries : une goutte de lait, quelques nouilles. Où que tu sois dans la maison ou le jardin, tu m'entends, tu rappliques dans la cuisine et te précipites vers ton recoin, la tête déjà baissée à la hauteur de ton bol. Je t'ai dressé sans le vouloir, mais tu m'as dressé toi aussi. Maintenant je te laisse tout lécher, les saladiers, les assiettes, les couvercles. Avec la force herculéenne de ta langue, tu promènes ma vaisselle sur le lino sans encombre, jusqu'à ce qu'elle reste coincée sous un tabouret ou dans une fissure de la plinthe.

Cette nuit, comme toi je rêve encore.

Je rêve que je suis dans une niche avec une soucoupe d'eau, mais pas de bol pour la nourriture. Je rêve qu'un homme vient une fois par jour muni d'une cuvette et d'une truelle, et il jette par terre des restes qui font le même bruit qu'une crotte lâchée par un oiseau colossal. Ces restes sont de toutes les couleurs, mais deviennent marron en se mélangeant, et ils ont un goût de levure, de gras et de lait caillé. Je rêve que les saisons changent, de vraies saisons, comme dans mon enfance. Quand il fait soleil, les restes arrivent surgelés. Quand il pleut, ils ressemblent à une flaque, transformés par le crachin en un triste brouet grisâtre.

Cette nuit, je rêve de l'endroit d'où tu viens, l'endroit où on t'a affamé.

Je veux t'apprendre à marcher comme il faut, et on va s'entraîner sur la promenade, d'un bout à l'autre, chaque jour.

La promenade est un remblai bétonné qui ceinture le bord de mer depuis la rue principale du village jusqu'à l'entrée de la centrale électrique. Tout le long du remblai, un muret et une rangée de lampadaires. Quelques massifs, des bancs, et deux ou trois pièces d'eau. Lorsqu'on traverse la route, tu trottines au même rythme régulier que mes pieds pareils à des battoirs, que le bruissement de mes jambes de pantalon. Voilà le panneau avec l'inscription : PROMENADE PIÉTONNE, et le tableau d'information. Regarde le portrait de chaque échassier à l'aquarelle écaillée et décolorée sous le plexiglas craquelé. Mais tu es distrait par le tourbillon des odeurs qui affluent vers toi de chaque bord du remblai. Tu plonges dans les massifs, la truffe la première.

Les pièces d'eau sont recouvertes d'une substance visqueuse trop épaisse pour les moustiques et trop stagnante pour les têtards. Là où il y avait des fleurs, il ne reste pratiquement que de l'herbe, et encore est-elle étouffée par une couche de feuilles pourrissantes de l'automne dernier. Quand ce ne sont pas des mauvaises herbes, ce sont les descendantes des graines semées il y a des années par le comité de quartier. Même si plus personne ne s'en occupe, elles se débrouillent pour fleurir au printemps et en été. Regarde, ces boutons deviendront sans doute des fleurs de soucis. Et ces feuilles-là sont celles des œillets de poète. Je connais le nom de la plupart des arbres et des fleurs, mais il m'a fallu du temps. Sans personne pour me guider, mon savoir m'est venu lentement et il est truffé d'erreurs. Je ne me familiarise avec les fleurs des champs qu'en les découvrant une à une et en les identifiant dans mon manuel de botanique, puis en les retrouvant et en répétant leur nom jusqu'à ce que je ne me trompe plus et qu'il soit mémorisé.

À marée haute, la mer monte jusqu'au muret du remblai et les mouettes ondulent, le bec à la hauteur du béton. À marée basse, l'eau se retire pour révéler un no man's land de vase puante. C'est alors qu'arrivent les échassiers. Les huîtriers aux yeux effarés, les chevaliers gambettes qui accourent agressivement sur leurs pattes rouge cerise, les petites aigrettes lavées de frais, d'un blanc immaculé. À l'extrémité de la promenade, un bosquet de pins masque le grillage et les bâtiments trapus de la centrale électrique, mais les arbres sont bien trop petits pour cacher la cheminée et sa fumée soyeuse. En hiver, le vent envoie les pommes de pin dans la mer et je les retrouve échouées sur les plages. Sur chaque plage de la baie, je reconnais ces pommes de pin.

Lorsque je fais demi-tour, tu es encore en train de fouiller dans la verdure. Je t'appelle, mais tu n'as pas l'air d'entendre, hypnotisé par les odeurs. Puis tu zigzagues sur le béton, grimpes d'un bond sur le muret, aboies en direction des mouettes, t'élances dans une course folle. Soudain tu te figes près d'une touffe de primevères, les griffes plantées dans le sol, et tu refuses de bouger, même en échange de tous les chocolats dans ma poche de pantalon. Qu'est-ce qui t'intéresse à ce point ? En quoi chaque pierre mérite-t-elle d'être flairée tendrement, chaque touffe d'herbe d'être une source de fascination ? Qu'est-ce que ce brin d'herbe peut avoir de nouveau et de différent de celui d'à côté, pourquoi faut-il que tu pisses sur certains et pas sur d'autres ? J'aurais voulu naître avec ta capacité d'émerveillement. Je me moquerais d'avoir une vie plus courte si elle pouvait être aussi intense que la tienne.

Tu n'es pas franchement obéissant. J'aimerais croire que tu as un bon fond, mais il n'aurait aucune chance face à ta truffe frétillante. Je la vois à l'œuvre pendant qu'on marche, t'attirant vers tout ce qu'il y a de plus répugnant, tous les excréments et sécrétions laissés dans l'herbe par les créatures passées avant. La fiente d'une loutre, l'urine d'un matou, un étron que tu essaies d'avaler pendant que je ne regarde pas. Je t'attrape, desserre tes mâchoires de force, secoue pour faire tomber la crotte.

« VILAIN CHIEN ! » je crie. « VILAIN VILAIN VILAIN ! » Mais je sais que j'ai tort de te reprocher ce qui est un instinct naturel. Désolé, je ne devrais pas te crier dessus.

Un promeneur vient dans notre direction. Un homme en veste polaire, accompagné d'un boxer, je crois. Au pelage fauve et à la tête aussi aplatie que celle d'un primate. Plus ils s'approchent, plus tu tires, tires, tires sur ta laisse. Je m'arrête, m'écarte et enroule la laisse autour de mon poignet. Maintenant tu aboies, tu bondis de toutes tes forces et de toute ta rage, et je me cramponne tellement à ta laisse que mes jointures se vident de leur sang. L'homme salue de la tête en passant, mais le boxer se borne à regarder fixement comme si tu étais fou, comme si on était fous tous les deux.

« Vilain ! » je chuchote. « Vilain vilain vilain ! »

Je n'en reviens pas que tu n'aies pas été étranglé par cette laisse. Je nous entraîne vers le tableau d'information. Il faut que le promeneur et son chien aient disparu pour que tu te calmes et te remettes à marcher. Encore jettes-tu pendant quelque temps de petits coups d'œil en arrière. Tu gémis comme si tu étais blessé, désespéré.

De retour dans la maison de mon père, tu te couches près de mes grands pieds sur la moquette du séjour et je te gratte la tête en fumant une cigarette. Tu es redevenu toi-même. Celui qui ne s'assoit, ni ne se fige, ni ne s'arrête, ni ne se couche sur commande, qui ne vient pas quand on l'appelle, qui ne marche pas comme il faut, pas du tout comme il faut. J'admire quand même ta volonté de n'en faire qu'à ta tête. Je n'ai aucune envie de te transformer en un de ces jouets à piles qui jappent et font des cabrioles quand on appuie sur le bouton. J'ai eu tort de te traiter de vilain. J'ai eu tort d'essayer de t'imposer mon humanité, moi à qui la condition humaine n'a jamais valu rien de bon.

Regarde comme le printemps est paresseux, cette année. On est presque en mai, et toujours pas trace des hirondelles. Tu vois ce tas de boue friable coincé dans une fente du toit ? C'est un nid qui a vu naître au moins dix générations d'hirondelles. Elles viennent d'aussi loin que l'Afrique du Sud, traversent le Sahara et les Pyrénées rien que pour pondre leurs œufs mouchetés dans une fente de mon toit. Chaque année elles se souviennent de moi et reviennent. Mais parfois elles meurent de faim, parfois la tempête les envoie au tapis, et d'autres fois elles n'en peuvent tout simplement plus et s'arrêtent en chemin.

Quand j'étais gamin, les saisons semblaient avoir plus de réalité que maintenant. Depuis une décennie au moins, d'un bout de l'année à l'autre le présentateur de la météo répète la même chose, et à la fin on nous montre toujours le même symbole : un nuage avec de la pluie et un tout petit soleil timidement caché derrière. Il n'y a pas de records de chaleur ou de froid, d'ensoleillement ou de temps couvert ; à la place, une succession ininterrompue de journées mornes et tièdes, et ça me donne l'impression d'être privé de saisons moi aussi. Apathique au lieu d'être euphorique, somnolent au lieu d'être en colère. Et puis cet hiver, sans prévenir, une énorme vague de froid. Le présentateur de la météo a parlé des températures les plus basses depuis un demi-siècle. C'en était fini de ma théorie sur la disparition des saisons, mais pas exactement comme je l'aurais souhaité.

À moins de succomber à l'une de ces maladies du grand âge qui dévorent le cerveau, je ne suis pas près d'oublier l'hiver dernier. Maintenant que le printemps est revenu, regarde comme le froid a ralenti l'éclosion des bourgeons, réduit les haies à un fouillis marron, transformé les routes de campagne en pierraille. Tant de plantes à bulbes restent recroquevillées dans leurs semblants de tombes. Les animaux qui hibernent tardent à se réveiller. Où étais-tu l'hiver dernier ? J'ai du mal à me représenter l'époque où nous étions en vie simultanément mais séparément. Pour moi, tu tiens lieu de membre supplémentaire. Tu es ma troisième jambe, celle qui ne boite pas, et moi je suis l'œil que tu as perdu.

Tu crois que mes hirondelles ont mystérieusement pressenti le froid exceptionnel de l'hiver dernier ? Si elles connaissent le chemin pour venir d'Afrique jusqu'ici, elles doivent savoir d'autres choses invraisemblables. Tu crois qu'elles font étape en Europe, se gorgent de mouches tiédies par le soleil ? Il n'est pas trop tard, elles peuvent encore arriver. Peut-être que mes hirondelles, comme le printemps, sont seulement en retard.

On est mardi, le jour où je vais en ville. Le postier déclare qu'il fait frisquet, et je réponds : « Pour sûr, on ne peut jamais savoir à quoi s'attendre. » Dans la vitrine de la brocante, une série de matriochkas et un sac en brocart suspendu à la lame d'un sabre de samouraï, et je me demande ce qu'il y a à l'intérieur du sac. Une amulette ? Mais je dois continuer ma route pour retourner à l'animalerie. Je cherche dans le rayon des laisses et des colliers une muselière qui semble à ta taille. Je n'entends pas la gerbille. Aujourd'hui la gerbille est calme ; elle n'a rien à craindre.

De retour à la maison, je te dis : « ASSIS ». C'est le premier de tes soixante-cinq mots, donc tu t'assois et j'entreprends d'attacher les lanières et les boucles autour de ta tête et de ton cou. Je te le promets, ce n'est pas pour toujours ni pour partout, d'accord ? Juste en certains lieux et en certaines situations, pour te protéger, pour nous protéger tous les deux. Je te le promets.

Tu as suffisamment confiance en moi pour me laisser fixer la muselière sans aucun signe de protestation. Je m'en rends compte et je m'en veux d'exploiter cette confiance pour restreindre ta liberté. Une fois la muselière en place, le poids de la grille en plastique moulé tire sur ton cou et tu baisses le museau, de tristesse plus que de colère. Dans un premier temps tu restes assis sans bouger, la tête basse. Puis la panique te gagne. Tantôt tu griffes la muselière avec tes pattes pour l'enlever, tantôt tu grondes comme si c'était une créature ennemie. Et aussitôt j'ai honte, terriblement honte, et je te libère. Je suspends la muselière à la patère de la cuisine où sont accrochés les tabliers.

Elle est partie, tu vois ? On n'en parle plus.

Dans le village, il n'y a qu'une route inhabitée. Elle monte à flanc de colline, passe devant la raffinerie. Au bout d'une centaine de mètres, un immense panneau soutenu par deux tubes d'acier. Sa litanie de consignes est coiffée d'un gyrophare rouge comme d'un casque de mineur. INTERDICTION D'ALLER PLUS LOIN QUAND LA LUMIÈRE CLIGNOTE, peut-on lire. GAGNEZ L'ABRI LE PLUS PROCHE ET ATTENDEZ L'AIDE DU PERSONNEL DE LA RAFFINERIE. C'est sur cette route qu'on se promènera désormais, la plus sombre et la plus déserte, où on a toutes les chances d'être tranquilles.

Les fossés font place à la forêt de part et d'autre. Les chênes, les frênes, les noisetiers et les bouleaux forment une imposante haie d'honneur. Ils sont si grands qu'ils s'inclinent les uns vers les autres jusqu'à ce que leurs faîtes se touchent, ne laissant voir que des lambeaux de ciel. Le sous-bois est un fouillis de ronces et de fougères.

D'un côté il s'efface devant l'enceinte de la raffinerie. De l'autre il donne sur un petit pan de falaise, et sur la mer. Écoute le merle occupé à chasser les insectes sous les chélidoines, le claquement de la moule lâchée sur le bitume par une corneille mantelée. La voilà qui fond sur son coquillage, l'emporte dans les airs, le lâche de nouveau, et ainsi de suite jusqu'à ce que la coquille soit assez fissurée pour qu'elle puisse en aspirer l'épais contenu.

Écarte-toi pour laisser passer la camionnette du maçon. Puis la pelleteuse de la raffinerie, à la benne remplie de sacs de sable. Tantôt des camions-citernes viennent refaire le plein, tantôt ils repartent, citerne pleine. Écoute le métal cliqueter sur les bosses de la chaussée, les essieux tanguer. La route s'interrompt devant le parking du personnel, équipé d'un interphone et d'une barrière automatique. Mais nous, on ne s'arrête pas, c'est seulement l'endroit où on quitte la route. Suis-moi derrière la haie et le long des empreintes de pneus de tracteur, jusqu'en lisière du champ d'orge au sommet de la colline. Là, on s'arrête et on se retourne pour contempler le chemin parcouru. Les cheminées crachotent une fumée scintillante dans l'air du matin, la manche à air de la raffinerie flotte au vent, et encore plus loin regarde la baie qui ressemble à une flaque bleue, le village pareil à un groupe de maisons de poupées, avec celle de mon père au milieu, une tache rose qui tranche sur tout ce beige. Tu vois la verdure dans les gouttières ? J'adore quand l'herbe pousse un peu n'importe où, en haut d'une bâtisse, comme si elle s'était perdue. Et de l'autre côté, regarde Tawny Bay, la baie fauve qui s'étend en contrebas.

Maintenant suis-moi au pied de la colline à travers les fougères et les ajoncs, jusqu'à la plage. Au niveau de la mer, l'herbe pousse en fines touffes éparses. Elle cède la place à une bande irrégulière de gros galets, de varech, de bois flottés, puis au sable. Tu as déjà vu une plage ? Ça m'étonnerait. Qu'est-ce que tu en dis ? La mer est une sorte de fleuve, mais au lieu de se couler obliquement dans une masse de terre, elle repart inlassablement à l'assaut et déborde dans le ciel. Voici le sable que tu as déjà vu dispersé sur le plaid de la voiture ; là il y en a vraiment partout, étalé en couche granuleuse comme du beurre de cacahuètes croquant. Par endroits il est semé de rochers, ailleurs il s'effrite sous tes pattes. Sens cette odeur de pourriture, de poisson, de marée, d'humidité. Sens l'air siffler contre ton unique globe oculaire. Sens sur ta langue pendante l'écume au goût salé des vagues qui se brisent.

Il n'y a personne d'autre sur la grève. Il est trop tôt. Je vais donc saisir ma chance. Je vais détacher ta laisse, déboucler ton collier. Je vais te laisser t'élancer, divaguer et zigzaguer frénétiquement, être toi-même, non humain et imprévisible, libre comme l'air.

Je te crie : « ALLEZ ! » Et tu cours comme un fou entre les galets, les bancs de sable, les falaises et les grottes, sur les traces en relief du ressac et les trous laissés par le bec des mouettes. Tu poursuis les huîtriers, lèches les méduses échouées, suçotes les pattes de crabes, pisses dans les dunes. Tu bouges comme je ne t'ai jamais vu bouger. Détendu, presque joyeux. Tu agites la queue. C'est la première fois que je te vois agiter la queue.

« BON CHIEN ! »

Maintenant tu entres dans l'eau et tu te couches, juste un instant. Une minuscule vague se brise sur tes épaules et, penaud, tu bats en retraite vers la plage.

On reprendra le même chemin chaque jour, je te le

promets. On repassera devant les trous creusés par les rats, les branchages et les immondices. Devant le papier de sucette abandonné sur le bas-côté, au pied du panneau CÉDEZ LE PASSAGE. Devant la peau de banane qui pourrit discrètement sous l'interphone de la grille à l'entrée de la raffinerie. Et chaque jour je me demanderai quel ingénieur, quel agent de sécurité ou quelle autre personne a mangé cette banane et jeté la peau à cet endroit précis, sans réfléchir.

On reprendra ce chemin quand le vent sera violent et la mer déchaînée, la vase liquide et profonde, et la pluie si insistante que les arbres, au lieu de nous abriter comme ils le devraient, nous déverseront sur la tête une accumulation de gouttelettes. Mais on reprendra quand même ce chemin, je te le promets.

Le bibliobus vient un jeudi sur deux, il sent la cire et les enfants aux doigts poisseux.

Aujourd'hui, je découvre un livre sur la chasse à courre. Je l'ouvre au chapitre sur les techniques pour débusquer un blaireau et je reste debout, mon dos voûté pareil à un bouclier me protégeant de la bibliothécaire. Le chauffeur est sur le remblai, en train de fumer une cigarette, et il n'y a personne d'autre dans le bibliobus. *Le printemps*, d'après le livre, *est la meilleure saison pour déloger l'animal de son terrier. C'est au printemps que les femelles mettent bas et deviennent particulièrement agressives.* Je saute quelques lignes. *Les jeunes blaireaux sont arrachés à leur tanière comme des trophées et donnés aux chiens de meute pour qu'ils les achèvent entre eux. Ce sont les blaireaux adultes que l'on capture dans les bois comme appâts, ceux encore en état de se défendre ou d'essayer.* Je saute encore quelques lignes pour atteindre le passage que je cherche.

Les chiens se retrouvent souvent avec la mâchoire inférieure arrachée et une hémorragie impossible à stopper ; on les tue alors à coups de pelle et on les remet dans le terrier saccagé.

Voilà qu'une vieille dame, une de mes voisines, gravit d'un pas chancelant les marches du bibliobus. Arrivée en haut, elle tire sur sa veste et se dirige vers le rayon des romans sentimentaux imprimés en gros caractères. Je referme mon livre et le replace maladroitement. J'en emprunte un sur les jardins zen, plus un recueil de contes populaires indiens et, une fois encore, *Silas Marner*. Lorsque la bibliothécaire tamponne ma carte, je me demande si le petit du blaireau a un nom. Je ne m'en souviens déjà plus.

Je m'assoupis dans le fauteuil ventru, avec *Silas Marner* ouvert sur ma poitrine, mais je me réveille pour finir ma cigarette. J'écrase le mégot dans le cendrier. Alors que je pique du nez à nouveau, je t'aperçois de profil à la fenêtre. Tu regardes au-delà du remblai, au-delà de la baie, à l'autre bout du port.

Je rêve que je suis dans un enclos en lisière d'une casse de ferrailleur. Elle domine les bois et la vue se divise en une centaine de petites cases, chacune entourée d'un cadre en acier galvanisé. Je rêve qu'à travers ce grillage je surveille les bois. Je vois des lapins à l'aube, des feuilles à différents stades avant la chute, des lignes à haute tension secouées par le vent, des colonies de freux qui se détachent sur la lune. Maintenant je suis dans les bois et je cours, je cours, je cours. J'ai oublié chaque partie de moi et toutes celles de mon environnement, sauf ma truffe frétillante. J'ai oublié les pépiements et gazouillis au-dessus de moi, les aboiements des autres chiens de la meute. J'ai oublié les détails du sous-bois, les brindilles et les morceaux d'écorce qui roulent sous mes pattes, s'accrochent au pelage de mes jarrets. Je suis si loin de l'enclos que j'ai oublié les lapins, les feuilles, les lignes à haute tension et les colonies de freux ; ils s'estompent derrière moi au fil de ma course. Dans ces bois, dans mon rêve, j'ai la force d'un sanglier et la rapidité d'une buse. Je fais trois mètres de haut, moi qui suis à peine aussi grand qu'un arbuste.

Avant de remettre en place le livre sur la chasse, j'ai jeté un coup d'œil aux photos sur papier glacé des pages centrales. Il y en avait trois. La première était celle d'un blaireau pris entre deux rangées de dents, du sang coulant des lésions de son pelage. La deuxième, celle d'un terrier venant de s'effondrer sur le chien à l'intérieur. Une de ses pattes de derrière sortait de terre comme un totem miniature. La troisième était une photo de toi, mais toi avec deux yeux. *Une race créée spécialement pour son endurance exceptionnelle*, disait la légende.

Je me réveille de nouveau. J'allume la télé. Il fait encore assez froid pour justifier l'allumage du radiateur à gaz chaque soir, donc je l'allume. Tu quittes ta place à la fenêtre et tu viens te planter devant les résistances rougeoyantes. Tu te penches pour mieux les voir, tu bouges à peine. À quoi penses-tu ? Tu soupires à t'en vider les poumons, si fort que ça te donne le hoquet.

Parfois je perçois ta tristesse, la même que la mienne. Je la perçois à ta façon de soupirer, la tête basse. À ta façon de ne jamais baisser totalement la garde ni de tenir pour acquis l'univers que je t'offre. Ma tristesse à moi n'est pas un parti pris, mais quelque chose coincé entre les murs de ma chair, comme un brouillard sale.

Elle ternit tout. Elle roule le monde dans la suie. Elle vide mes membres de leur force et me voûte le dos.

Le soir, on regarde la télé. Tu aimes les documentaires animaliers, en particulier ceux avec des chants d'oiseaux stridents. Moi je préfère les émissions de société. J'aime bien les gens qui, en l'absence de script, cherchent leurs mots ou ne disent pas ce qu'il faut. J'aime bien ceux qui n'ont pas besoin d'oignons pour pleurer ; ils pleurent même mieux.

Je n'ai pas vécu comme les personnages des séries télévisées. Je n'ai pas fait la guerre, ne suis pas tombé amoureux. Je n'ai jamais donné un coup de poing à quelqu'un ni pris une femme par la main. Je n'ai jamais mené grand train ni eu la belle vie, et pourtant je veux croire que j'ai vécu intensément, que j'ai remis en question et analysé mon existence vide, banale, et l'ai parfois même comprise. Depuis toujours je remarque les petits détails, les plus anodins. Un chewing-gum en forme de ptérodactyle. Une anguille de sable à deux têtes enroulée à l'intérieur d'un coquillage. Le filament de tungstène dans les résistances. J'ai lu beaucoup de journaux. Ils s'empilent sur la table basse pendant des semaines avant que j'entreprenne de les recycler. Je sais comment la société devrait fonctionner. Je la trouve absurde, mais je finis par croire que c'est parce qu'elle l'est réellement.

Je ne suis pas le genre de type qui agit – je ne te l'aurais pas déjà dit ? Je m'allonge et j'attends que la vie laisse son empreinte sur moi.

Tous les livres que j'ai lus, ils s'empilent eux aussi. Les lignes et les paragraphes se mélangent. Parfois je me souviens des personnages et je pense, un bref instant, que ce sont des gens que j'ai connus. D'autres fois, je me souviens des lieux et je pense, un bref instant, que j'y suis déjà allé. Jamais je ne me souviens du titre ni du nom de l'auteur, mais je me souviens des couvertures, je m'en souviens toujours. Une vallée gigantesque, un petit cheval au galop. Une série de cuillers en argent étincelantes. Un homme de grande taille et un autre de petite taille avec des chapeaux de cow-boy, qui marchent sur une route rouge en direction d'une montagne bleue entre un arbre de grande taille et un arbre de petite taille. Un énorme poisson au museau pointu, une ligne qui fait des bonds. Un profil mi-homme mi-loup, avec un œil unique au milieu. Et un homme en costume qui jaillit de la plume d'un stylo et flotte parmi les gratte-ciel.

Mais pour ce qui est des mots, des messages : j'oublie. Et s'ils m'ont changé, je redeviens celui que j'étais.

*

Regarde les signes annonciateurs de l'été, de ce passage de témoin au cérémonial subtil entre deux saisons tempérées. Les sous-bois sont inondés de jacinthes sauvages, les chélidoines reléguées à l'arrière-plan. Regarde ces clochettes qui planent au-dessus du sol, pareilles à une nappe de brume couleur lilas. Les chênes, les frênes, les noisetiers et les bouleaux sont maintenant chargés de feuilles naissantes, encore humides et fripées au sortir des bourgeons. L'orge m'arrive aux genoux et elle est déjà plus grande que toi. Chaque jour, quand on atteint le sommet de la colline, tu es entouré de tiges vertes.

Dans le village une barque endommagée a fait son apparition. Quelqu'un l'a tirée et installée entre le panneau et le tableau d'information à l'entrée de la promenade, de guingois sur sa quille. Assis derrière la fenêtre, nous voyons des membres du comité de quartier dans des gilets fluo peindre ses planches en vert pistache, pelleter du compost à l'intérieur de la coque et recouvrir le tout de pieds de primevères. Mon père a possédé une barque en son temps. Elle était beaucoup plus petite et miteuse que celle en fleurs, et il la gardait au mouillage ici même dans la baie, amarrée à un anneau rouillé le long de la digue. Elle ressemblait à une caisse fabriquée avec d'anciennes portes ; une planche de chargement avait encore les trous de vis d'une poignée absente. Je n'ai aucun souvenir de mon père ramant sur cette barque, mais en cas de tempête il sortait toujours vérifier qu'elle n'avait rien. À l'époque je trouvais qu'elle comptait peu pour lui ; aujourd'hui je me demande si elle ne comptait pas trop, au point qu'il n'osait jamais larguer l'amarre pour partir à la rame.

À l'épicerie voisine la machine à glaces reprend du service, et chaque matin l'épicier ou son employée sort sur le trottoir un présentoir rempli de ballons gonflables et de matériel de plage. Des pelles en plastique, des filets de pêche bon marché, des seaux miniatures en forme de châteaux de sable. Je n'ai jamais fait très attention à ce présentoir, mais cette année je m'offrirais bien un ballon. Qu'en penses-tu ?

Certains sont ornés de personnages de dessins animés ou de photos de rock stars, mais j'en choisis un jaune, bleu et gris, comme fait sur mesure pour toi et ta vision incomplète des couleurs. Je l'emporte dans un sac plastique pour notre promenade sous les arbres le long de la raffinerie, la traversée du champ d'orge au sommet de la colline et la descente jusqu'à la plage. Au début, tu ne t'aperçois de rien. Quand je te libère de ta laisse, tu te mets à galoper, à chasser et à patauger comme d'habitude.

J'envoie le ballon dans les airs d'un coup de pied. Il est léger, mais ne rebondit pas et atterrit avec un bruit sourd, la pente de la plage le faisant rouler vers l'eau. Jusqu'aux genoux dans les déchets rejetés par la mer, occupé à mâchonner une patte de crabe, tu ne réagis pas. Donc je cours récupérer le ballon, je l'éloigne des vagues d'un nouveau coup de pied et continue à le pousser d'un bout à l'autre de la plage. Je t'interpelle en même temps, des cris d'encouragement ridicules.

« ALLEZ ! VA CHERCHER ! ATTRAPE ! BON CHIEN ! »

Que peux-tu bien penser de moi ? Un géant fonçant sur une plage déserte, tapant dans ses grosses mains de péquenot, sa tresse sombre lui battant le creux des reins. J'ai dérangé la marée noire dans mes poumons, elle tournoie, tourbillonne et rend ma respiration sifflante, haletante, sifflante, haletante. Alors je m'arrête, mais quand je me retourne pour inspecter du regard le fouillis de déchets, c'est toi qui fonces vers moi. Tu as résisté à ta truffe frétillante, renoncé à chercher les pommes pourries et les crustacés en décomposition. Langue au vent, tu cours, tu cours, tu cours. Tu t'empares du ballon, le crèves d'un coup de crocs. À moitié dégonflé, il est bien calé entre tes mâchoires et tu peux les refermer sur lui et secouer.

Je n'ai pas besoin de te scander des encouragements. De la truffe, tu pousses le ballon sur le sable à toute vitesse en grognant de joie. Maintenant tu le poursuis comme si c'était une créature vivante, hostile, un assaillant. Maintenant tu veux tuer, tuer, tuer.

Je rêve que je suis en train de naître. J'atterris sur un lit de journaux. C'est froid et sale, et les titres sont dilués par le liquide amniotique. De l'autre côté de ma truffe, je vois les pointes roses des mamelles de ma mère, et tout autour de moi je sens l'agitation du reste de la portée, la chaleur des queues, des pattes, et des corps qui se battent pour téter.

Tu te souviens de ta mère ? Petit, il m'a fallu des années pour prendre conscience que je n'en avais pas. Au début, je pensais que les enfants n'avaient droit qu'à un seul parent. Que c'était comme ça. Seuls quelques rares chanceux, dans les livres d'histoires et à la télé, en avaient gagné deux au jackpot. Moi je n'avais qu'un père, c'était mon destin. Lorsque je me suis rendu compte que j'avais mal compris, il était trop tard pour le questionner subitement sur le sort de la femme qui m'avait mis au monde. À ce stade je m'étais résigné à être né par le conduit de la cheminée, à avoir eu la grille du foyer pour berceau et la maison pour mère.

C'est la première chose que j'aperçois par la fenêtre de ma chambre en ouvrant les yeux le matin, la vue que j'ai depuis mon oreiller quand les rideaux sont tirés : ce haut mur derrière mon muret de pierre, qui cache les groupes électrogènes de l'épicerie. Tu l'aperçois, toi aussi ? Tu vois la masse de linaires cymbalaires qui fleurit dessus ? Leurs fleurs ont des pétales violets bordés de jaune, mais sont perdues dans une pléthore de feuilles à cinq lobes et de tiges fines comme des spaghettis. Chaque nuit elles poussent et grimpent avec voracité. Chaque matin elles emplissent un peu plus notre fenêtre. Un jour, en ouvrant les yeux, est-ce qu'on ne verra que des linaires ? On se fraiera quand même un passage, je te le promets.

*

Sur la plage, je cesse de courir pour longer le bord de l'eau et t'observer avec ton ballon. Au bout d'un moment, tu refermes les mâchoires dessus et tu l'emportes. Tu obliques pour t'éloigner de la mer et remonter la plage vers les falaises et les prés. Je t'appelle et tu reviens. Ton ballon dans la gueule, tu marches du même pas que moi sur le sable. Mais après quelques mètres, tu obliques de nouveau. Je vois bien que tu es attiré par les reflets fauves de Tawny Bay et le flanc de la colline, irrésistiblement.

À quoi tu penses ? Difficile d'en juger aux seuls battements de ta queue, à la lueur dans ton œilleton solitaire. Je me demande si ce ne serait pas aux blaireaux.

Tu penses aux blaireaux, One Eye ?

Tu les entends qui t'appellent ?

ÉTÉ

Un chant monte, monte, monte.

Il est doux et ondule comme un index qu'on promènerait, après l'avoir léché, sur le rebord d'un verre à vin ; comme tout un chœur de verres ainsi titillés. Il monte de la rue, des voix flûtées filtrent par les interstices de la vitre mal fixée, se diffusent dans notre salle de séjour. Je me souviens de ce chant. Enfant, je l'ai appris à la messe, il y a bien des années. Je ferme mon livre, me penche dans le fauteuil ventru et tente d'arracher les paroles au ragoût de ma mémoire, de les raccrocher les unes aux autres pour pouvoir chanter moi aussi. Comment je chante ? Comme un crapaud qui voudrait se faire passer pour une grive musicienne. Avec une voix de fausset, à contretemps.

Tu es à ton poste d'observation. Les pattes de derrière sur le coussin du fauteuil, celles de devant en équilibre sur la pile de livres face à la fenêtre, l'œil tourné vers la mer. Ta truffe moite souille la vitre à cet endroit-là, et tout autour il y a d'anciennes traces séchées, craquelées, encore luisantes pourtant. Comme les traînées erratiques laissées par une limace noctambule, par toute une bande de limaces en goguette. Tu observes la troupe d'enfants dans la rue, des petites filles en robe blanche, coiffées d'un voile blanc retenu par des barrettes. Tu inclines la tête vers la gauche avec curiosité. Presque translucides, les voiles des fillettes ondulent au vent comme de minuscules fantômes. Certaines ont à la main un panier empli de pétales de fleurs et les deux premières tiennent chacune l'extrémité d'un arceau en plastique orné de roses artificielles. Ensuite viennent les mères. Elles restent groupées quelques mètres en arrière, montant la garde. Elles se parlent à l'oreille pour couvrir le chant, faisant l'éloge de la fille d'une autre pour entendre celui de la leur en retour. Je jette un coup d'œil furtif derrière le rideau, prenant soin de ne pas trop me pencher à la fenêtre. Je n'ai aucune envie d'être repéré par ces deux troupes. Les mères me font aussi peur que leurs enfants, peut-être même plus. *Dominus tecum*, chantent-elles. *Benedict tattoo.*

C'est la procession de la Pentecôte. Je n'ai pas mis les pieds à la messe depuis près d'un an et demi – je l'avais oublié. Depuis la fois où je me suis levé au beau milieu de l'homélie pour lâcher le mot HEART. Je ne l'ai pas vraiment crié, mais je l'ai dit assez fort pour qu'on l'entende de la chaire. Et parce que l'église était aux trois quarts pleine et que j'étais sur un banc au centre, la plupart des autres paroissiens l'ont sans doute entendu eux aussi, de la femme en fauteuil roulant au premier rang à l'homme toujours debout près du bénitier, la corbeille des offrandes à la main.

Je ne connaissais pas ces gens, pas vraiment. Je connaissais l'expression et les vêtements qu'ils arboraient à la messe, après tous ces dimanches et ces décennies où nous avions usé les prie-Dieu ensemble. Je n'avais adressé la parole qu'à deux ou trois voisins, et seulement depuis que mon père n'était plus là, et seulement pour répondre aux questions qu'ils me posaient à son sujet. Une maison de retraite en ville, expliquais-je. Et je n'avais aucune intention particulière en disant : HEART. Un homme agenouillé devant moi portait un blouson avec une étiquette sur le dos, au nom de la marque THE NORTH FACE, et je cherchais des anagrammes ; ça n'allait pas plus loin. Ensuite je suis sorti. J'ai traversé l'enclos paroissial, franchi la grille et grimpé dans ma voiture avant que quiconque ait pu me suivre, si toutefois quelqu'un avait essayé. Je ne me suis pas arrêté pour vérifier, mais je crois que non. Puis j'ai pris conscience que rien ne m'obligeait à aller à la messe : j'y étais toujours allé pour accompagner mon père, et maintenant que j'avais excusé plusieurs fois son absence, rien ne me forçait à y retourner, et soudain je me suis senti stupide de l'avoir fait si souvent.

Quand j'étais gosse, je m'asseyais devant cette fenêtre pour regarder les enfants partir à l'école avec leur cartable et la boîte contenant leur déjeuner. À l'époque, même si c'est difficile à imaginer, j'étais petit, presque aussi petit que toi. Assez pour m'asseoir sur le rebord de la fenêtre en me recroquevillant. À l'époque, je me fichais qu'on me voie. Le nez contre la vitre, je laissais des traînées de morve, exactement comme toi. Je connaissais chaque enfant de vue et me souvenais de chacun d'eux : la fillette aux cheveux tressés avec des rubans vert jade, le garçon avec ses chaussures orthopédiques qui lui montaient jusqu'aux genoux. Je me représentais en détail toutes les parties de leur existence que je ne voyais pas, depuis le contenu de leur trousse jusqu'au nombre et à la couleur des étoiles collées dans leur cahier. Même si je fixais chaque matin le sommet de leur crâne, jamais je n'ai eu envie de me joindre à eux. J'étais trop triste, trop effrayé. Par ailleurs, je ne croyais pas appartenir à la même espèce d'enfants que ceux que je voyais longer le remblai pour aller à l'école. À l'époque, l'idée ne m'effleurait jamais que j'aurais dû avoir les mêmes choses qu'eux. Il faudrait me refaire, me disais-je. Il faudrait que je naisse une seconde fois.

Je sais que tu es trop petit pour la voir, mais sur la photo du calendrier de la cuisine il y a un âne sur une dune, avec des rubans qui flottent comme ceux d'un cerf-volant autour de sa tête anguleuse. Dans notre cuisine, c'est l'été, même si dehors il pleut sans relâche. Dehors, tout ce qui est poreux devient spongieux, tout ce qui n'est pas poreux ruisselle et dégouline.

Pourtant les gens tondent leur pelouse, inondent leur barbecue d'alcool à brûler et grignotent des brochettes de viande noirâtre debout sous les convecteurs de leur terrasse. Dans la journée je sens l'odeur de leur herbe coupée, la nuit celle de leur fumée de charbon de bois. Tu la sens, toi aussi ? Le camion du marchand de glaces sort de son hibernation, fait le tour du quartier au son de *You are my sunshine, my only sunshine*, et chaque soir au crépuscule ses feux de brouillard sont en effet notre rayon de soleil, notre seul rayon de soleil, comme s'il le savait. Les gens prennent les devants et font comme si c'était l'été, ils achètent des tongs et des planches de surf, se persuadant que c'est la même saison qu'à la télé, la même que dans les séries australiennes. Ils font semblant, comme si cela suffisait pour accomplir un miracle.

Avec si peu de signes annonciateurs du changement de saison, comment les plantes savent-elles que c'est le moment de fleurir ? Parce qu'elles sont autrement intelligentes que les humains, elles ne mettent jamais leurs certitudes en doute ni ne cherchent à en prouver la fausseté. Tout le long de la route qui traverse la forêt jusqu'à la raffinerie, regarde les digitales éclore et osciller au-dessus des fossés. Quand leurs corolles remplies d'eau pèsent trop lourd, les tiges s'affalent sur la chaussée et les fleurs sont réduites en bouillie par les camions-citernes, une jolie bouillie rose.

*

Sur la plage, chaque jour ou presque, la brume est si épaisse quand on arrive à mi-parcours et qu'on s'arrête pour regarder qu'aucune extrémité de la grève n'est visible, les nuages enveloppant chacune tour à tour. On doit se frayer un chemin dans le brouillard tels deux avions miniatures laissant un panache sombre dans leur sillage.

À travers la brume, un colley couleur miel déboule dans notre direction, la crinière au vent, feutrée par l'humidité. Lorsque je l'aperçois, il est déjà trop près et je n'ai aucune chance de te remettre en laisse ; tu as une quinzaine de mètres d'avance sur moi. En un éclair tu lâches ton ballon et tu plantes tes crocs dans la gueule du colley. Il gémit, se débat et tente désespérément de se débarrasser de toi. Mais tu ne bouges pas d'un poil. Tu restes coincé là comme une souris prise au piège, une mouche sur du papier tue-mouches. Ce colley a l'air d'un animal de compagnie haut de gamme ; sa propriétaire a l'air de l'apprécier pour la placidité et l'élégance de sa foulée, pour son pedigree plus que pour sa personnalité. Elle émerge des nuages et vole à son secours, plus rapidement que moi à quinze mètres de là.

La voilà qui te tape sur la tête à coups de parapluie, et je ne peux que crier :

« LÂCHE-LE, ONE EYE ! LÂCHE ! »

Tout se passe si vite, trop vite pour mes peurs ordinaires. On dirait que le casque de ma combinaison de spationaute est perforé et que l'air extérieur afflue dans mes yeux, mes oreilles, ma bouche.

« LÂCHE-LE LÂCHE-LE LÂCHE-LE ! »

Mais tu ne lâches pas, et j'ai beau clopiner plus énergiquement que je ne l'ai jamais fait, battre l'air comme un sac plastique accroché à une épine par grand vent, pendant une fraction de seconde tout s'immobilise. Les vagues s'arrêtent et la mer se transforme en ciment. Une immense mouette à dos noir interrompt en plein vol le battement de ses ailes gigantesques – elle se fige dans le ciel.

Je hurle : « LÂCHE-LE, ONE EYE ! LÂCHE ! »

L'inconnue réussit à te faire lâcher prise. Alors que je vous rejoins, le colley détale pour sauver sa peau et elle lui emboîte le bas, brandissant son parapluie et criant : « HENRY HENRY HENRY ! » dans le brouillard. Sa voix est si stridente qu'elle me transperce, et c'est peut-être ce qui me perturbe le plus car personne ne cède jamais à une telle surexcitation en ma présence. Les gens baissent toujours le ton avec lassitude quand ils me parlent, comme si notre conversation leur était insupportable.

Tu t'apprêtes à les poursuivre, mais je te retiens. J'ai l'impression d'avoir laissé mon estomac derrière moi, comme s'il était tombé il y a plusieurs mètres et gisait sur le sable, palpitant et sanguinolent. Mes mains tremblent lorsque je les passe sur ta tête, ton cou, ton dos et tes pattes, lorsque je palpe ton corps à la recherche de blessures. Mes paumes en sortent maculées de sang, mais rien ne prouve que ce soit le tien. Tu es indemne, tu lèves l'œil vers moi, la langue pendante comme un idiot, et tu agites la queue. De l'œil, de la langue et de la queue tu mendies un chocolat, tu quêtes mon approbation.

Je ne sais pas quoi faire de toi. Je ne sais pas si je suis furieux ou effrayé ou les deux.

Je tourne les talons et nous entraîne à toute vitesse en direction des champs. Je ne m'arrête que pour ramasser le ballon avant d'atteindre le sommet de la colline. La plage a de nouveau disparu. La brume recouvre le ciel comme l'écume barattée par les vagues en colère recouvre la mer par gros temps. Je ne distingue pas le parking sur la falaise voisine, ni Henry, ni sa maîtresse, ni le parapluie. Mais j'aperçois l'endroit où le sable a été labouré par les ruades, les piétinements, les trépignements de nos pieds et pattes. Et la tache noire de la mouette aux ailes déployées. Elle a repris son vol. Elle se réduit à un point, de plus en plus petit.

Mon père avait un grand parapluie de golf. D'un bleu sombre, aussi sombre que le bleu peut l'être avant de devenir noir. Et mon père l'emportait chaque fois qu'il quittait la maison, sa maison, même s'il ne pleuvait pas.

Il partait toujours très tôt le matin et revenait fatigué par la route, imprégné du parfum de l'ananas désodorisant suspendu à son rétroviseur, mais certains soirs il ne rentrait pas du tout. Quand j'étais enfant, il me rapportait des jouets et des vêtements dans des sacs en papier chiffonné. Les pull-overs étaient souvent troués au bas des manches, les jeans rapiécés à l'aide de carreaux de denim d'un bleu légèrement plus vif. Les ours en peluche avaient déjà été câlinés, les voitures miniatures roulaient sur les jantes, et si un jouet marchait avec des piles, elles étaient absentes ou usées. Mais je m'en moquais. Ces jouets n'avaient pas besoin de marcher tout seuls ; je les faisais marcher moi-même. D'ailleurs j'aimais bien imaginer les enfants qui avaient joué avec eux avant moi. Je me représentais leur visage, leur inventais une voix. Puis je leur faisais une place autour de moi. Je les associais à mes jeux.

Souvent les sacs en papier étaient de forme carrée et déchiquetés. C'étaient ceux que je préférais, remplis de livres. Les pages étaient déjà cornées, couvertes de marques de doigts sales, parfois même de miettes. Mais je m'en moquais. Je pensais alors que rien n'était jamais tout neuf. Le monde était si vaste et si peuplé que chaque objet devait être utilisé et réutilisé sans cesse ; c'était le seul moyen pour que les choses aient un sens.

Désormais j'ai peur de te laisser seul dans la journée. Désormais j'ai peur de sortir seul.

« Tais-toi, dis-je. Du calme. »

Tu es à la fenêtre, en train de japper. Tu jappes de tout ton corps, comme si chaque jappement était une décharge électrique qui te traversait de la barbiche à la queue. Les établissements scolaires sont fermés pour les vacances d'été. Je le sais à cause de l'apparition de ces garçons qui se retrouvent le soir sur le remblai, qui s'amusent jusqu'après la tombée de la nuit. Les plus jeunes ont douze ans, les plus âgés seize. Ils sont au minimum quatre et au maximum dix, mais leur nombre varie. Ce sont peut-être les mêmes que l'an dernier, à moins que ce ne soient leurs petits frères : impossible à dire. Tous rabattent la capuche de leur sweat-shirt sur leur tête et laissent les lacets de leurs chaussures de sport défaits. Tous ont l'air de ne pas tenir en place, comme si leurs membres étaient rattachés à leur torse par une série d'élastiques fatigués. Toujours, ils ont la même apparence décourageante. Tu vois leurs têtes d'adolescents trop grosses pour leurs corps, qui bloquent la vue sur la baie ? À partir de maintenant et jusqu'à l'automne, ils seront là chaque soir dans la tiédeur de la nuit, indifférents au crachin, comme vaccinés contre le mauvais temps, comme si l'embrasement de leurs hormones les maintenait au chaud à l'intérieur. Leur présence est le prix à payer pour les soirées plus longues, un rappel que les premières chaleurs et le surcroît de lumière sont un bien commun, qu'ils ne nous sont pas réservés, contrairement à ce que je souhaiterais.

Ces garçons de l'été viennent de lotissements construits dans les champs et sur les collines vers l'intérieur des terres, à l'écart du village et de la mer. Les maisons des lotissements ne sont pas plus vieilles que ces jeunes et tout aussi difficiles à distinguer les unes des autres. Stores et allées dallées, fenêtres en chien assis et fausse brique. Tu vois cette femme qui sort de chez le traiteur ? C'est la mère d'un garçon de l'été. Je le devine à son visage bouffi et à sa coiffure de star. Tu vois cet homme qui sort du pub ? C'est le père d'un garçon de l'été, une version de son fils plus élégante mais plus tourmentée : une veste par-dessus son sweat-shirt et des lacets bien attachés. Voilà les gens qui achètent les ceintures porte-outils, les nettoyeurs haute pression et les culottes amincissantes dont on nous vante les mérites entre deux émissions de télé, et chaque jour au crépuscule leurs fils descendent la colline en file indienne jusqu'au remblai. Juchés sur le muret, ils fanfaronnent. Ils ricanent et échangent par des abréviations et des gesticulations les expériences propres à cette phase inconfortable et ingrate de leur existence.

Ils attendent que l'épicier ait baissé son rideau et que presque tous ceux des fenêtres le long de la grand-rue soient tirés. Alors ils sortent des packs de bière tchèque bon marché et des cigarettes volées dans les poches de leur père. Les lampadaires donnent à leurs visages une pâleur inquiétante, vaguement menaçante, qui sied à leurs railleries au clair de lune. Parfois ils ont un ballon de foot, et de mon lit je l'entends cogner tard dans la nuit contre les volets du salon, tel un monstre marin sorti des eaux qui frapperait pour qu'on le laisse entrer. Et le matin je vois des éraflures sur les ailes de la voiture, des cercles parfaits laissés dans la poussière par le ballon envoyé d'un coup de pied. Les traces d'un tentacule colossal qui aurait posé là ses ventouses.

Éloigne-toi de la vitre. C'est la chose la plus dangereuse au monde, attirer l'attention sur la maison de mon père. Tu n'as pas idée de ce que ces garçons pourraient faire, de la facilité qu'ils auraient à me détruire, à nous détruire. J'ai toujours regretté que les fenêtres du séjour ouvrent directement sur leur territoire estival, et qu'en retour on puisse regarder directement chez moi. Voilà pourquoi je laisse les rideaux tirés en plein jour, pourquoi on ne peut jamais regarder le soleil se coucher derrière les bâtiments de l'autre côté du port. J'ai peur que ces garçons lèvent les yeux et me voient pitoyablement assis devant la télé, avec mon dîner pitoyable dans une assiette sur un coussin niché entre mes genoux pitoyables. Je sais à quel point les jeunes peuvent être cruels. Quand lui et moi étions un peu plus âgés, même celui avec des chaussures orthopédiques s'est joint à ses copains pour me poursuivre dans l'allée en scandant mon nom, et j'ai découvert qu'en fait il avait des cailloux dans sa trousse pour les lancer sur mes vitres. Maintenant j'ai peur que ces garçons finissent par me reconnaître. J'ai peur qu'ils m'interpellent en me voyant dans la rue. J'ai peur qu'ils me suivent en procession quand je me dépêche d'aller faire les courses et de revenir. Tu imagines ? Tout l'été, des jeunes qui clopineraient et battraient l'air de leurs bras en chœur derrière moi.

« Éloigne-toi de la fenêtre, dis-je de nouveau. Allez. »

Le thermomètre remonte un peu, je crois. Les linaires prolifèrent. Sur les murs du village, la valériane se fraie un passage entre les briques et pousse tant bien que mal vers le haut, vers les toits. Regarde les boutons-d'or et le pied-d'oiseau. Regarde le trèfle rouge qui n'est pas rouge, mais rose, rose comme la valériane. C'est la saison du jaune et du rose. Les journées sont encore grises, mais d'un gris tiède et étouffant, comme si le village et la baie étaient enfermés à l'intérieur d'un énorme Tupperware.

Tu es calmement assis sur le rebord de la fenêtre. Dans le fauteuil ventru, je lis. Parfois tu te redresses et tu jettes un coup d'œil à l'autre bout de la baie, ce coup d'œil qui embrasse mille cinq cents kilomètres. Parfois, couché avec ta barbiche entre tes pattes de devant, tu regardes vers l'intérieur, tu m'observes. À quoi tu penses ? Je regrette de ne pas pouvoir t'apprendre à lire. Je regrette que tu ne comprennes pas quand je te fais la lecture.

Lorsque j'étais enfant, avant que mon père me rapporte des livres, il avait accroché au mur de ma chambre un tableau avec l'alphabet. Vingt-six carrés avec dans chacun d'eux une lettre et une illustration qui débordait parfois de sa case pour faire intrusion dans celle d'à côté. Le RAT donnait effrontément un coup de queue au SERPENT À SONNETTE qui agitait à son tour la sienne sous le feuillage d'un TILLEUL. La seule chose que mon père m'ait enseignée sur l'alphabet était que le *H* se prononce *ache*, et non pas *hhhhache*, et que *Z* se dit *zaide*. Il corrigeait des fautes que je n'avais pas encore faites.

C'est la vieille voisine dont j'ai oublié le nom qui, après m'avoir appris à coudre, m'a appris à lire. Je me souviens qu'elle vivait au-dessus de l'épicerie et que je l'appelais Tante, alors que ce n'était pas ma tante ; elle n'était que la femme engagée par mon père pour me garder pendant la journée. Au début, je déchiffrais en suivant du bout de l'index droit chaque phrase mot à mot, syllabe après syllabe. Assise dans le fauteuil à bascule, Tante regardait par-dessus mon épaule et me criait le mot entier dès que je tombais sur une suite de syllabes inconnues. Elle avait les yeux perçants mais des problèmes d'audition, et les membres tremblants comme ceux d'un lapin atteint de la myxomatose. Elle savait que je trébuchais rien qu'en voyant mon index s'arrêter et hésiter. Alors elle criait le mot si fort que les dames de la boutique du rez-de-chaussée entendaient sûrement. « ÉNORME ! hurlait-elle. NAVET ! »

Tôt dans l'existence, j'ai appris à m'occuper de Tante en même temps que de moi. Je la voyais essayer de faire quelque chose – ouvrir une boîte de conserve, beurrer un toast, atteindre l'étagère où était rangée la boîte à gâteaux – et je m'en chargeais. « BRAVE GOSSE ! » s'écriait-elle avant d'ajouter, plus bas mais pas assez : « Pauvre idiot, pauvre petit idiot. »

Comment s'appelait-elle ? Impossible de retrouver son nom. Elle ressemblait à une femme de paysan du XIXe siècle, la poitrine enveloppée dans des châles d'où émergeait son visage ratatiné dont les rides allaient se perdre dans les plis de son fichu. C'était elle qui avait choisi le seul autre poster accroché au mur de ma chambre. Il s'intitulait *Les premiers secours expliqués aux enfants*, et je la soupçonne d'avoir pris cette initiative pour sa propre information plus que pour la mienne. Sous le titre, une sorte de bande dessinée dont chaque case illustrait un scénario dans lequel un adulte était en danger de mort, et où un enfant faisait de son mieux avec calme pour le secourir, et je me souviens que ces personnages s'évadaient de leur poster la nuit pour s'insinuer dans mes rêves.

Finalement, Tante n'est pas morte sous ma surveillance. Je n'ai même appris qu'elle était décédée et que j'avais raté l'occasion d'appliquer les consignes du poster que lorsque mon père m'a emmené à la levée du corps. Le salon funéraire était plein de monde, il devait y avoir un représentant de chaque famille de la paroisse, mais aucun ne semblait particulièrement bouleversé, personne ne soupirait, ne hoquetait ni ne sanglotait. De retour chez nous, mon père m'a demandé si je me sentais assez grand pour m'occuper de moi. J'avais neuf ans. Je lisais plus vite que mon ombre. Je connaissais par cœur tous les gestes de premiers secours car je rêvais chaque nuit d'une nouvelle urgence vitale. J'ai parié que c'était tout ce que j'avais besoin de savoir. Oui, ai-je répondu. Et ainsi les années ont passé, passé, passé, moi seul avec mon père, puis moi tout seul, puis il y a eu toi, et maintenant nous.

*

Aujourd'hui on fait des plantations. Je sais que la saison est déjà trop avancée. Les manuels de jardinage qui remplissent la bibliothèque de mon père en frémiraient d'indignation. Mais chaque printemps je fais mes plantations en suivant mes propres règles non écrites et partiellement oubliées d'une année sur l'autre, et chaque été j'accepte la récolte, si maigre ou médiocre soit-elle. J'élimine les limaces et j'envoie les pucerons dans le regard d'un coup de jet. Trop légers, ils marchent sur l'eau comme de minuscules Jésus verts.

Le mardi, je vais seul en ville. À la poste puis au supermarché, et là j'achète des plants et des graines au rayon jardinage. Des fruits, des légumes et des herbes aromatiques ; les fleurs, je ne m'en suis jamais soucié. J'ai toujours pensé que ce serait comme une insulte pour les fleurs sauvages qui poussent spontanément dans ma cour. Bravant le froid et l'obscurité, elles se fraient un passage dans la terre battue et fleurissent entre les gravillons. Comme si, à l'image des hirondelles, elles m'avaient choisi.

Aujourd'hui il pleut dans la cour, sur le remblai et sur la baie entière, alors on jardine dans la cuisine, à même la table nue devant laquelle mon père est mort. Si à l'époque le couvert était mis pour le petit déjeuner, maintenant mes boîtes et ustensiles sont perdus entre les cendriers souvenirs, les pots à confiture emplis de stylos-billes à sec et tout un bric-à-brac que je ne me résous pas à jeter. Il y a une demi-douzaine de plants de petits pois à transférer dans un sac de terreau, quelques pieds de tomates et un framboisier nain à mettre en pot. Cela permettra à leurs jeunes tentacules de proliférer, puis ils forciront et donneront des fruits. Tu restes assis entre les pieds de la table pendant que je travaille. Tu regardes le terreau ruisseler du sac. Il atterrit sur le lino et fuit dans toutes les directions. Sous le frigo, la machine à laver, le fourneau. Tu trouves qu'il sent quoi, mon terreau ? Celui fabriqué en usine, humus et éclats d'écorce, mais avec un arrière-goût de produits chimiques ?

Je traîne le sac sous la pluie jusqu'au mur de pierre et je fais de la place entre les balises et les éclats de plastique qui devraient attirer le soleil, si toutefois il se montre. Le framboisier peut aller là, lui aussi, mais les pieds de tomates restent à l'abri sur le rebord de la fenêtre. Je rends la table à son fouillis habituel et me roule une cigarette qui a un goût de terreau et de tabac mêlés. Je m'adosse au chambranle avec une tasse de café à la main et toi assis à mes pieds. Ensemble, on contemple les nouveaux venus dans la cour. Bientôt les plants de petits pois seront deux fois plus hauts et leurs vrilles chercheront à quoi s'agripper. Tout à l'heure, on ira en forêt ramasser des branches tombées, et je les planterai dans le sac de terreau pour que les pousses y prennent appui et serrent ces arbres miniatures contre leur tige. Les plants de petits pois ont autant besoin de tuteurs que le lierre d'un treillage, le pique-bœuf d'un rhinocéros, et moi de mes biscuits au gingembre, de mes cigarettes, de toi à mes pieds, assis bien droit, flairant le vent.

Tu changes de position pour t'appuyer contre mes tibias. Tu es sec, tiède, à la fois doux et ferme. Je sens ta cage thoracique se gonfler puis s'abaisser lorsque tu soupires. Tu donnes l'impression de beaucoup soupirer. Je trouve ça bizarre, car j'ai toujours considéré les soupirs comme l'expression de sentiments que les animaux ne sont pas censés éprouver, et je me demande si tu soupires à cause de la fumée dans tes poumons, ma fumée qui s'insinue partout. Est-ce qu'elle s'accumule dans ta poitrine jusqu'à ce que tes muscles se contractent pour la chasser ?

La pluie ne s'interrompra sans doute pas assez longtemps pour que les plantes aient besoin d'être arrosées. Debout sous le linteau de la porte à observer notre jardin de fortune, je vois une hirondelle voler au ras du sol, hésiter, poursuivre son vol. Et je me demande si c'était une des miennes. Je me demande si mes hirondelles sont de retour.

Après la disparition de mon père, je m'attendais à ce que quelqu'un vienne me chercher. Je m'attendais à être enfermé quelque part où je ne pourrais pas déranger ceux qui s'affairent, les gens normaux. Je m'attendais à être interné. Je prenais le cri des mouettes pour le hurlement d'une sirène et je m'enfermais dans la salle de bains pour ne pas voir le gyrophare. Mais personne n'est venu.

J'ai réuni chaque parcelle de vaillance que j'ai pu trouver au fond de mon âme, je me suis enfilé un petit remontant et je suis allé au bureau d'aide sociale. J'ai rempli des formulaires et coché des cases. J'ai découvert que, pour survivre durablement, il suffisait de savoir remplir des formulaires et d'avoir un minimum d'aptitude à cocher des cases. Et parce que j'ai réussi à ne pas oublier une seule case et à signer au lieu de mettre une croix au bas de la dernière page, personne n'est venu.

Et je suis toujours là, et maintenant toi aussi.

On tourne la page du calendrier, on passe de l'âne à une rangée de chaises longues dans un parc ombragé avec un étang opalescent, un banc orné d'une plaque commémorative à l'inscription trop petite pour être déchiffrée et une poule d'eau solitaire.

Deux semaines se sont écoulées depuis que tu as

mordu le colley de Tawny Bay. Deux semaines à se terrer dans la maison de mon père. Je vois bien que tu ne tiens plus en place. Moi non plus. Si c'était l'hiver, je pourrais m'accommoder de ce temps maussade, de ces murs qui nous retiennent prisonniers. Mais avec l'été vient l'espoir, et avec l'espoir le désenchantement. L'aube est le seul moment où on peut se promener sans risque, or chaque matin elle est pâle et sans éclat, et l'attente de la suivante est cruellement longue. Je sortirais bien dans la journée, mais j'ai peur. Peur de retomber sur HENRY HENRY HENRY et sur sa maîtresse, de me faire injurier et taper dessus à coups de parapluie de golf dans la rue. Peur qu'elle m'arrête pour me demander mon nom et notre adresse, me montrer les traces de morsure sur la tête majestueuse de Henry, la distance entre elles, exactement la même que celle entre tes crocs. Peur, plus que tout sans doute, de te perdre.

De ton poste d'observation sur le rebord de la fenêtre, tu regardes tes congénères trottiner sans entraves sur la promenade. Tu as beau aboyer, aboyer, jamais ils ne semblent s'apercevoir de ta présence. Le séjour est plongé dans l'obscurité par contraste avec la lumière extérieure ; tu n'es qu'un reflet sur la vitre. Tu vois les mulets téter la surface de l'eau pour attraper les moucherons ? Et les vieux pêcheurs avec leurs cannes toutes fines et leurs sacs de pain de mie en tranches ? Ils accrochent des boulettes de mie à leurs hameçons et les laissent flotter sur les vagues, assis les pieds dans le vide sur le muret du remblai comme des nains de jardin au bord d'un bassin. Je les vois rarement attraper un mulet. Qu'ils soient ou non récompensés, ils pêchent. Les boulettes de mie sont parfois avalées par des canards affamés et l'hameçon reste planté dans leur bec quand ils veulent s'envoler. Alors, seulement, les vieux pêcheurs rembobinent leur ligne cassée net, rangent leur matériel, remettent pied à terre et s'en vont d'un pas lourd.

Zostères et déchets s'accrochent au reste de la ligne jusqu'à ce que le canard n'ait plus la force de trimballer ce chargement monstrueux. Alors il s'affale dans les vagues, son conjoint loyal ne pouvant que le regarder sombrer lentement.

Tu vois les tadornes et les petites aigrettes, les jeunes cygnes et les martinets ? Tu identifies chaque oiseau inconnu des ornithologues amateurs, même si tu ne peux pas donner son nom.

À l'aube, tous les endroits que je croyais si familiers sont des pays étrangers. Humides et fripés comme après un rinçage et un essorage. Nos promenades matinales le long de la route de la raffinerie suivent toujours ton itinéraire imprévisible, jalonné de points de repère indéchiffrables, d'une plume de pigeon à un escargot écrasé, d'une odeur à une trace argentée.

Aujourd'hui, à l'intérieur du tunnel de verdure au bout du remblai, l'été atteint ce moment précis où les feuilles sont d'un vert si tendre, tirant sur le jaune, qu'elles luisent ou semblent luire. Aujourd'hui tu m'entraînes sous ces feuilles luisantes jusqu'à l'endroit où se trouvent une rampe et un abri à bateaux. C'est le club d'aviron du village. L'abri est un bâtiment préfabriqué, peint en vert sapin pour qu'il se fonde dans les feuillages. La rampe en béton est gluante. Pendant que tu flaires une crotte de renard aussi délicatement que s'il s'agissait d'un excellent cigare, je jette un coup d'œil par la fenêtre aux canots de bois sur leurs supports, retournés, amputés de leurs rames.

Tout l'hiver, ce préfabriqué reste fermé à clé. La

fenêtre se couvre de toiles d'araignée, personne ne vient. Les canots hibernent, tels de gros ours bruns au dos brillant dans une tanière sombre. Mais là c'est l'été, la saison des régates. L'abri est décoré de fanions, et, un dimanche sur deux, on dresse une tente, on fixe un haut-parleur à un poteau, on charge un pistolet à blanc, et les rameurs arrivent.

Mon père possédait une barque, je n'y aurais pas déjà fait allusion ? Je t'ai bien parlé de ce rafiot fabriqué avec des montants de porte ? Il était amarré à un anneau rouillé de la digue et battait contre la pierre par gros temps comme s'il voulait se briser ou presque, ou peut-être rompre son amarre. Après la mort de mon père, j'ai coupé cette amarre et j'ignore si la barque a pris le large ou s'est simplement échouée dans la vase.

À la fenêtre, nous regardons les beaux bateaux parcourir la baie entre les balises, les têtes des rameurs alignées comme les cibles d'un jeu de massacre, oscillant en cadence avec un mouvement de balancier. Les balises sont des barils vides, attachés ensemble pour former des barrières flottantes. Les régates attirent un flot de spectateurs sur le remblai. Je reconnais les passionnés à leur sifflet et à leurs jumelles, alors qu'en majorité les gens brandissent des esquimaux et des canettes de Coca, plus intéressés par le sport qui consiste à mettre quelque chose dans leur bouche que par l'aviron.

Là, dans notre poste d'observation surélevé, nous sommes déracinés, à l'écart. Nous regardons de haut la vie, les visières de casquette, les crânes chauves et les parapluies. La tente du club d'aviron répand dans tout le village un parfum de viande de porc grillée qui monte jusqu'à nous. Tu le sens ? Celui de saucisses en train d'éclater sur le charbon de bois d'un barbecue. Tu lèves la tête vers la fenêtre juste assez entrebâillée pour laisser passer les odeurs, les sons et le vent, mais pas tout à fait assez pour que tu puisses plonger sur un innocent sans méfiance dans la rue en contrebas. Tu te concentres sur les effluves de saucisses. Ton regard capable d'embrasser mille cinq cents kilomètres s'arrête sur la tente. Tu baves, un filet se prend dans ta barbiche et se balance. On ne peut pas se joindre à la fête, désolé. La régate est pour les familles. Tu vois les gosses dans leurs gilets de sauvetage miniatures gonflés comme des bouées fantaisie ? Tu vois les parents tenir fermement leur bras potelé de peur qu'une rafale soudaine emporte leur enfant-ballon dans les arbres ? Oui, c'est pour les familles, pas pour nous. On ne peut que se cacher ici et contempler les bateaux, les rameurs au mouvement de balancier, les gloutons, les badauds et les baratineurs.

Lorsque la nuit tombe en douce, on descend dans la cuisine. Je pose la poêle sur une plaque électrique et je sors un paquet de saucisses du frigo. Je ne supporte pas les bouts de gras qui crissent contre mes dents comme du polystyrène ni le tortillon impossible à griller à leurs extrémités, mais j'aime bien le rituel dominical de la cuisson des saucisses. J'aime bien avoir un prétexte couvert de poils et baveux qui m'arrive à mi-mollet pour y sacrifier. Je découpe ta part en rondelles faciles à manger. À l'aide d'un couteau à lever les filets, j'extrais tous les morceaux cartilagineux de mes saucisses à moi et les mets dans ton bol. Maintenant je suis adossé au chambranle de la porte du fond, ma tasse de café dans une main, une cigarette dans l'autre, et toi à mes pieds. Ensemble on attend que la poêle refroidisse.

Les pieds de tomates dorment dehors à présent.

Peut-être ont-ils l'air un peu endurcis, sans fruits mais en fleur. Contre le mur de pierre, dans leur coin au soleil sans soleil, les petits pois n'étreignent pas encore leurs tuteurs et ne les étreindront sans doute jamais, plus maintenant. Leurs feuilles sont ternes, leurs racines noyées dans la bouillie noire et grumeleuse du sac de terreau. Pourquoi est-ce que tout meurt de faim ou noyé ? C'est toujours trop ou pas assez, toujours disproportionné. Au crépuscule, de notre paillasson, on entend encore l'animateur de la régate donner des noms, des chiffres, et commenter la position des concurrents en soufflant trop fort dans le micro. Je n'ai jamais vu à quoi il ressemble, mais il y a quelque chose de divin dans la façon dont sa voix désincarnée s'élève de nulle part et s'adresse à chacun, dont ces sonorités presque inaudibles s'efforcent de nous communiquer un message.

La poêle a refroidi, elle est prête pour que tu lèches l'intérieur. À chaque coup de langue, le métal racle le lino, et on dirait un bruit de pas fatigués dans les derniers mètres avant la maison.

*

Mon père est mort à cause d'une saucisse.

Je ne t'en ai pas parlé avant parce que c'est une mort stupide. De celles dont il est question dans les histoires édifiantes racontées par les parents surprotecteurs, pour mettre leurs enfants en garde contre des choses en apparence banales et inoffensives, leur transmettre certaines peurs compliquées des adultes. Il y a l'histoire du petit garçon décapité par un lampadaire parce qu'il s'était penché par la vitre en haut d'un autobus à impériale. Et puis celle de la petite fille qui a voulu caresser un lion au zoo et s'est fait dévorer le bras jusqu'à l'épaule. Mais la mort causée par une saucisse est une histoire racontée par les adultes à leurs propres parents au rebut, pour qui mourir étouffé représente l'unique péril minable auquel ils puissent être confrontés quotidiennement.

Mon père est cet homme que tu sens dans toute la maison, sa maison, sans jamais le trouver. Tu sens les cellules de sa peau morte dans les reliures en cuir de livres jamais ouverts et sous les tapis jamais secoués. Tu sens son haleine morte aux relents de saucisse dans les fissures du plafond mansardé et dans l'air qui filtre par le trou de la serrure de la pièce toujours fermée à double tour. Tu le sens surtout dans l'odeur de pieds de mes pantoufles ; la puanteur est si forte que je la sens moi aussi. Ces pantoufles sont bien trop grandes pour moi, tu l'as remarqué ? Alors que mes pieds sont anormalement longs et plats pour soutenir la masse imposante de mes membres et de mon ventre, ceux de mon père l'étaient encore plus ; ils semblaient de la même longueur que le diamètre de son parapluie ouvert. Quand je porte ses pantoufles, je dois faire glisser les talons sur la moquette et arc-bouter mes orteils sur la semelle intérieure usée. Pourtant je continue à les mettre, mes superstitions incommunicables l'emportant sur le souci du confort. Je continue à mettre deux serviettes sur le porte-serviettes, deux brosses à dents dans le verre à dents. Je sais que la salive qui stagne au fond du verre a été sécrétée par mes seules gencives, mais je continue quand même.

Mon père avait quatre-vingt-trois ans lorsqu'un morceau de saucisse lui a obstrué la trachée. J'imaginais qu'ayant atteint cet âge vénérable il mourrait dans son lit d'une cause anodine, prévisible, en articulant ses derniers mots entre deux râles. Mais la vie ne rate jamais une occasion de nous prendre de court. La vie aime nous rappeler qu'elle nous avait prévenus. Même quand nous sommes si vieux que plus rien ne peut nous inquiéter. Si vieux que nous restons assis à attendre, et quoi que le sort nous réserve, nous le voyons venir. Mon père n'a pas prononcé ses derniers mots, ou du moins il les avait prononcés trop longtemps avant sa mort pour qu'on s'en souvienne, qu'on les chérisse ; en guise de râle, il a tapé du poing sur la table de la cuisine et, alors que le coup de poing résonnait encore, il a porté ses mains à sa gorge.

Mon père se prénommait Robin, le nom anglais du rouge-gorge dont la photo orne souvent les cartes de vœux, avec sa poitrine du même rouge orangé qu'une coulée de lave en fusion. Mais le prénom de mon père n'est qu'un son étrange de plus, jailli de la bouche des hommes pour semer la confusion dans ton esprit, te distraire de ton vocabulaire fait d'ordres. Il ne signifie rien ; il n'a pas d'importance.

Viens ici, j'ai quelque chose à te montrer.

Je garde ce livre sous la main depuis que je suis petit. Dans mon enfance, il m'a aidé à résoudre certaines de mes incertitudes face au réel. *Contes populaires du monde entier*, dit le titre en couverture, et maintenant laisse-moi te montrer la page sur laquelle je m'arrêtais le plus souvent. Tu vois cette montagne et cette prairie ? Tu vois ce pont en dos-d'âne ? Voici les trois boucs, et là, sous l'arche de pierre, accroupi dans l'humidité et l'obscurité, le troll. Il a le nez couvert de verrues et le front hirsute. Un éclair de folie traverse son regard. Il lève les yeux vers les boucs qui franchissent le pont avec élégance. Quand j'étais petit et que j'arrivais à cette page, je pensais aux enfants qui passaient devant chez moi en allant à l'école et je me sentais vaguement solidaire du troll, comme si j'avais découvert à quelle espèce j'appartenais. Il y a une seule image de lui, et pourtant je crois parfois le voir, accroupi hors de ces pages. Sur le rebord de la fenêtre du séjour, sous la bâche qui recouvre les bûches, tapi dans un coin de la cuisine.

Tantôt ça me fait rire, tantôt ça me met mal à l'aise de constater ma ressemblance troublante avec ce troll depuis que je suis adulte, que je vieillis.

Tu es assis sur le gravier de la cour, sous un rayon de soleil, les oreilles ébouriffées par le vent et tous tes poils roux scintillant dans ton pelage mité.

Je vois ta truffe frétiller. Je sens les viennoiseries de la journée en train de dorer dans la cuisine de l'épicier. Les relents écœurants des croissants et de l'*apple pie*, deux continents réunis dans le même four. Quelles sont les autres odeurs, trop diffuses pour mon odorat inadéquat d'être humain ? Tu reconnais celle du terreau qui grille dans les pots de fleurs, celle de cire chaude de la bâche sur mon vélo, la trace d'un chat passé pendant la nuit ?

Je me suis peut-être trompé sur les saisons. Une sorte d'été est arrivé aux premières heures de la matinée. On s'est réveillés dans le silence sublime d'une belle journée, la première belle journée. Des rayons étincelants se déversaient par la fenêtre sans rideaux de ma chambre, victorieux des linaires. On a descendu l'escalier quatre à quatre, poussé la porte du fond, enjambé le paillasson souhaitant la bienvenue. On a tiré du sommeil l'araignée du jardin qui vit entre les fils du séchoir à linge et dont l'abdomen tacheté d'or ressemble à une minuscule amulette. Elle s'est levée pour découvrir la rosée déjà évaporée des filaments de sa maison fragile, un bébé mouche étranglé par son piège soyeux. Près de l'araignée-amulette se balance le linge que j'ai étendu il y a plus d'une semaine ; relavé par plusieurs averses, il a fini par sécher.

Pour la première fois de l'été, je sors les bols du petit déjeuner sur la table de la terrasse, et on mange dans un vacarme de mouettes braillardes et de camions qui remontent la colline jusqu'à la raffinerie après avoir roulé toute la nuit. Je me cale contre le dossier de mon fauteuil de jardin. Les muscles de mon visage se relâchent et je bâille à m'en décrocher la mâchoire. Sur le plateau de verre de la table, un bol de porridge trop hivernal, une tasse de café fort, un paquet de feuilles au parfum de réglisse collé au rabat de mon sachet de tabac Amber Leaf. La première fois que j'ai fumé, j'avais cinquante-cinq ans trois quarts. Un âge trop avancé pour expérimenter des substances toxiques mais idéal pour adopter une habitude qui favorise la mort. Je savais exactement comment rouler ma première cigarette, j'avais vu mon père le faire dix mille fois. Prendre une grosse pincée de tabac un peu desséché, la rouler entre le majeur et le pouce des deux mains travaillant de concert. J'ai eu du mal à reproduire parfaitement le tour de main. Mon père donnait toujours l'impression d'y arriver sans effort. Après quelques tentatives, j'ai réussi à coller la feuille, à insérer le filtre, à allumer la cigarette. Puis je l'ai laissée se consumer sur un cendrier. La marque Amber Leaf avait la préférence de mon père, comme les feuilles parfumées à la réglisse, un choix discutable. Tout ce que je voulais, c'était respirer cette fumée familière. Grâce à cette odeur, pourtant, l'appréhension sourde qui me rongeait s'est atténuée, et j'ai cessé d'arracher les impatiences autour de mes ongles. Avec ma deuxième cigarette roulée, je ne me suis pas contenté d'en inhaler la fumée pendant qu'elle se consumait jusqu'au filtre. Je l'ai portée à mes lèvres. Ai tiré une bouffée, avalé la fumée. Et là le sang m'est un peu monté à la tête, je me suis senti un peu grisé, un peu mieux.

Seulement après m'être mis à fumer à mon tour, j'ai pris conscience que j'ignorais où mon père prélevait de quoi fabriquer ses filtres. De son vivant, jamais je ne suis tombé sur un morceau de carton amputé d'un minuscule rectangle, alors que je découpe sans cesse les boîtes de biscuits, de céréales et de kleenex, et que la couverture de mes livres de poche part lentement en fumée.

Maintenant le soleil est au zénith et la cour resplendit. Un pigeon se pose sur le mur de pierre. Ses plumes sont mauve pâle, la couleur des yaourts aux fruits des bois. Il a une bague en métal autour de la patte droite et semble aux aguets, vérifiant si je suis bien l'être humain qu'il connaît, si c'est bien la cour où il niche. Tu ne le chasses pas ; tu ne chasses jamais les oiseaux. Je te vois tellement attiré par le gibier à poil que je me pose toujours la question : pourquoi pas les oiseaux ? Tu fourres la tête dans un terrier de lapin, convaincu que ton corps peut se contracter pour suivre. En revanche, tu parais savoir d'instinct que tu ne peux pas voler.

Regarde, les balises semblent avoir retrouvé leur éclat. Le soleil a enlevé la vase. Même mon linge sec, ma garde-robe mitée noire, marron et grise, et ma serviette de bain défraîchie ont l'air magnifiques ce matin. Les camions sont arrivés après leur nuit de route, l'araignée-amulette mange du bébé mouche au petit déjeuner, le salon de coiffure ouvre pour la journée. Bizarre de penser que, à quelques mètres de l'autre côté du mur et sur un parquet, quelqu'un se fait faire un shampooing ou une coloration, épiler les jambes ou les sourcils. Ce qui me rappelle l'existence de mes durillons ; alors j'enlève mes chaussettes, je sors mon canif et entreprends de tailler la corne jaunâtre de mes pieds, tâche incroyablement gratifiante. Tu renifles les bouts de corne, tu les mordilles comme s'ils venaient d'un jouet en caoutchouc ; quelque part un enfant crie, et je me demande si c'est de joie ou de panique. Comment faire la différence ? D'autres que moi la font-ils ? Je me roule encore une cigarette et tu humes ma fumée, les relents de croissant et d'*apple pie*, l'odeur du chat absent.

Et notre pigeon roucoule, avec mélancolie.

*

Je t'ai parlé de mon anniversaire ? On ne me l'a fêté qu'une seule fois, mais c'était à cette époque de l'année, en été, par un jour d'orage qui suivait les premiers vrais rayons de soleil. Un mercredi, je crois. Peu après la mort de Tante, donc ça devait être l'année de mes dix ans.

Mon père n'était pas allé travailler. Il a mangé ses céréales au son, ses saucisses. Puis il m'a dit que c'était mon anniversaire et m'a emmené au zoo – à moins que ça n'ait été un parc zoologique ? C'était peut-être un parc zoologique. Sur place, il a brandi son parapluie fermé vers le ciel. Je sentais les gouttes de pluie traverser mes manches, et même si c'était l'été, si la pluie était tiède, la chair de poule hérissait la peau de mes bras comme une éruption de boutons.

Il n'y avait presque personne. Nous croisions et recroisions les rares visiteurs en suivant l'itinéraire conseillé, de la volière au vivarium, en passant par le rocher des singes et l'enclos des bisons. L'aire des jeux pour enfants était déserte et mon père m'a dit que je pouvais monter sur ceux que je voulais. Mais les balançoires et les toboggans ne m'intéressaient pas. Tout ce dont j'avais envie, c'était d'observer les oiseaux, les lézards, les grands fauves et les petits pandas roux.

Il n'y a rien de plus triste qu'un zoo ou un parc zoologique sous la pluie. Les animaux ont tous l'air soit légèrement abattus, soit légèrement dérangés. Les plus gros arpentaient leur enclos. Les plus petits restaient tapis dans un coin, sans que je puisse dire s'ils s'abritaient de la pluie ou tentaient de se cacher. Je quittais chaque enceinte à contrecœur. J'avais envie de rester là à jamais, parmi tous ces animaux tristes. Lorsque la pluie a redoublé, mon père m'a convaincu d'entrer chez les gorilles, puis m'a laissé à l'intérieur du bâtiment pour aller fumer une cigarette à la porte. Il y avait un mâle gigantesque appuyé contre la vitre de sa cage. Ses mains étaient si semblables à celles des humains, ses ongles d'une propreté si exquise, beaucoup plus soignés que les miens. Lentement, lentement, il a tendu son index droit et placé l'extrémité sur la vitre. J'ai levé le mien et l'ai mis au même endroit de l'autre côté. Nous sommes restés ainsi un long moment, jusqu'à ce que mon père revienne et m'annonce qu'il était l'heure de rentrer.

À notre retour chez nous, il est allé chercher quelque chose dans sa chambre. Au début, j'ai cru qu'il m'offrait une petite cage avec un assortiment de jouets en plastique à l'intérieur, mais ensuite j'ai vu son occupant. Ses yeux étaient d'un noir perçant, ses bajoues gonflées par une réserve de graines. Il tenait un barreau dans chaque patte de devant et je me rappelle avoir songé qu'il ne lui manquait plus qu'un maillot à rayures pour ressembler à un parfait bagnard de dessin animé.

« C'est un nain russe », a dit mon père. Mais ce n'était pas vrai. En fait c'était un hamster nain russe.

Je ne me souviens pas de la date exacte à laquelle on avait fêté mon dixième anniversaire, mais chaque mercredi d'été, durant des années, je suis resté à l'affût, attendant que l'occasion se répète.

*

Peu à peu, le goudron réapprend à fondre dans les nids-de-poule. Sur les collines au loin, les éoliennes cessent leur tournoiement impétueux. Leurs mâts blancs sont noyés dans la brume ; sur le bleu du ciel, leurs pales ont l'air d'avoir été dessinées au Tipp-Ex. Des torrents de sprats se jettent dans la baie, suivis de près par les maquereaux.

Je te regarde manger l'unique framboise de mon framboisier. La truffe au vent, tu as senti qu'elle était mûre, flairé les feuilles en dents de scie, et maintenant tu la grignotes entièrement avec une étrange délicatesse, drupéole par drupéole. Tu es si absorbé par ce fruit que tu ne me vois pas t'observer, en retrait sous le linteau de la porte, tasse de café à la main, cigarette glissée derrière l'oreille. Tu ne m'entends pas lorsque je laisse échapper un gloussement amusé.

Mon père avait un rire de crécelle, comme si mille grains de riz s'étaient déversés dans sa gorge. Il ouvrait grandes les narines et ses pommettes saillaient, mais le son restait logé juste à l'entrée de sa trachée, comme le morceau de saucisse. C'était surtout en regardant des rediffusions de comédies des années 1970 qu'il riait. Il m'arrivait de m'esclaffer avec lui, et même si mon rire solidaire ne sonnait pas vraiment faux, il était toujours calculé, mécanique.

J'aime particulièrement rester assis au soleil, à bronzer. Après plusieurs décennies d'exposition, cet amour du soleil se traduit sur mon visage par une peau tannée, un semis de taches et de rougeurs suspectes aux formes changeantes, sans doute l'ébauche de carcinomes paresseux. Mais c'est plus fort que moi. Quand je m'assois au soleil, je le sens se répandre dans mes veines et c'est comme l'effet d'un tabac impossible à enfermer dans un sachet. Je suis instantanément revigoré, requinqué.

Je vois bien que toi aussi tu aimes te chauffer au soleil. Assis ensemble, on passe chaque belle journée dehors. Dans notre enclos de quelques mètres carrés, on regarde l'ombre du toit s'allonger lentement sur le gravier. Je déplace mon fauteuil de jardin à mesure que la lumière reflue. Tu suis le mouvement et te recouches à mes pieds. Je finis par pousser le fauteuil tout contre le mur de pierre, jusqu'au moment où le soleil passe de l'autre côté et disparaît. Trahis par le toit, tantôt on traîne dans la cour, tantôt on s'agite tels des détritus à la surface de l'océan. Tu mordilles des feuilles de sumac vénéneux. La tête penchée de côté avec malice, tu as l'air de défier consciemment la mort. Je repère une fourmi, puis une autre, puis je les compte. Regarde-les se multiplier à l'infini, alors que juste avant il n'y en avait qu'une.

Je voudrais aller à la plage, et pas seulement à l'aube quand la chaleur est encore faible. Je voudrais y aller maintenant, marcher tout au bout de la grève, le plus loin possible du parking, là où presque personne ne va, et étendre une couverture pour m'allonger au soleil. Mais j'ai peur d'être dévisagé, ou de t'entraîner dans un pays des merveilles avec plein de choses à mordre. Tout le monde est en vacances désormais, prêt à traverser de partout le comté vert et bétonné pour atteindre l'immensité bleue ; la plage sera bondée, or une plage bondée est un piège. J'ai peur des inconnus amenés par le beau temps, peur de leurs animaux de compagnie et de leurs enfants, de leur agitation qui pourrait devenir source d'ennuis pour nous.

Il doit bien exister, quelque part, un endroit oublié des porteurs de maillots de bain, des planteurs de parasols et des confectionneurs de pique-niques. Le soleil est encore haut au-dessus des cheminées, alors partons faire un tour en voiture, histoire de voir si on peut trouver un petit coin de côte désert. On grimpe dans la voiture et on sort du village, on tourne dans chaque chemin de terre envahi par la végétation et donnant l'impression de rejoindre l'horizon. Parfois il y a des propriétés privées, des pancartes avec l'inscription DÉFENSE D'ENTRER, d'autres fois des taureaux, qui me prennent pour le fermier, se lèvent et se dirigent lourdement vers leur auge. Regarde les papillons tournoyer devant nous sur la route, leurs battements d'ailes qui éclipsent le soleil. Mais j'oublie de lever le pied de l'accélérateur et voilà qu'ils s'écrasent sur le pare-brise. Juste avant qu'ils meurent, je vois que ce sont des vulcains. Ils laissent deux minuscules taches visqueuses et une étrange poussière sur la vitre, une poussière qui scintille. Tu les as vus ? Tu as vu les vulcains ?

Enfin, les traces d'un sentier qui se perd dans une étendue d'herbe drue et plonge à flanc de falaise.

*

Le haut de la falaise est constellé de scabieuses, de fleurs de camomille, de silènes. Des coccinelles étreignent les brins d'herbe. Des syrphes flottent dans l'air. Des larves baveuses glissent sur ton pelage lorsque tu t'élances vers le bord de la falaise. Tiens, de la potentille, dont l'envers des feuilles est argenté comme les écailles d'un poisson à chair blanche.

Le sentier descend. La terre et les ajoncs cèdent la place aux œillets marins et aux lichens. La pente est raide, mais il y a jusqu'en bas la corde bleue tendue par un pêcheur entre des pitons vissés dans la roche. Des gens devaient venir ici avant que les broussailles aient poussé si dru, trop dru pour qu'on les écarte. Je les piétine, toi tu te fraies un passage dessous. Au pied de la falaise, une plage de galets à peine plus grande qu'une place de parking pour handicapés, pas faite pour les châteaux de sable ni pour les parasols, et sans doute submergée par un mètre d'eau ou plus à marée haute. Une plage hostile aux vacanciers, aux excursionnistes, aux inconnus amenés par le beau temps. Mes jambes de pantalon s'accrochent aux crocs miniatures des ajoncs, mes poignets sont piqués par les orties. Des graines d'herbe pourpre se posent sur ton pelage et tu éternues, éternues, éternues, à cause de l'air saturé de pollen. Mais la mer se retire, c'est parfait.

Demain, lorsque notre toit d'ardoises sera entré en collision avec la course du soleil, on reviendra ici, je te le promets. On descendra en s'aidant de la corde bleue. J'apporterai des sandwichs et des biscuits au gingembre, une couverture que j'étendrai sur les galets. Je calerai ton bol à eau entre deux galets, je sortirai mon livre, je retrouverai la page cornée et je lirai au soleil. La pente est trouée par les terriers, jonchée de crottes déshydratées. Libéré de ta laisse, tu disparais dans la couche argileuse au pied de la falaise pour exhumer les galeries souterraines des lapins. Mais voilà longtemps qu'ils les ont abandonnées aux racines ravageuses des genêts. Tu ne vas pas très loin et tu reviens la tête couverte de poussière rouge, des taches pareilles à des peintures de guerre, comme si tu étais le prince africain dont ta médaille porte le nom. Tu t'assois près de moi, remuant la truffe et roulant de l'œil. Eh bien, qu'en dis-tu ? On revient demain, et après-demain, et après après-demain ?

Aujourd'hui, je ne vois pas âme qui vive. À quelques centaines de mètres, il y a une rangée de maisons en bordure de la route. J'aperçois des jardinières sur les appuis de fenêtre, des maillots de bain sur le fil à linge, des voitures avec des plaques d'immatriculation de la ville et des essieux d'une largeur inutile garées sur d'étroites allées de garage, et je me demande pourquoi personne ne semble s'intéresser à cette corde bleue. Les enfants ne partent donc plus à l'aventure ? Ils n'écrasent plus les fougères en cherchant des grottes secrètes, des criques bien cachées et des plages de galets au bout de mystérieuses cordes bleues ? Mais, bien sûr, j'ai oublié que de nos jours on leur enseigne à étendre leur serviette pile à l'entrée de la plage, tout près de l'endroit où est garée la voiture et où toutes les autres familles sont pareillement installées. Ces enfants n'ont jamais lu *Le Club des Cinq* parce que entre-temps on a appris qu'Enid Blyton était vaguement raciste – c'est du moins ce que j'ai entendu à la radio. Ils font partie de ces inconnus amenés par le beau temps, dont on a vraiment peur, ceux qui font passer la camaraderie avant la compassion.

Je ne t'ai jamais lu *Le Club des Cinq*. Je devrais, je crois que ça te plairait. J'essaie de me souvenir si Dagobert a jamais englouti des morceaux d'excréments ou agressé d'innocents promeneurs. Ça m'étonnerait.

Chaque matin à l'aube, je me dis que le temps se sera dégradé pendant la nuit. Comme s'il attendait pour changer que je ne regarde pas. Mais non, rien de changé. On se promène sur la route de la raffinerie jusqu'aux eaux fauves de Tawny Bay. On mange du porridge dans la cour. Et quand la mer est basse, on va en voiture jusqu'à la falaise et on descend à pied en s'aidant de la corde bleue. Les jours sont plus longs que jamais auparavant, mais comme jamais auparavant je leur en suis reconnaissant.

J'ai apporté une Thermos et je la pose sur le galet le plus plat. Le café est trop chaud, je le sais, mais je me suis toujours demandé quel effet ça faisait d'en boire à la plage. Toi aussi, tu as trop chaud ? Tu respires par petites bouffées rapides. Je tire sur ton collier pour t'entraîner jusqu'à une mare dans les rochers, je te hisse dedans, je recueille de l'eau au creux de mes mains pour asperger ton encolure et ton ventre. Lorsque la mare redevient étale, tu restes où tu es. Tu observes les crevettes autour de tes pattes, essaies de mordre l'eau, la recraches par les narines en toussant.

Tu finis toujours par revenir vers moi. Cette fois tu t'appuies contre mes chevilles croisées, près du galet avec la Thermos. Regarde les champs là-haut, au-delà des résidences secondaires. Tu te souviens qu'ils paraissaient uniformément verts lorsqu'on est passés devant ? Mais vus d'ici, ils sont taupe, vert menthe, vert émeraude et vert citron.

Ils sont interrompus par un terrain de golf et des pavillons épars. Des granges, des voitures, des bottes de foin et des arbres. Des vaches qui se déplacent aussi imperceptiblement que les aiguilles d'une horloge, et arrivent à destination sans en avoir l'air. Maintenant regarde l'océan, et ce qui l'interrompt. Un rocher herbeux couvert de cormorans. La bouée d'un casier à homards. Quelques voiliers au loin. Un baril bleu, probablement relié à quelque chose sous l'eau. Et un cargo contournant une balise pour entrer dans le port.

Dès que je vois un cargo, je commence à me représenter les différents objets enfermés dans chaque conteneur, puis tous les composants qui ont servi à les fabriquer, puis tous les composants des composants, et ainsi de suite, à l'infini. Comme la mise en abyme sur les boîtes de levure chimique Royal Baking Powder. Du temps où j'étais à peu près grand comme la table et où je voyageais à l'arrière de la voiture de mon père, un jour on a longé la grand-rue pour traverser la ville, et je me souviens d'avoir vu par la vitre une femme debout à sa porte. Un instant plus tard, elle a tourné les talons et est rentrée, refermant la porte derrière elle, et bien sûr je ne la voyais plus. Je sais que ça paraît insignifiant, mais c'était la première fois que je prenais conscience que la vie des autres continuait. Tout le temps, hors de ma vue et sans moi. C'était la première fois que je prenais conscience que tout continuait sans fin. Envers et contre tout, sans relâche.

Jamais tu ne te demandes ce que les gens font toute la journée, tous les jours ? Les amateurs de régates, April la caissière, la coiffeuse polonaise, les mères et les pères des garçons de l'été ? On les voit faire de la marche à pied sur le remblai ou la queue au supermarché, traverser le village en trombe dans leurs voitures rapides. Puis ils se garent dans l'allée de leur garage et disparaissent derrière une porte fermée. À l'abri dans leur tanière couleur magnolia aux stores baissés, que font-ils ?

Je peux l'imaginer ; d'ailleurs je l'imagine, mais mon

père et Tante sont les seules personnes, avant toi, avec qui je suis resté derrière une porte fermée. Et bien sûr, tu n'es pas une personne, je l'oublie toujours. Maintenant, quarante-sept ans se sont écoulés depuis l'époque où je vivais enfermé avec Tante, et mon père ne compte pas vraiment, lui non plus. Presque chaque jour de la semaine, pendant presque toute ma vie, il a quitté la maison le matin pour ne revenir que le soir ; et encore, certains soirs seulement, même pas tous.

Chaque matin il mettait une chemise blanche bien repassée, une cravate à fines rayures, un pantalon de costume et des chaussures sérieuses. Mon père était employé dans une fabrique de confiseries. Il travaillait à la chaîne, donc il devait se changer en arrivant et se changer de nouveau dès qu'il avait fini sa journée. Jamais il ne m'a emmené dans la zone industrielle de la ville pour me montrer son usine, donc l'image que je m'en fais, de petits hommes orange et des rivières de chocolat, n'a rien de réel.

Il n'était ni cultivé ni fortuné, même s'il s'habillait comme s'il l'était. Chaque année, il économisait assez d'argent pour partir en vacances une fois par an. Et chaque année, une fois par an, il achetait une assiette pendant ses vacances. Il n'a pris sa retraite qu'à soixante-seize ans. Un matin, il s'est levé tôt comme il l'avait toujours fait, a mangé ses céréales au son et ses saucisses comme d'habitude. Il portait sa chemise et son pantalon de costume, mais j'ai remarqué qu'il avait remplacé sa cravate par des pantoufles. Après avoir fumé sa cigarette à la fin du petit déjeuner, il est retourné dans sa chambre et a fermé la porte. Même chose le lendemain, et le surlendemain. Parfois je restais derrière la porte et j'écoutais. Le crissement d'un crayon, le grincement des ciseaux, le découpage d'un carton et le tintement d'un pinceau qu'on rince dans un pot de verre. Au bout de deux semaines, mon père a ouvert la porte et m'a montré sa réalisation.

C'était un jeu de société, coloré et compliqué, mais mal fini et mal conçu. Il était loin du perfectionnisme que j'avais toujours prêté à mon père, mais bien sûr je n'ai rien dit. Mon père a fabriqué quatre-vingt-dix-huit jeux de société entre son départ en retraite et sa mort, et je n'ai jamais rien dit. Certains étaient des versions réinventées des classiques. Le Cluedo sur un paquebot, avec le mess des officiers au lieu de la salle à manger et une amarre au lieu du chandelier. Un jeu de l'oie en trois dimensions, avec des tabourets et des toboggans comme obstacles. Les jeux que mon père inventait portaient tous des noms qui se terminaient par un point d'exclamation et rappelaient une attraction de fête foraine : *La Guillotine ! Sensations fortes ! Catapulte !* J'ai passé des milliers de soirées à jouer avec lui à ses jeux déroutants, et à perdre à cause des règles ridicules qu'il avait fixées. Et pendant des milliers de soirées j'aurais préféré être seul avec mes livres, loin à l'intérieur de leurs mondes et à l'abri du mien.

Je n'ai jamais vraiment vu l'intérêt des jeux de société. On met toujours trop de temps à finir une partie, et là, soit on gagne, soit on perd, c'est tout. On n'a rien appris de nouveau. Le jeu retourne dans sa boîte. Les livres ont toujours représenté un refuge plus intéressant, même si, franchement, j'ai de toute façon oublié la plupart des choses que j'ai apprises en lisant. Au moins, en jouant et en perdant, je donnais à mon père le petit frisson de la victoire, une sensation de réussite. Je lui permettais de se sentir mieux quelques instants, et c'est la seule chose qui compte, au fond. Je lui devais bien ça.

Avant qu'il prenne sa retraite, j'en savais très peu sur lui, à l'exception de ce que j'avais constaté par moi-même. Il ne me donnait que des conseils pratiques, ne me faisait jamais de confidences. Je savais qu'il emportait toujours au travail une poire conférence et un paquet de biscuits à la crème. Je savais qu'il s'asseyait avec la cheville droite posée sur la rotule de son genou gauche. Je savais qu'il n'aimait pas le goût de plastique des nouvelles bouteilles de lait. Je connaissais cent détails triviaux, mais rien de ses aspirations, de son passé. À présent je me demande s'il mangeait seul tous ces biscuits à la crème ou s'il les partageait. Et s'il les partageait, avec qui ?

Une fois en retraite, il a transformé sa chambre en atelier pour donner vie à des jeux de société. Il passait ses journées à découper des cartons, à sculpter des pions dans des plaques de balsa et à peindre toutes ces surfaces avec ses pinceaux à poils souples. Traces de ses bricolages, les petites montagnes de copeaux et de chutes de carton qui trônaient sur la moquette, ou que l'on entraînait dans le couloir et à travers la maison. Une fois en retraite, il me jetait quelques anecdotes en pâture, et je les saisissais tel un écureuil récoltant des noisettes pour l'hiver. « Parfois, sur la chaîne de production des bonbons acidulés, me racontait-il, la machine de scellage se déréglait et la pression faisait exploser les sachets. Un nuage de sucre s'élevait d'un bout à l'autre de la chaîne, et on toussait et on s'étranglait tous sous nos charlottes. » Mon père n'aimait pas son travail. Ça, au moins, il me le faisait toujours comprendre.

Dans sa chambre-atelier, il a abîmé un carré de papier peint en s'en servant pour absorber l'eau de ses pinceaux. Un jour, je me suis aperçu que les coups de pinceau formaient un motif complexe, pareil à un message codé. Durant les dernières années de sa vie, je lui apportais des tasses de thé, des toasts à la marmelade d'oranges, et je m'apercevais qu'il avait ajouté une nouvelle trace sur le carré, que celui-ci s'agrandissait chaque jour. Après sa mort, j'ai fermé à clé la fenêtre de mon père, et sa porte. J'ai posé au pied le bourrelet en forme de serpent. Il n'y a rien de plus à ajouter. Le message est terminé et ne signifiera jamais rien de plus. Et je suppose que je ne saurai jamais rien de plus sur mon père.

Viens ici, j'ai quelque chose à te montrer.

Il y a quatre-vingt-dix-sept jeux de société faits maison dans la chambre fermée à double tour, et le quatre-vingt-dix-huitième est là, dans cette boîte. C'est le meilleur, le seul auquel il m'arrive encore d'essayer de jouer. Il s'agit d'une version d'un jeu existant qui s'appelle *À la découverte de l'Europe*, je crois, à ceci près qu'elle est basée sur un continent créé de toutes pièces par mon père. Regarde comme il en a bien tracé les contours, puis les frontières intérieures. Regarde le nom de chaque pays, emprunté à d'obscurs villages, communes, vallées ou rivières. Regarde l'hymne national choisi par mon père pour chacun de ces pays, en même temps qu'un costume traditionnel, un sport, un drapeau, un paysage et une industrie spécifiques. Voici Garrowdiff et l'île de Spence, Moyatree et Ballyooagle. Ici, Palace, et là, Butts. Regarde Dyssert, presque désert, et Creggish, tout en crêtes et en rochers. Regarde les citoyens d'Elphin dans leurs justaucorps verts, et les poissons ornant le drapeau de Lisfinny.

C'est un jeu de dés, donc tu peux y jouer avec moi si je lance les dés à ta place, si je tire tes cartes de chance, si je pousse ton pion dans son périple pour nulle part.

Assis bien droit sur ton fauteuil de l'autre côté du plateau de jeu, tu observes attentivement. Tu attends que je te donne un pion de couleur à gober ? Désolé, ils ne sont pas à manger.

Mon père m'avait dit qu'après sa mort tous ses jeux devaient être détruits sans exception. Sans doute parce qu'il avait honte du gosse morveux aux doigts poisseux qui l'habitait, du bricoleur amateur. Il refusait qu'on mesure la valeur de son existence à l'aune de jeux puérils. Mais je ne les ai pas conservés par malice ; simplement, je n'ai pas le goût de la destruction. Par ailleurs, j'avais participé à leur réalisation. Il me demandait mon aide, et je la lui apportais. J'effectuais toutes les tâches les plus ennuyeuses, les plus minutieuses et les plus répétitives. Chaque jour je tuais le temps en faisant ces gestes abrutissants sous la houlette de mon père, moi qui aurais tant préféré pouvoir lire. Je sais que, s'il a passé sa retraite dans cette maison rose saumon, c'était seulement parce qu'il était vieux, usé, et n'avait personne pour s'occuper de lui, personne d'autre que moi. Au moment où j'avais le moins besoin de lui, il a soudain eu besoin de moi pour poncer son balsa et perdre aux jeux de son invention. À l'âge de quatre-vingts ans, mon père n'était pas plus grand qu'un gorille mâle, ses cheveux avaient les mêmes reflets argentés, et lui le même dandinement, les mêmes yeux enfoncés dans leurs orbites. Difficile, alors, de le haïr, de le traiter avec cruauté. Ç'aurait été comme donner un coup de pied à un chiot ; cela aurait fait de moi le troll qu'il m'avait toujours laissé croire que j'étais.

Jamais je n'ai souhaité ce qui est arrivé. Je n'ai pas plus le goût de la dissimulation que celui de la destruction. S'il te plaît, comprends-moi bien : jamais je n'ai souhaité ça.

Qui étaient-ils, ces gens dont mon père pensait qu'ils viendraient voir ses jeux de bricoleur du dimanche et le jugeraient ? Était-ce ceux qui me questionnaient après la messe, ceux avec lesquels il partageait ses biscuits à la crème, ceux près de qui il inhalait de la poudre de bonbons acidulés ? Peu importe qui ils étaient, ou qui il pensait qu'ils étaient, ils ne sont jamais venus.

Ton pion est à Bunraffy lorsque tu capitules pour t'enrouler sur toi-même et dormir, et je continue à jouer seul. Je poursuis mécaniquement la partie pendant une heure ou deux, et une fois la ligne d'arrivée franchie je me sens un peu mieux, temporairement.

Lorsque j'étais gamin, mon père détachait parfois des feuilles de son bloc de papier quadrillé et me les donnait pour que je dessine. Mais au lieu d'essayer de représenter des objets et des aspects de mon monde, je retournais la feuille du côté non quadrillé et reproduisais le quadrillage, méthodiquement. Des centaines de carrés minuscules, sans me servir d'une règle. De temps à autre, je tentais de créer des formes, mais les courbes s'aplatissaient, les coups de crayon s'affinaient et me ramenaient inexorablement au quadrillage. À l'époque, j'y trouvais mon compte. Ça m'aidait à éloigner les idées noires. J'ignore ce que ces dessins sont devenus. Mon père les a sans doute jetés.

Je n'ai jamais trié ses affaires et je m'explique mal mon manque de curiosité. Je suppose que dans cette chambre fermée à clé se trouvent des indices sur son existence, peut-être même quelques vestiges de celle de ma mère, mais, me suis-je toujours dit, mieux vaut se contenter de son ignorance qu'être hanté par la vérité.

La mer se lâche au fil de l'été, passant du gris ardoise au gris sarcelle, puis à des tons cristallins. Les moutons d'écume blanche se transforment en vaguelettes, et tant qu'ils ne reprendront pas leurs pérégrinations marines, il n'y aura pas d'épaves de balises sur les plages et les rochers, pas de ressac pour les déchiqueter, pas de déferlantes pour projeter les éclats sur le sable. C'est la plus mauvaise saison pour enrichir ma collection de débris marins. Là où des vagues se sont le plus récemment brisées, il n'y a que des méduses. De la taille d'une pièce de monnaie pour les plus petites, d'un dessous de verre pour les plus grandes. Même échouées, des traces de poison demeurent dans leurs filaments. Même mortes, elles peuvent encore piquer. Et puis il y a les pommes de pin. Il y a toujours des pommes de pin.

Maintenant laisse-moi te montrer mes trésors apportés par la mer. Ici, mes crabes. Pas leurs pattes estropiées que tu aimes croquer, mais leur carapace, leur élégant exosquelette. Je les trouve dans des nœuds de varech, grillant au soleil près des mares d'eau de mer au creux des rochers. Je les rapporte à la maison, les rince pour éliminer la chair fibreuse, applique une couche de vernis pour les protéger du blanchiment de la lumière. Les crabes comestibles sont lisses et courbes comme l'acajou d'un instrument à cordes. Les étrilles sont difficiles à vernir ; les poils de mon pinceau se prennent dans le duvet de leur carapace veloutée. Les tourteaux ont des carapaces tachetées, aux bords en dents de scie comme les ciseaux à cranter. Alors qu'ils sont d'un brun verdâtre sous l'eau, une fois démembrés et flottant à la surface, leur carapace cuit au soleil et prend la couleur de la marmelade, celle aux oranges de Séville. Cette teinte me rappelle le cercueil ouvert de Tante au salon funéraire. Ses joues avaient été fardées par un employé maladroit, et ce visage hâlé sur le coussin du cercueil m'était inconnu, aussi inquiétant que la marionnette d'un ventriloque, mais sans le ventriloque pour lui donner une apparence inoffensive, voire comique.

Là, ce sont mes bois flottés. Je préfère ceux avec des touches de peinture craquelée. Je les rapporte à la maison et les cloue sur les murs jaunes, bout à bout. Je les vois comme les morceaux d'un puzzle colossal, comme un collage abstrait aux proportions infinies, et je me demande parfois si, avec ses pieds trop longs, mon père ne m'a pas légué sa tendance au recyclage compulsif.

Voici mes amorces pour pêcher le bar. Sans leurs méchants petits hameçons, elles ressembleraient à des jouets en forme de poissons. Leur dos de plastique est psychédélique et leur ventre, en plastique lui aussi, fait le même bruit que les allumettes dans leur boîte. Je les récupère dans des enchevêtrements d'algues et de fils de nylon ornés de minuscules billes fluo. Les amorces échouées sur la plage ont quelque chose de particulièrement triste. Comme si ces poissons de plastique avaient été garrottés par leur propre ligne, empoisonnés par le plomb de leur propre poids.

Et voilà mon trésor le plus précieux, mes galets de verre. Ce sont les descendants de vieilles bouteilles, aux éclats dépolis par les millions de particules ouvrières de l'eau de mer. La plupart sont verts comme les bouteilles de vin, blancs comme les bouteilles de lait, marron comme les bouteilles de bière. Parfois bleus comme les flacons à médicaments, mais ceux-là se font plus rares chaque année. À l'aube, assis sur les rochers de

Tawny Bay, je tamise le schiste pendant que tu joues au foot. Et chaque après-midi où la marée nous laisse la jouissance de notre plage de galets, je m'installe et je tamise encore. À la maison, je remplis mes pots à confiture et je les pose devant les fenêtres. Quand le soleil brille à travers, il projette des mosaïques aux tons marins sur le rebord des fenêtres, sur les murs, sur le sol. Je sais ce que tu fais rouler entre tes dents. Viens ici, et crache.

Maintenant tout a une sorte de potentiel diaphane. Maintenant tout est si calme et joli que je me sens un petit peu moins bizarre, un petit peu moins horrible. Ce qui m'angoisse. Et me rappelle que je dois me méfier quand la chance me sourit.

Il y a un petit garçon.

Il a les cheveux bouclés, la peau couleur abricot, les traits réguliers. Il me rappelle les gens des photos dans mes cadres, ces gamins au doux visage souriant qui prennent la pose avec un parent de chaque côté. À ceci près que son visage à lui gronde et s'étrangle de rage. Ce petit garçon en détresse chancelle, il lutte pour récupérer son shih tzu et plaque, plaque de toutes ses forces son cœur battant contre ma paume ouverte. Nous sommes sur la promenade aux dernières lueurs du jour, et je n'ai jamais eu l'intention de le toucher. Je n'ai jamais voulu le toucher. Je ne fais que le retenir, ma paume à plat sur son tee-shirt rouge. Rouge : la couleur des feux de détresse, des signaux d'alarme. Oui, je ne fais que le retenir. Mon autre main est posée sur ta gueule, les doigts entre tes gencives pour tenter de desserrer tes crocs refermés sur la peau tendre du cou du shih tzu. Et maintenant il y a du sang. Sur moi, sur toi.

Mais surtout sur le shih tzu, parce que c'est surtout le sang du shih tzu.

La mère du petit garçon devait se trouver loin derrière, vers la centrale électrique. Elle met un temps fou à rejoindre son fils. Elle est grosse, trop grosse pour courir, et elle a une grosse voix. Un torrent d'insultes se déverse de ses plis et de ses bourrelets. Soudain elle hurle et abat son poing entre les animaux. Avec son geste brusque de karatéka, le tour est joué. En un instant, je te sépare de ta proie et le petit garçon récupère son shih tzu.

Je m'éloigne à grands pas. Avec toi sous le bras, je marche le plus vite possible sans courir ouvertement. Je roule des hanches comme une femme, ma mauvaise jambe peine à suivre. J'ai les mains qui tremblent, et ce tremblement se propage à travers mes coudes et mes épaules, dans ma poitrine. Tu te tords le cou pour regarder en arrière de ton unique œil et tu plantes tes griffes dans la chair de ma taille, dans le gras de mon ventre. Alors je lâche prise et laisse une moitié de toi retomber par terre. Tes pattes de devant pendent dans le vide, donc je dois te traîner. Et tout en te traînant, de colère je bégaie au-dessus de ta tête satinée : « Ar… rrête. Ar… rrête ar… rrête ar… rrête. »

Mais tu ne m'entends pas, et tu ne t'arrêtes pas. Tu brailles, tu brailles, tu brailles, un braillement sanguinaire. Il semble sortir de chaque pore de ton corps arcbouté. Voilà donc ton cri de tueur, je ne l'avais entendu que sous forme de murmures, mais là il atteint le comble de la fureur. Dans une situation différente, j'apprécierais peut-être sa mélodie inquiétante, sa stridence. Je lui trouverais une ressemblance avec une forme de chant, un chant désespéré, hanté, étranglé. À contretemps, hors du temps.

La mère du petit garçon nous rattrape. Elle n'est plus qu'à quelques pas, le visage rouge sombre et ruisselant de sueur. Elle achète sûrement du fromage au lait écrémé. Possède un tapis roulant qui reste aussi immobile qu'un buste de marbre dans un angle de la chambre d'amis. Elle décide à la place de son mari et inutile de la contredire. Des taches de sueur apparaissent autour du col de son chemisier et descendent doucement vers la crevasse entre ses seins pareils à des montagnes. Les choses qu'elle crie, les menaces qu'elle profère sont plus claires à présent. Non plus indistinctes sous l'effet du choc, mais aiguisées par la rage.

« ET LES HONORAIRES DU VÉTÉRINAIRE ! hurle-t-elle. À LA FOURRIÈRE ! ET LA MUSELIÈRE ? IL FAUT LE PIQUER ! »

Loin devant elle, on passe devant le panneau d'information et on traverse la route.

« JE SAIS OÙ VOUS HABITEZ ! JE LE SAIS, JE LE SAIS ! »

Même si elle ment, ça n'a plus d'importance, car elle va nous voir disparaître derrière la grille bleue, notre grille. Ses derniers cris stridents sont emportés par le vent, couverts par de plus gros bruits. La sirène de la raffinerie, le passage d'un camion-citerne revenant de faire le plein, un courlis qui chante à tue-tête pour défier ses rivaux.

On se retrouve dans l'allée. Je claque la grille. Même si tu as interrompu ton propre chant, il résonne encore dans ma tête. Je me baisse pour t'enlever ton collier. Tu agites la queue en quête d'approbation. Tu te lèches les babines pour réclamer un bonbon, comme si de rien n'était. Mais je te donne une bonne tape sur le museau, si fort que les os à l'intérieur de ma paume produisent un claquement sec.

Tes yeux se remplissent de larmes. Tu vas te terrer dans un coin. Tu te recroquevilles comme une canette écrasée sous une chaussure ferrée.

Jamais je n'aurais dû t'adopter. Tu apportes des ennuis ; et au moment où je les crois derrière nous, tu en apportes d'autres. S'occuper de toi, c'est comme planter une ortie dans un joli pot de fleurs en porcelaine, arroser ses racines et arracher ses poils urticants malgré leurs piqûres cruelles, jusqu'à avoir la peau à vif et bouffie, et pourtant continuer à gratter les rougeurs.

Je trouve ma clé et j'ouvre la porte. Je m'avance dans l'entrée, mais tu ne me suis pas. Tu restes où tu es. Tapi sur les poils en brosse du paillasson.

Et là, je songe que pour mon père j'étais comme une ortie. Son gros empoté de fils source d'ennuis. Un fils sans existence autonome, sans trace apparente d'intelligence, de personnalité. Un fils seulement capable de rester à la maison, à l'abri des gens et de la lumière. Là où il ne peut infliger de piqûres d'orties qu'à lui-même.

*

Désolé. Je ne voulais pas. Entre et laisse-moi enlever le sang de ta barbiche. C'est presque l'heure du dîner.

À certaines époques de l'été, la baie est bordée d'une frange mousseuse d'algues blanchâtres. Sur le dessus, une croûte desséchée par le soleil, mais en dessous c'est de la soupe. De navets, non, un velouté de champignons. Les jours de canicule, à marée basse, son odeur imprègne le village. Tu la sens ? Bien sûr que oui, tu sens absolument tout. Même les sentiments ; même le temps qui passe.

On est assis à la fenêtre. Toi sur le rebord, moi dans le fauteuil. Dehors, il fait noir. La mer monte et tous les oiseaux sont partis, là où ils vont la nuit, à marée haute. Vers le large, d'après le manuel d'ornithologie, comme si « le large » était un immense pays dont on aurait largué les amarres pour qu'il dérive tout seul entre les continents. Dans la vase encore tout juste visible au pied du remblai, regarde le cône de signalisation enfoncé jusqu'à la troisième rayure fluo. Et ce parapluie de golf aux baleines tordues. C'était celui de mon père, je l'ai balancé en contrebas. Regarde la forme anguleuse de ce qui doit être sa boîte aux lettres, ou peut-être juste une saillie du soubassement. Regarde ce parpaing là-bas. À l'intérieur, il grouille de tourteaux en train de muer. Et de l'autre côté de la baie, regarde les feux de ce cargo quittant le port, chargé de bétail. À bord, des centaines de cages individuelles, et dans chacune d'elles un veau. Ces veaux, je les imagine tachetés de roux, de blanc et de noir, et ceux qui sont près d'un hublot fixent la baie. Mais ils ne voient pas plus loin que la promenade. Ils n'ont pas remarqué ce qui se passait pendant qu'ils contemplaient la mer. Ils ne comprennent pas ce qui leur arrive et meuglent, même si d'ici on ne les entend pas, ils meuglent tragiquement pour appeler leur mère, pour retrouver la terre ferme sous leurs sabots.

Ce cargo quitte le port chaque mercredi. À destination de l'Italie, je crois.

Jeudi passe, puis vendredi, et c'est samedi. On ne va pas se promener à Tawny Bay. Pas même à l'aube. On ne descend pas la falaise en suivant la corde bleue. On ne s'aventure pas plus loin que la cour. Impossible. Il faut qu'on reste là, invisibles.

Dans la cour, je ratisse le gravier. Je veille à contourner les touffes d'herbe que tu aimes mordiller. Et les mauvaises herbes, celles qui m'ont choisi, nous ont choisis. J'arrache le sumac vénéneux, le jette plus loin. Au printemps prochain, je sèmerai du gazon. Je verrai si la pelouse aura le temps de pousser avant que le pigeon – notre pigeon mélancolique – ait mangé les graines.

Une abeille survole mes balises, essayant d'identifier de quel genre de fleurs il s'agit. Ce n'est pas un de ces gros bourdons que tout le monde adore. C'est une abeille ouvrière qui ressemble à une guêpe ; elle transporte des pelotes de pollen accrochées à ses pattes de derrière. Je cesse de ratisser pour l'observer. Tu mâchouilles un gravillon. Alors que je te l'ai interdit cent fois, tu le fais quand même. Tu l'avales et tu observes l'abeille avec moi. Elle choisit un flotteur bleu et s'y pose une seconde avant de repartir, indignée. J'ai lu dans le journal qu'elles voient le bleu et le parme, mais aucune autre couleur. Ni tes gris et tes jaunes, ni toutes mes couleurs à moi. Et, toujours d'après le journal, elles sont en voie de disparition, les abeilles. Au printemps prochain, peut-être que je planterai également des fleurs. Chaque fleur éclose nourrit une abeille, je l'avais oublié.

Tout en évitant le chiendent, tes touffes d'herbe, le séchoir à linge et la table de la terrasse, j'essaie de tracer des lignes régulières dans le gravier avec le râteau. Je voudrais obtenir un jardin zen, comme celui sur cette photo de mon livre de bibliothèque, tu t'en souviens ? Des rochers sur des motifs en spirales aux crêtes parfaitement parallèles. Mais impossible. Il y a tellement d'obstacles que ça ne ressemble à rien. Soudain, l'un des choucas perchés sur la cheminée vient se poser sur la gouttière, jette un coup d'œil en contrebas et croasse comme pour me narguer, se moquer de ma tentative pathétique pour imposer un ordre.

D'un coup de pied je projette ton ballon contre le mur de pierre. Il rebondit sur les balises, renverse les pots de fleurs, dévaste mon ratissage. Tu t'élances à sa poursuite, mais la cour est trop petite. Tu te lasses peu à peu. Tu lèves la patte pour pisser sur la bâche qui recouvre le tas de bois, et je ramasse une crotte à toi sur le gravier avant qu'elle soit écrasée par le ballon. Je la prends comme le font les bouchers avec la viande crue au supermarché, à l'aide d'un sac plastique noué à mon poignet. Mais ça ne me gêne pas, car par cette chaleur qui les dessèche tes crottes ressemblent à des bâtons de réglisse.

J'imagine que, depuis mercredi, les veaux doivent être arrivés en Italie. Est-ce que le voyage prend trois jours, ou moins longtemps, ou plus longtemps ? Il ne s'est vraiment écoulé que trois jours depuis notre dernière sortie ? Ça paraît une éternité, comme l'existence d'une créature à la longévité exceptionnelle, d'une carpe ornementale dans le bassin d'un jardin zen.

Toi sur le rebord de la fenêtre. Moi dans le fauteuil. Face à la mer.

On aperçoit une voiture avec quatre vélos fixés sur le coffre et un kayak sur la galerie, et qui tracte une caravane en prime. Elle remonte la route en cahotant, tel un insecte à carapace brillante ployant sous son étrange chargement. Puis elle s'arrête brutalement et crache toute une famille. La mère prend l'horizon en photo. Les enfants, assis sur le muret du remblai, lancent des miettes de *cup cakes* aux mouettes. Et le père vérifie les fixations, remet d'aplomb son chargement. Tu vois l'été dont on a attendu l'arrivée si patiemment ? Il ne nous appartient pas. Il ne nous a jamais appartenu.

Le salon de coiffure a baissé son rideau. La coiffeuse est partie en vacances et a emporté avec elle le ronronnement des sèche-cheveux, le cliquetis des talons aiguilles, le brouhaha des voix féminines. Alors que ces bruits m'ont toujours agacé, ils me semblent soudain avoir été une sorte de réconfort. Le téléphone du salon de coiffure sonne, sonne, sonne à travers les lames du parquet, il tinte comme un carillon géant suspendu dans un courant d'air. Je parle pour tenter de couvrir ces sonneries, je te décris nos activités monotones et les moindres changements de l'autre côté de la fenêtre. Autrefois je décrivais le même genre de choses à mon père vers la fin, lorsqu'il s'était enfermé dans le mutisme et qu'il me revenait de rompre tant bien que mal notre silence partagé. J'avais beau savoir qu'il n'écoutait pas, c'était difficile, un peu comme de m'infliger à moi-même, encore et encore, des piqûres d'orties. Après sa mort, j'ai continué à radoter. Levant les yeux vers le plafond, je m'adressais à lui, mais c'était plus facile parce que je savais que normalement il ne m'entendait pas. Et maintenant c'est encore plus facile avec toi. Pas besoin de peser chaque mot, pas besoin d'en guetter l'écho dès que ma voix se tait. Je te parle de la nouvelle barque amarrée à un anneau rouillé, de la grue sur la colline où se trouve la raffinerie, de l'homme sur la jetée qui s'entraîne à pêcher au lancer à marée haute. Je te raconte n'importe quoi, du moment que ça éloigne les idées noires, que ça étouffe la phrase stridente qui résonne dans mon cerveau : « JE SAIS OÙ VOUS HABITEZ, JE LE SAIS, JE LE SAIS ! »

Que voulait dire cette femme, à ton avis ? Quelles peurs était-elle déterminée à instiller, et celles que j'éprouve sont-elles fondées ? Je redoute qu'une saucisse empoisonnée soit glissée dans la fente de la boîte aux lettres, catapultée dans la cour par-dessus le mur de pierre. Je redoute d'entendre le diiing-donnng de la sonnette et de voir un policier en uniforme sur le paillasson, muni d'une perche avec un lasso de capture. J'ai peur de te perdre, jamais je ne me serais attendu à avoir aussi bêtement peur de te perdre. Je vois cette grosse femme à l'intérieur de mes paupières, ses postillons et sa transpiration. Ses paroles tournent en boucle dans mon crâne, comme une chaussette prisonnière d'une machine à laver au programmateur bloqué sur le cycle essorage.

Maintenant, regarde ces crottes d'oiseau au pied du pignon, sous l'avancée du toit. Même si je ne vois rien à travers l'argile friable, ça doit signifier que mes hirondelles sont là, qu'elles m'ont choisi. Elles nous ont choisis.

Dans la cour, je rassemble toutes les choses mortes. Chaque bloc de terre solidifiée tombe de son pot comme un pâté de sable hérissé de tourelles imparfaites. J'aligne ces pâtés de terre au pied du mur de pierre. J'enfonce quelques gravillons de forme plus ou moins carrée sur leur façade, en guise de fenêtres. Je plante une plume de pigeon au centre du plus grand. Là, je m'aperçois qu'un château ne serait jamais tout en longueur, avec ses tours bien alignées. Il faudrait que je les déplace, que je les rassemble en une forteresse. Mais je ne le fais pas. J'ouvre le robinet et je déroule le tuyau d'arrosage. Je détruis mes pâtés au jet, et pendant ce temps-là tu grondes et tu jappes, comme si ce jet d'eau était une créature vivante. Une créature hostile. Un assaillant.

Cette femme sait où j'habite, alors que je n'ai aucune idée de l'endroit où elle vit. Cela dit, tout le monde sait où j'habite. Tu as vu comme les gens sont polis, mais ce n'est qu'une apparence ; ils font semblant. Il y a longtemps qu'ils m'ont catalogué : bizarre, un type bizarre, voilà ce que je suis. Et c'est à cause de ma bizarrerie qu'ils mettent un point d'honneur à savoir où j'habite. Depuis que je suis dans cette maison, dans ce village, ils attendent ; toute ma vie ils ont attendu que se produisent des choses bizarres dont ils pourront m'accuser, grâce auxquelles ils pourront se débarrasser de moi et de ma bizarrerie menaçante.

Les paroles de cette femme continuent à tourner en boucle dans mon cerveau. Elles tournent, tournent, tournent sans jamais atteindre la fin du cycle ni le moment où tout s'arrête et où on peut rouvrir la machine. Maintenant que les pâtés sont détruits, tu te creuses un trou peu profond dans la cour, pour te rouler dedans. Et tu te couches dans la terre humide. Tu te roules dedans.

Je sors. Je n'en aurai pas pour longtemps, même pas une heure, je te le promets.

C'est dimanche, et le dimanche mon père m'emmenait à la messe, je t'en ai déjà parlé ? À la fin de sa vie, c'était moi qui l'emmenais, et les toutes dernières années il posait la paume sur le dos de ma main pour traverser l'enclos paroissial et s'appuyait sur moi comme sur une canne. Il avait été élevé dans la religion catholique, je suppose, mais il ne mangeait pas maigre le vendredi et n'installait pas de crèche à Noël. Contrairement à Tante, il ne possédait pas de tableau de Jésus dans un cadre avec une minuscule ampoule rouge symbolisant le Sacré Cœur, et ne s'interrompait pas toutes affaires cessantes à dix-huit heures pour prier au son de l'angélus. Je ne crois pas qu'il était croyant. Il n'allait à la messe du dimanche que par plaisir de cancaner et de fumer devant les grilles après la communion. Je le laissais avec les voisins et j'allais m'asseoir dans la voiture. J'attendais, et toujours il finissait par me rejoindre.

Moi non plus je ne suis pas croyant. Avoir foi en les gens mobilise toute mon énergie. J'allais à la messe et m'agenouillais sur le bois froid près de mon père seulement parce que c'était ce qu'il attendait de moi. Pendant l'office, je courbais la tête et donnais libre cours à mes pensées. Et s'il se trouvait quelqu'un assis devant moi avec un nom de marque visible sur ses vêtements, je reconfigurais les lettres pour faire des anagrammes, autant qu'il m'en venait à l'esprit, jusqu'à ce qu'il soit l'heure de se relever, de retourner à la voiture et d'attendre.

Je t'ai déjà parlé de la fois où j'ai prononcé le mot HEART à voix haute ? Je crois que oui. L'église est près du bureau de poste, et j'ai bien dû passer cent fois devant ses grilles depuis cet épisode, il y a un an et demi. J'ai vu ailleurs dans le village et en ville ces voisins assidus à la messe, qui cancanaient avec mon père et m'ont questionné après sa disparition. Leur présence a toujours quelque chose d'incongru ; elle me prend toujours au dépourvu. Et même si je les connais et qu'ils me connaissent, je ne leur ai jamais parlé ni dit bonjour et aucun d'eux ne m'a jamais salué, pas même d'un signe de tête. À l'extérieur de l'église, apparemment, nous redevenons des inconnus.

Je vais mettre ton fauteuil dans la chambre et fermer la porte du séjour pour que personne ne te voie à la fenêtre. Je vais fermer notre grille à clé pour que personne ne puisse atteindre la fente de la boîte aux lettres.

« Je reviens dans une minute », dis-je, et comme tu te tiens bien, j'ajoute : « Bon chien. C'est bien. »

Je suis pris dans les embouteillages. J'avais oublié cette réalité. Les haies sont couvertes de mûres à peine rouges et, parmi les baies, voici de l'achillée, de la menthe sauvage, de la reine-des-prés.

Je ne supporte pas l'idée de devoir répéter l'histoire de la maison de retraite, donc je laisse tout le monde passer devant moi. De la femme en fauteuil roulant à l'homme qui tient la corbeille pour la quête, tous dans leurs vêtements du dimanche et avec leur expression de bons chrétiens.

Les murs intérieurs ont été repeints. Maintenant ils sont d'un vert tirant sur le jaune, celui des terre-pleins centraux en hiver. Il manque plusieurs doigts à la statue de saint Joseph, comme s'il avait été victime d'un enlèvement et que la rançon n'avait pas été payée assez vite. Au-dessus du tabernacle les bouquets de fleurs en plastique sont couverts de poussière, sur la tapisserie représentant l'Eucharistie Jésus est rouquin, et le tapis de l'autel est tout aplati à l'endroit où les enfants de chœur vont et viennent, comme s'ils se déplaçaient sur des rouleaux compresseurs miniatures cachés par leur aube. C'est curieux que ces détails m'aient échappé, je les ai pourtant regardés dimanche après dimanche durant des décennies. J'ai dû les scruter au point qu'ils se sont effacés.

Je suis agenouillé au fond, avec trois rangées de bancs entre moi et le paroissien le plus proche. J'ai oublié tant de choses, mais pas les prières ni les répons. Toutefois je ne mêle pas ma voix aux autres. Je ne suis pas ici pour obtenir une intercession. Ni pour chercher des anagrammes. Alors pourquoi suis-je venu ? Je ne m'en souviens pas. Cette initiative paraît soudain imprudente, stupide. Je voulais peut-être juste les épier, tous ces gens qui me considèrent comme un type bizarre et savent où j'habite. De temps à autre, quelqu'un regarde autour de lui et me jette un coup d'œil inquiet. C'est le moment de la chaîne de l'amitié, et je n'ai personne près de moi à prendre par la main, à qui souhaiter la paix. Debout les bras ballants et le menton sur la poitrine, je feins d'être en contemplation.

Pour la communion, tout le monde se dirige en file indienne vers le prêtre. Je reste où je suis, le plus immobile possible, comme si je pouvais être invisible aussi longtemps que je ne bouge pas. La procession redescend la travée centrale pour que les paroissiens regagnent leur place. Jésus fond en même temps que l'hostie contre leur palais, et tous les visages se tournent dans ma direction. Là, j'aperçois la grosse femme et son petit garçon. Elle charge. Il court derrière elle. Il a les mains jointes, pointées vers la charpente. Son doux sourire digne des photos dans mes cadres est pincé.

Je m'enfuis. Je ne m'arrête pas pour faire une génuflexion. Ni pour déposer quelques pièces de monnaie dans la corbeille des offrandes ni pour tremper les doigts dans la poussière flottante du bénitier. Je m'élance sur les dalles de l'enclos paroissial, franchis les grilles et fonce vers la voiture. Personne ne me rattrape ; personne n'essaie, comme la dernière fois. Je laisse la porte de l'église ouverte, et de l'intérieur de la voiture j'entends encore le cantique de la communion. J'entends encore toutes ces dames en vestes à épaulettes, aux cheveux mauves et permanentés, et elles chantent, elles chantent, elles chantent.

Tu attends derrière la porte d'entrée. « Tout va bien, te dis-je. Me revoilà. »

Tu pousses ton grognement de bienvenue, agites la queue avec ravissement comme si on avait été séparés pendant une éternité. Je sais qu'il est trop tôt pour dîner, mais faisons-nous quand même des saucisses. Je sais qu'il est trop tôt pour l'aube, mais sortons nous promener. Le long de la route qui passe devant la raffinerie, à travers champs jusqu'à la plage, jusqu'à notre plage, jusqu'à Tawny Bay.

*

Alors qu'on approche du bord de la falaise, des sternes s'élèvent dans le ciel. Comme si un peu plus bas quelqu'un tenait des oiseaux au creux de ses paumes et les lançait en hauteur, à toute vitesse, et qu'ils n'ouvraient leurs ailes qu'une fois dans les airs. Je me revois, enfant, trouvant une hirondelle inconsciente et faisant la même chose, la tenant au creux de ma main, l'envoyant vers le ciel, guettant le moment où ses ailes s'ouvriraient. Mais bien entendu elles ne s'étaient pas ouvertes, l'hirondelle était retombée comme une pierre.

Dans la descente, on court. Parce que la pente est trop raide, et qu'on ne peut pas s'empêcher de courir.

Tu entends ? Le diiing-donnng de la sonnette.

Suis-moi. Je dois te laisser là et descendre. Tu ne dois pas faire de bruit. Tu dois attendre. « Chut, te dis-je. Attends. »

Il y a un uniforme dans mon allée. À l'intérieur de l'uniforme, une femme. Plutôt petite, d'un certain âge. Je ne m'attendais pas à ça. Elle ressemble vaguement à un saint-pierre, yeux ronds et sourcils froncés. De part et d'autre de sa lèvre supérieure, quelques poils bruns. Des pièces de cuir recouvrent ses coudes, et ses cheveux clairsemés laissent voir un cercle de peau couleur vanille, de la taille d'une kippa. Pendant un laps de temps qui semble interminable, elle reste là sans rien dire. Comme si elle savait que je sais parfaitement pourquoi elle vient, et ce qu'elle va dire. Même si c'est le cas, il me faut un certain temps pour comprendre ce qu'elle a à la main : une perche. Alors, seulement, je vois le lasso de capture fixé au bout.

Je ne cherche pas à imaginer le contenu de sa huche à pain ni le prénom dont elle a pu hériter. Je n'ai qu'une seconde pour réfléchir, et en une seconde j'arrive à cette conclusion : quand elles se produisent, les choses ne sont jamais aussi insurmontables qu'elles l'étaient dans ma tête quand je les imaginais. La policière me demande si je suis bien celui que je suis.

« Oui », dis-je. Je suis prêt.

« J'ai reçu une plainte, j'en ai peur », ajoute-t-elle, mais elle ne donne pas l'impression d'avoir peur. Plutôt d'être fatiguée par son travail. De n'avoir qu'une envie : finir sa journée et rentrer chez elle. « Je crois comprendre que vous avez été impliqué dans un incident la semaine dernière, sur la promenade… »

Elle hésite, peut-être pour me laisser une chance d'intervenir, mais je ne le fais pas. Je me représente, derrière moi dans le couloir, le fouillis de vestes au rancart, de bottes en caoutchouc, de coquillages, de bois flottés, de sacs plastique, d'écharpes en laine. Je me demande si elle a remarqué tes traces de pas boueuses sur le tapis ras. Je me demande si elle pense que je suis bien le type bizarre que cette grosse femme lui a décrit.

« … au cours duquel un garçonnet du village et son chien ont tous deux été blessés », termine-t-elle.

Mes poings se referment si fort sur le chambranle que mes jointures blanchissent. Je comprends aussitôt la gravité de cette affirmation. Peut-être pour la première fois de ma vie, mon métronome intérieur n'a pas plusieurs temps de retard. Il bat la mesure sans faillir, et moi je ne me laisse pas abattre. Je plante mes talons dans le paillasson qui souhaite la bienvenue à une visiteuse absolument pas la bienvenue. « IL N'A PAS MORDU L'ENFANT », dis-je, et elle soupire. Elle soupire en libérant toute la force accumulée pendant plusieurs années d'insatisfaction croissante au travail. J'insiste :

« Il n'a pas mordu le petit garçon. »

Déjà, ma force à moi a disparu de ma voix. Car tu as peut-être mordu cet enfant. Impossible de m'en souvenir. Tes crocs ont pu écorcher sa main dans la bagarre, même sans intention de ta part. Si je ne m'en souviens pas, c'est peut-être que je n'en ai pas envie.

La vie ne rate jamais une occasion de nous prendre de court, me dis-je de nouveau. La vie aime nous rappeler qu'elle nous avait prévenus.

« J'ai ordre de mettre votre animal à la fourrière, déclare la policière, et de le garder jusqu'à ce qu'une décision soit prise le concernant.

– Il n'est pas là. Il est chez un ami. »

Je suis prêt. J'ai eu cinq jours pour redouter ça, m'y préparer. J'ai appris mon texte par cœur. Je t'ai enfermé dans la penderie de la chambre et j'ai mis la radio à fond pour étouffer tes aboiements intempestifs. À son tour la policière réfléchit, alors je continue :

« J'étais souffrant. Je suis resté couché tout le week-end. Donc je n'ai pas pu le sortir et je l'ai confié à un ami jusqu'à ce que je sois sur pied. »

Elle réfléchit toujours. Se demande-t-elle si elle n'entendrait pas une sorte de jappement étouffé ? Tente-t-elle de distinguer s'il vient de l'intérieur de la maison ou de quelque part au loin, au bout de la rue, dans un immeuble voisin ?

Je répète calmement, j'implore : « Il n'a pas mordu l'enfant. » Si je me redressais totalement, je la dépasserais d'environ la moitié de la hauteur de la perche. Mais parce que je suis courbé comme un homme au pilori, nous sommes presque nez à nez.

« D'accord. » Elle ajoute posément, en articulant bien : « Voilà ce qui va se passer. Vous allez le récupérer ce soir et je reviens demain en tout début de matinée. Je consignerai en totalité votre témoignage, votre version des faits. » De la tête, je fais oui, oui, oui.

« Si vous refusez de me le remettre sans faire d'histoires, j'obtiendrai un mandat de perquisition. »

Elle tourne les talons. La grille s'ouvre à la volée. Je m'attends à ce que la policière la laisse claquer, mais non. Elle s'arrête et pivote sur elle-même. Tripote la poignée défaillante jusqu'à trouver le tour de main. Alors le verrou s'engage doucement avec un déclic et le bruit de pas de la policière fait place au vrombissement d'un moteur. Debout sur le paillasson qui ne lui souhaite absolument pas la bienvenue, j'attends. J'attends que le vrombissement se dissolve dans la lumière du jour. Il n'y a plus que tes aboiements étouffés, la musique sonore et trépidante de la radio, le tintement d'un anneau métallique contre le mât du drapeau de baignade, le grondement sourd et rythmé de la mer agitée.

Du pain de mie en tranches, me dis-je, et un prénom comme Orla, Grainne ou Margaret.

Lorsque j'ouvre la porte de la penderie, tu t'écroules la tête la première et je te relève. Tu sembles avoir oublié que c'est moi qui t'ai enfermé. Tu pousses ton grognement de bienvenue. De ton bout de queue, tu martèles la moquette avec gratitude.

Cette nuit, je ne rêve pas. Je dors par intermittence, me réveillant toutes les deux ou trois heures, comme si la nuit était ponctuée de la même façon que la journée, par un repas, une promenade, une émission de radio. Mais dans l'obscurité, il n'y a rien. Je vais jusqu'à la salle de bains et reste debout sur le carrelage pour me rafraîchir les pieds. Je m'approche de la cuvette des W-C et j'essaie de pisser. Mais comme je n'en ai pas envie, je ne réussis qu'à avoir mal à la vessie. Tu te lèves à ton tour. Tu te couches dans le couloir, de l'autre côté du rideau de perles. Tu m'attends. Moi j'attends le matin.

Et en attendant, on écoute la maison de mon père ; et en écoutant, je me rends compte que les rats sont partis. Je ne me souviens pas quand ni si leur départ a coïncidé avec ton arrivée, mais je prends conscience que je ne les vois plus faire le tour de la cour à toute vitesse, leurs moustaches effleurant le mur de pierre, et que depuis des semaines et des semaines je n'entends plus leurs grattements derrière les plinthes, leurs échauffourées sous les combles. Debout en pleine nuit sur le carrelage frais, je prends conscience que l'invasion des rats est terminée.

Enfin, il y a assez de jour pour qu'on se lève. Je repousse mes couvertures. Je m'habille et me chausse.

C'est mardi. Mais il n'y aura pas de courses en ville aujourd'hui, pas de bureau de poste.

À la place, je vais d'une pièce à l'autre, lentement mais avec détermination. J'inspecte du regard toutes les choses informes qui emplissent mon cadre de vie. Elles font jaillir des images dans ma tête, mais ces images se fondent, se mêlent pour donner du marron. Si on mélange plus de deux couleurs, on obtient toujours du marron, une centaine de nuances à la fois différentes et similaires. Je passe ces objets en revue. Un ancien pot de margarine plein de bâtonnets d'encens, un zeppelin en céramique, une lampe sans son abat-jour. Ils étaient à mon père. Jamais je ne m'en suis servi, jamais je n'en ai eu besoin.

Maintenant je fais mentalement deux colonnes. À gauche : Tout Ce Qui Est Indispensable. À droite : Tout Ce Qui Ne l'Est Pas. Puis je commence à répartir ce bric-à-brac qui ne m'appartient pas, mais dont j'ai la responsabilité. Tu me suis pas à pas, regardes dans la même direction que moi, t'assois à mes pieds dès que je m'arrête. Un flocon d'une substance pâle est collé sur ta truffe moite. On dirait une hostie miniature. Elle nargue ton expression sérieuse, ta tête penchée avec inquiétude. Je t'en débarrasse d'un geste.

« Tout va bien, te dis-je. Tout va bien se passer. »

Dans la cuisine, je mets la bouilloire en route. Je m'accoude au plan de travail. Il y a déjà tellement de choses amassées contre mes tempes. La colonne de droite ressemble à un collage abstrait, alors que celle de gauche est presque vide. J'essaie de me rappeler chaque objet, mais, avant même l'arrêt automatique de la bouilloire, je me rends compte qu'aucun d'eux ou presque ne mérite que je me baisse pour le ramasser. Que je le trimballe au bout de l'allée. Que je consomme plus d'essence pour le transporter. Je me rends compte que toutes ces particules de matière m'indiffèrent, qu'aucune ne sera capable d'exprimer du chagrin lorsque je l'abandonnerai. En contrebas de la corde bleue, là où on s'asseyait sur les galets, tu te souviens des lichens, des berniques, bernaches et bigorneaux, des anémones de mer ? Des œillets maritimes et de la camomille ? Tu te souviens des rochers ? Alors souviens-toi aussi à quel point tout s'accroche à eux, à quel point chaque forme de vie doit se cramponner à l'élément solide le plus proche dans le mince espoir qu'il la nourrisse. Comme les petits pois à leur tuteur, comme moi à mes objets insensibles.

Quand on retourne dans la chambre, les premières lueurs de l'aube illuminent les linaires. Regarde, leurs feuilles et leurs fleurs se sont desséchées et fanées, comme en une seule nuit. Elles ont pris une couleur terre de Sienne, la consistance du papier. Je m'assois dans le fauteuil à bascule près de la cheminée. Le foyer ne contient que quelques brindilles tombées du nid des choucas. Je me balance.

Dans ma colonne de droite, il y a le bourrelet de porte en forme de serpent, les jeux de société, le billot de frêne et les tapis en lirette. Il y a aussi les assiettes de collection – ces assiettes ridicules provenant des quatre coins du monde mais d'aucun endroit où je sois allé, et dont pas une seule n'a été rapportée par moi. Elles retracent une vie vécue avant ma naissance. Les seuls endroits où je sois allé se trouvent dans des livres que je ne peux pas emporter non plus. Dans ma colonne de droite, tout est en carton, en bois et en laine, de même que la maison est en plâtre, en brique et en bois, et elle est si triste, tu ne trouves pas ? En fait, elle n'a pas accouché de moi et elle n'est pas ma mère. Elle est inerte, impossible à déplacer. Alors que moi je suis vivant, sans attaches. Toi et moi sommes vivants, sans attaches.

Ma mère est morte. Au visage crispé de mon père, à sa froideur fondamentale, j'ai toujours su qu'elle était morte et lui avait légué une tragédie par rapport à laquelle se définir pour le restant de ses jours. Plus moi, bien entendu. Je jouais un rôle primordial dans sa tragédie. Maintenant je vais à la porte de la chambre fermée à clé et je reste devant, tripotant la poignée. Je contemple le bourrelet en forme de serpent à mes pieds et les fissures du plafond. J'ai l'impression d'avoir quelque chose à dire, mais je ne retrouve pas quoi. Alors je retourne m'asseoir dans le fauteuil à bascule.

Dans le fatras de ma colonne de gauche, quelques objets utiles : des sous-vêtements, le réchaud à gaz et ses recharges, tes croquettes, les pantoufles de mon père, un pot rempli de galets, le fauteuil ventru, le ballon, ton précieux bol. Dans ma colonne de gauche, il y a toi. Bien sûr qu'il y a toi.

Tu montes sur mes genoux d'un bond. Ensemble, on se balance.

« Tout va bien, te dis-je. Tout va bien se passer. »

AUTOMNE

On roule, on roule, on roule.

À flanc de colline, sur des ponts en dos-d'âne, des gravillons, des nids-de-poule aussi grands que les flaques où pataugent les enfants et aussi profonds que les tombes des vieillards. On longe des bordures de lavande, des boutiques de paris sportifs, des terrains de foot. D'innombrables portes fermées derrière lesquelles se trouvent d'innombrables inconnus indifférents, menant leur vie sans relâche. On se dirige vers l'intérieur des terres, en restant le plus possible sur les petites routes. Tu regardes le paysage par la lunette arrière d'où la vue est meilleure, ou bien juché sur le siège du passager avec ta truffe frétillante appuyée contre les aérateurs. Quelles odeurs flaires-tu ? Celles de l'urine de renard et du chèvrefeuille, des martres et des satyres puants, de sept différentes sortes de résine ? Voyager en voiture, c'est comme regarder un film en boucle dans un cinéma à écran circulaire, avec le teuf-teuf du moteur en guise de bande-son, les vapeurs d'essence omniprésentes et la campagne en toile de fond.

On roule, on roule, on roule.

Et sur l'écran circulaire de la voiture défilent des araucarias, des eucalyptus au tronc pelé, des salles paroissiales et des terrains de handball. Tiens, une paire de chaussures de sport aux lacets noués ensemble, jetée par quelqu'un sur un câble téléphonique entre deux poteaux. Là, un silo métallique en lisière d'une cour de ferme, le nez pointé vers la lune comme une fusée faite de bric et de broc. Et là, un crucifix planté dans un socle en béton avec devant lui un vase rempli de tiges ratatinées : un autel du souvenir en bordure de route. La plaque commémorative est trop petite pour être lisible, mais cela signifie que quelqu'un est mort à cet endroit. Dans ce virage apparemment des plus inoffensifs, avec un pâturage de part et d'autre, un inconnu a définitivement évacué son véhicule. Cela signifie que même les bas-côtés en friche servent de réceptacles à la commémoration et à la dévastation dans des proportions inégales.

On roule, on roule, on roule.

Et chaque fois que le moteur s'arrête, tu t'attends à ce qu'on touche au but. Mais chaque arrêt n'est jamais une arrivée, seulement une pause en chemin. Une collation, une promenade, une cigarette, et on repart. Cette fois on pisse sur une haie, côte à côte. On défèque dans un fossé ombragé, côte à côte. Je comprends que tu sois troublé, qu'après avoir pris tes habitudes tu te fasses difficilement au nouveau lieu de vie de ton bol, à la nouvelle orientation de ton refuge, et à la façon dont le paysage défile, se modifie sans cesse. C'est difficile pour moi aussi. J'ai mal jusqu'aux os, à tenter de dormir sur le siège incliné du conducteur. Je n'ai toujours pas trouvé comment replier efficacement mes membres ni décidé de quel côté j'étais couché le plus confortablement. Mon corps craque et grince plus fort que l'autoradio, et j'ai tendance à somnoler sur les routes à quatre voies. La voiture slalome sur les lignes blanches et les roues rebondissent sur les catadioptres. BOÏNGboïng, BOÏNGboïng, BOÏNGboïng, je me réveille au son des branches rouges des cornouillers qui griffent la peinture. Mais il n'y a pas que dormir qui soit difficile, tout l'est. Il est difficile de réapprendre à aller de l'aube au crépuscule sans tous les soutiens et repères offerts par la maison de mon père. Sans l'arrosage des plantes, le jardinage, le fauteuil à bascule, le zapping devant la télé. Je m'étais attendu à ce que ce soit enthousiasmant, à ce que la liberté sans routine soit d'une manière ou d'une autre plus grande que la liberté de déterminer sa propre routine. J'avais envie de me lever le matin sans trop savoir ce que j'allais faire de ma journée. Et maintenant que je ne le sais pas, c'est terrifiant. Maintenant plus rien ne peut être tenu pour acquis, tout se précipite, et si je réfléchis trop longtemps, mes yeux me piquent et mes molaires m'élancent. Je suis tellement tendu que je me fige comme une pierre et que j'oublie de respirer. Je me gare sur le bas-côté et j'allume mes feux de détresse. À voix haute, j'énumère toutes les choses positives et toutes les raisons que j'ai de continuer. Les morceaux de verre polis par la mer, les matchs de foot sur les plages désertes, les raffineries la nuit, les vitrines des brocantes, les biscuits au gingembre, les éclats de balises, la nicotine, les champs de colza en fleur. Et je dois continuer pour toi. Ça va mieux ; je reprends mon souffle. Et on repart. Je me fixe une distance à couvrir et mon corps n'a d'autre choix que de suivre mécaniquement, et ton corps aussi. C'est ainsi que les gens s'en sortent ? Que tout le monde s'en sort ?

On roule, on roule, on roule.

Et sur l'écran circulaire de la voiture défilent des

champs, encore des champs, des champs de blé, d'avoine et d'orge désormais morts, et qui dans la mort se sont transformés en or. Des filaments de cet or se détachent et atterrissent dans les fossés, dans les ronces, se balancent et scintillent comme des guirlandes de Noël avant l'heure.

On roule, on roule, on roule.

À présent la voiture est notre maison, notre chez-nous. Le coffre est notre grenier. Le toit ouvrant, notre balcon. Les petites routes et l'arrière-pays sont notre paysage sans cesse renouvelé.

Mon père ne m'a pas appris à conduire avant que j'aie une quarantaine d'années et que lui-même ait commencé à souffrir de la goutte. C'est à cause des élancements dans chacun de ses pieds gigantesques qu'il a envisagé le moment où il lui faudrait un chauffeur. Autrefois je lui prêtais des motifs plus nobles, maintenant je vois que c'était le seul. Apprendre à conduire est la chose la plus épuisante que j'aie jamais faite. J'ai maîtrisé assez facilement l'utilisation simultanée des pédales, du levier de vitesse, du volant, du clignotant et du rétroviseur. Je m'encourageais en me donnant de petites tapes sur la tête et en me frottant le ventre. Le plus difficile était de rester assis dans un espace clos avec mon père qui me regardait multiplier les erreurs. Sur le siège du passager, il aboyait des consignes, marmonnait et fumait. Il enfonçait les talons dans le sol dès qu'il redoutait que j'oublie de freiner, dès que je frôlais les fourrés parce que la vitre du passager était assombrie par la fumée. Il se cramponnait à la poignée et la serrait si fort que son poing laissait une marque sur le skaï. Comme j'avais très peu d'occasions de m'entraîner, j'ai mis trois ans à prendre assez d'assurance pour conduire avec un inspecteur assis sur le siège du passager à la place de mon père, et à obtenir mon tout premier papier d'identité. Cet inspecteur était chauve, avec des lunettes de bibliothécaire. Il ne disait presque rien et paraissait très angoissé avant même de monter en voiture, ce qui m'a mis mal à l'aise de façon un peu irrationnelle. Je lui imaginais une épouse volage, qui l'avait quitté au cours d'une scène spectaculaire juste avant qu'il parte au travail. Il était tellement sous le choc que toutes mes erreurs lui échappaient et qu'il m'a donné mon permis à la légère. C'était un lundi, un 19 septembre. Voilà le jour où je suis devenu quelqu'un ; je continue à croire que je le dois à l'épouse infidèle d'un inspecteur du permis de conduire.

La saison de la chute des feuilles démarre par des chutes de pluie. Et par un vent si féroce qu'en les secouant il fait tomber des feuilles qui ne sont pas encore mortes. Il arrache leurs tiges aux pointes encore vertes, encore nourries par le tronc maternel, et hop, elles s'envolent. Un peu moins décoratives, de vieilles branches épaisses et vermoulues atterrissent à plat ventre sur les fils électriques. Toutes les maisons environnantes sont noyées dans l'obscurité. À l'intérieur, les gens dînent d'un yaourt et vont se coucher sans se doucher. Ils restent allongés les yeux ouverts, à écouter le plip-plip-plop musical des petits pois et des cuisses de poulet en train de décongeler. Il y a eu une coupure de courant, mais de toute façon ça m'étonnerait que tu aies compris d'où venaient les soleils miniatures au plafond de chaque pièce de la maison. Ou que tu te sois demandé comment marchaient les interrupteurs magiques.

Désormais, il n'y a plus de soleils miniatures.

Moi qui tenais tellement aux ampoules à incandescence, je n'ai plus qu'un sac de bougies plates et deux torches électriques. J'ai oublié d'emporter des piles. J'ai oublié beaucoup de choses. Elles me reviennent à l'esprit au fil du voyage. Maintenant que notre chez-nous se résume à une seule pièce, je m'étonne de tout ce dont on semble avoir encore besoin, et de toutes les ordures qu'on produit. Je les trie, les répartis dans des sacs assez petits pour passer dans la fente d'une poubelle municipale. Chaque fois que j'en vois une, on s'arrête et on se débarrasse des sacs, semant derrière nous des indices de notre passage.

La voiture rebondit, oscille et vibre comme la boule d'un billard électrique, sans itinéraire tout tracé ni destination précise. On enchaîne une interminable série de virages en épingle à cheveux, on roule en cahotant dans dix mille ornières sans fond. Chaque jour, on voit des cônes de signalisation abandonnés et des panneaux annonçant des chantiers qui ne se matérialisent jamais. Maintenant les fossés débordent de ronces, de fougères, d'orties, de fuchsias, de centaurées, de sureaux et d'églantiers si envahissants que la route se réduit à une seule voie pour circuler dans les deux sens. Regarde la traînée de végétation massacrée que le tracteur taille-haies a laissée dans son sillage. Des fleurs égorgées et des baies hachées menu, éclatées.

Mais entre notre pare-brise et notre lunette arrière, chaque chose a sa place. Ma literie – une couette et un oreiller de plume – est roulée en boule sous le tableau de bord côté passager, là où tu te réfugiais au début. La housse de couette est bleu nuit avec des motifs d'étoiles et de soucoupes volantes, là une tache de café, ici une éclaboussure de dentifrice. Sur le siège du passager, le réchaud à gaz, une gourde, et un sac plastique contenant un assortiment de choses à grignoter : des bâtonnets aux graines de sésame, des pommes granny, des poires comice et, bien sûr, des biscuits au gingembre.

La banquette arrière est à toi. Ton bol à eau et ton bol à nourriture à tes pieds, le fauteuil ventru calé entre les sièges avant et la banquette, son cannage crasseux recouvert par le plaid écossais à franges. Ton ballon mordillé et dégonflé se promène, roulant et rebondissant au rythme des cahots causés par les virages en lacets et les ornières sans fond. Le coffre est rempli aux trois quarts de recharges pour le réchaud, de couvertures, de papier W-C, d'un sac de croquettes en cas d'urgence, de deux bonbonnes d'eau pour la toilette. Les vide-poches et la boîte à gants débordent d'objets utiles et inutiles, allant des carapaces de crabes et des appâts pour pêcher le bar aux lingettes, crayons, pièces de monnaie, plus une brosse à dents et mon canif. Sur la plage arrière, des tomates, une bonne vingtaine au moins. Je les ai cueillies moi-même avant de partir. Elles étaient alors vert pomme, et dures comme des fruits de la Passion ; maintenant elles sont presque mûres. Elles réveillent le voleur en toi. Tu flaires leur stade exact de maturation, et dès que j'ai le dos tourné une tomate est subtilisée, croquée, avalée. Chaque fois que je laisse une vitre ouverte, les dernières guêpes somnolentes de l'été entrent en douce et se faufilent gauchement entre les tiges desséchées des tomates. De leurs antennes lasses elles tâtent les fruits, cherchant les minuscules crevasses dans lesquelles siphonner le jus. Tu jappes à leur vue, agacé. Elles te piquent les babines qui, en gonflant, te donnent l'air de sourire jusqu'aux oreilles.

Chaque jour à l'aube, on quitte la voiture pour se promener, suivre ton itinéraire sans but, jalonné de points de repère indéchiffrables. On escalade un drumlin, on longe une tourbière, un étang d'eau salée et une réserve de chasse, on traverse une colonie de champignons et un rond de sorcière. Voilà une créature inconnue qui pourrait aussi bien être un lézard qu'un triton égaré. Tu lèches son ventre mort. Il ressemble à quoi ? À du cuir bouilli et refroidi, comme si tu léchais ta propre langue ? Tu explores en détail chaque nouvel endroit où on marque une pause, guidé par sa symphonie d'odeurs, jamais par ses panneaux de signalisation. Je te les lis quand même à haute voix. BUNRAFFY, DOWRASH, CREGGISH, LISFINNY. Et chaque soir au crépuscule, j'aligne des bougies sur le tableau de bord et les contemple jusqu'à ce que la mèche qui dure le plus longtemps soit noyée dans la cire. Crachotements et chuintements. Notre coupure de courant.

Ce sont surtout des villages, des hameaux pour certains, ces lieux indiqués sur les panneaux. Mon père avait-il conscience que chacun d'eux se trouvait à l'intérieur des terres ? Et si oui, qu'est-ce que ça signifie ? Mais la signification n'existe que si on la cherche, donc il ne faut pas chercher, ainsi les choses ne signifieront rien.

Après plusieurs villages, on s'arrête à la vue d'un bureau de poste.

« Je reviens dans une minute », te dis-je.

Je glisse mon livret de caisse d'épargne et mon permis de conduire sous l'hygiaphone, à l'intention d'une jeune femme au bras couvert de bracelets en cuivre. Je lui demande combien d'argent j'ai le droit de retirer. « Quoi ? » répète-t-elle trois fois de suite avant de m'entendre correctement, et chaque fois je me sens rapetisser un peu plus.

Je sors du village et roule jusqu'à ce qu'on soit de nouveau entourés de pâturages. Puis je me gare et je cherche dans le sac-poubelle la boîte de sardines d'hier soir. Je la rince dans le fossé avec l'eau de notre bonbonne. Le couvercle n'est qu'en partie enroulé sur lui-même, juste assez pour permettre de sortir les sardines avec une fourchette. Je l'essuie avec un mouchoir en papier, je plie mes billets et les range à l'intérieur. Puis je cache la boîte de conserve dans le sac de croquettes et j'enferme à clé le sac dans le coffre.

Un village devient une ville quand on y construit un supermarché, une bibliothèque, un lycée, un troisième, un quatrième ou un cinquième pub, une maison de retraite. Et nous on les évite, les villes.

Voici une chaumière délabrée, deux fermes aux murs boueux et à la cour crottée. Suivent des pavillons sans signes distinctifs, chacun avec deux ou trois ornements de jardin disposés sur leur pelouse bien tondue. Des écureuils, des nains, des chats sauvages, des puits à margelle, des nymphes. L'un d'eux a un aigle de pierre sur chaque montant de sa grille, tous les deux peints dans une teinte pêche de mauvais goût et se faisant face. Là, une grille automatique avec digicode intégré au montant. Tout au bout de l'allée imposante, regarde ce palais inachevé. Des murs enduits de plâtre et un lac de boue là où de l'herbe aurait dû pousser. Compte les fenêtres en façade. Il y en a douze, pas moins, plus trois chiens-assis et un Velux.

Tu peux deviner la taille d'un village à la somptuosité de sa grotte dédiée à la Vierge Marie. Des Marie blondes, des Marie brunes. Des Marie en bleu, des Marie en blanc, mais toujours drapées dans leur chapelet, debout sur un serpent et les paumes ouvertes à la hauteur du bassin.

Ce village se résume à une rangée de maisons mitoyennes de part et d'autre de la rue principale. Elles ont un crépi beige, crème, jaune paille ou bistre, incrusté de galets. Quelles senteurs s'en échappent ? Des relents de soupe, de gaz, d'eau de Javel, de pain, de thé et de tourbe ? En les longeant dans le noir en voiture, on voit clairement l'intérieur de leurs pièces bien éclairées. On voit un service à thé en porcelaine sur une commode, des trophées sportifs dans une vitrine, des couteaux de cuisine plantés dans un billot, la vapeur qui s'élève d'une casserole invisible sur un brûleur invisible.

Presque chaque village a son épicerie, et presque chaque épicerie de village jouxte un pub avec, au-dessus de l'entrée, une enseigne au nom du propriétaire d'origine : JAMES O'SHEA, peut-on lire, JOHN T. MURPHY. Les rayons sont poussiéreux. Les marchandises sont bizarrement rangées. Une boîte de crème anglaise en poudre à côté d'un bidon d'huile de moteur, lui-même à côté d'une boîte de pois cassés, elle-même à côté d'un pot de talc pour bébé. Au rayon papeterie, il y a des élastiques de toutes les couleurs mais pas de stylo-billes rouges, des cartes de félicitations pour premiers communiants mais pas de cartes d'anniversaire. Pour faire nos courses on ne s'arrête que dans ces épiceries. Elles n'ont jamais en stock exactement ce dont je crois avoir besoin, mais il y a toujours quelque chose d'approchant pour compenser.

Et j'aime leur exiguïté. J'aime leur air froid et moite, tout leur bric-à-brac inutile ; il me rappelle la maison de mon père.

Ce soir, l'enseigne est au nom de JACK P. RUSSELL, et derrière la caisse j'aperçois la salle du pub. Elle est sombre, humide et calme. Elle me donne envie d'un grog au whiskey et d'un sachet de biscuits salés. Alors je dépose sur le siège du passager mon pain de mie, ma boîte de soupe au vermicelle et au poulet, et ma bouteille d'eau minérale. Puis j'entre dans le pub et m'accoude au bar.

Le barman est aussi le propriétaire. Il me dit qu'il en a pour une minute et me servira en terrasse dès que l'eau de la bouilloire sera chaude. Je devine qu'il était costaud dans sa jeunesse, mais depuis il s'est affaissé comme un vieux canapé et les tatouages sur ses bras disparaissent sous les poils. Je retourne à la voiture et je te mets ta laisse. J'attache la poignée à un pied du banc et on reste assis ensemble sous le radiateur de la terrasse. Le barman m'apporte mon grog, des cacahuètes salées et un dessous-de-verre à l'effigie d'une bière, que je n'ai pas demandé. D'une voix monocorde, insincère, il me souhaite bonne soirée et ferme la porte. C'est une nuit douce, sans pluie, silencieuse.

Je déguste mon grog à petites gorgées et tu attrapes des cacahuètes au vol. Quelle agilité, tu n'en rates pas une seule. J'aurais cru que ton œil unique réduirait ton champ de vision, mais apparemment non. Je bois une gorgée, tu mastiques une cacahuète, et on regarde les hélices des graines de sycomores tombées à terre tourner sur elles-mêmes, essayer désespérément de s'élever dans les airs malgré leur rotor cassé.

Ces villages qu'on traverse et à proximité desquels on dort, où on achète les boîtes de pois cassés et de corned-beef, dans les pubs desquels on s'assoit parfois en terrasse, je te lis leurs noms à voix haute. DYSSERT, dit le panneau indicateur, SUCK, BINDADA, TOSSIT. Tous, sans exception, sont des bourgs de campagne au milieu de nulle part, des bourgs oubliés, des culs-de-sac, pas du tout des bourgs, en réalité. Ce sont des endroits tristes. Tu ne les trouves pas tristes ? Au fond, je me suis sans doute toujours attendu à ce qu'ils le soient. D'ailleurs je m'attends sans doute à ce que tout soit triste jusqu'à ce qu'on me prouve le contraire.

Un jeune garçon, plutôt frêle et aux cheveux prématurément clairsemés, me demande de rester debout les bras en croix près de la barrière, pour que ses vaches sachent quelle direction prendre. Il a une baguette qu'il fait tournoyer entre ses doigts comme un bâton de majorette. Il nous a surpris en train de traverser son champ, le champ de son père. Je croyais qu'il me demanderait d'où je venais, pourquoi je coupais à travers ses betteraves. Au lieu de quoi il m'a demandé si je pouvais l'aider à rentrer ses vaches.

Elles sont noir et blanc, et couvertes de boue. Il y en a vingt, vingt-cinq. À voir leurs mamelles gonflées, ce sont sûrement des vaches laitières, des Holstein.

Je t'attache à un piquet et je reste près de la barrière les bras en croix. Aussi longs, du bout d'un majeur à l'autre, que moi redressé de toute ma hauteur. Les vaches avancent lourdement vers nous. Elles vont à une vitesse déconcertante, pour des animaux si massifs, si mal profilés. Mon rôle est de servir de haie humaine, de leur barrer la route pour qu'elles prennent le virage qui les ramènera à l'étable.

La vache de tête attend que son museau soit à quelques centimètres de ma poitrine pour obliquer. Une bouffée de vapeur tiède s'échappe de ses naseaux. Douceâtre, un vague parfum de cidre. Tu le reconnais, toi aussi ? Derrière moi près du piquet, les pattes de derrière dans le fossé, tu es anormalement contrit. Toutes les vaches suivent. Sens le roulement de tonnerre de leurs sabots à leur passage.

Le jeune garçon ferme la marche, faisant toujours tournoyer sa baguette. Il me remercie, verrouille la barrière. À la suite de ses bêtes, il longe le champ jusqu'à la ferme.

Je te détache et, j'ignore pourquoi, me voilà gagné par l'euphorie. Et toi tu sautes en tous sens, surexcité comme si ces vaches étaient une menace à laquelle on aurait survécu. Tu t'élances à nouveau au milieu des betteraves, comme si tu étais euphorique toi aussi.

*

L'autoradio marche presque sans interruption. Dès le matin, je le règle sur une station d'information. On écoute tous les bulletins, les voix neutres des présentateurs. Je guette le moment où ils vont éternuer, renifler ou toussoter, mais ça ne leur arrive jamais. Chaque jour, des experts se succèdent pour nous apprendre des choses. Aujourd'hui, l'un d'eux nous explique que les gens choisissent des animaux de compagnie reflétant la vision qu'ils ont d'eux-mêmes, et qu'avec le temps l'animal et son maître finissent par se ressembler. Une fois l'émission terminée, je baisse le son et je passe sur la station de musique classique.

Ta truffe frétillante est dans le champ du rétroviseur. Tu dresses la tête pour humer les odeurs qui entrent par la vitre entrouverte côté passager. Tes oreilles sont rabattues en arrière et grandes ouvertes. À l'intérieur la peau est blanche et nue, avec des replis. Tu en penses quoi, de la musique classique ? De ces carillons, cordes et percussions, de ces roulements de tambour ponctués de formidables coups de cymbales ? Tu as l'air d'écouter, mais je ne peux pas l'affirmer.

Je m'examine de profil dans le rétroviseur, et je me demande si on finit par se ressembler, comme c'est censé nous arriver. Extérieurement, on est toujours aussi noirs et noueux que la nature nous a faits. Mais intérieurement, sans trop savoir pourquoi, je me sens différent. Je me sens animalisé. Il y a en moi une sauvagerie apparue en même temps que toi.

*

Le soleil s'est levé. Loin devant, il sature la route à quatre voies d'ondulations luisantes. Dans notre coquille d'acier et de verre, à l'abri du vent mordant de l'automne, réchauffé par le soleil et bercé par les cahots et les embardées, je me sens glisser vers le sommeil. Soudain nos roues dévient vers les catadioptres et le BOÏNGboïng me réveille. Je baisse la vitre et laisse mon coude flotter dans le courant d'air autour de la voiture. Je garde la main prête à se dresser pour servir de bouclier, au cas où tu tenterais de bondir sur un pigeon, un chat ou une autre proie dans le chuintement et le fracas de la route qui défile.

Depuis qu'on roule, on a vu assez de créatures mortes, de toutes formes et de toutes tailles. De celles encore ruisselantes de sécrétions corporelles à celles aplaties comme des galettes et desséchées par le soleil. Tu vois ce petit tas de viande en charpie, pareil à un chiffon roulé en boule dans une flaque écarlate ? C'est soit un gros rat, soit un lapereau, impossible à dire. Là, un renard aux yeux sortis de leurs orbites. Regarde l'angle bizarre de ses vertèbres caudales disloquées et l'endroit où une côte cassée dépasse de la fourrure. Tu te souviens de ce chaton roux tigré, qui portait un élégant collier dont l'élégante clochette s'était enfoncée dans sa gorge tel un élégant emporte-pièce ? Tu te souviens du blaireau, celui qui avait oublié d'emprunter son passage souterrain réservé ? Trop robuste pour être haché menu, il gisait sur le bas-côté de la nouvelle route à quatre voies, comme s'il faisait la sieste.

Des lièvres et des souris, des bergeronnettes et des corbeaux, des écureuils et des visons. Toutes sortes de créatures tuées de toutes sortes de façons. Éviscérées et décapitées, lobotomisées et éventrées. Il ne reste parfois d'elles qu'une huppe, une touffe de duvet pâle qui danse dans les trombes d'air entre les véhicules de passage. Pas trace de l'oiseau auquel elles ont été arrachées. Les occupants des sinistres voitures qui fauchent les animaux s'en moquent, ils doivent rejoindre leur destination, continuer sans s'arrêter. On fait le tour d'un rond-point, une fois, deux fois, et en tournant j'observe la circulation. Je me demande où tout le monde va. Je me demande si certaines créatures tuées sur la route n'avaient pas envie de mourir, au fond, si elles ne se seraient pas jetées sous les roues du véhicule. Une hirondelle léthargique incapable d'affronter un retour vers l'Afrique à tire-d'aile. Un hérisson insomniaque ne supportant pas l'idée de rester éveillé tout l'hiver sans personne à qui parler.

Je mets mon clignotant, m'engage sur une autre route à quatre voies. Devant nous, un obstacle impossible à identifier bloque la circulation. Sur une centaine de mètres au moins, des véhicules attendent pour le contourner à la queue leu leu. J'écarquille les yeux malgré le soleil, essayant de voir de quoi il retourne. La tête coincée entre les sièges avant, tu ouvres l'œil toi aussi. Une voiture et une moto sont garées de travers sur le bas-côté. La voiture a ses feux de détresse, son triangle de signalisation posé sur la ligne continue. Maintenant on voit quelque chose gisant au milieu de la chaussée. Un cygne, un cygne muet. On dirait un coupon d'organdi aux bords froissés, parcouru de frissons. En passant devant lui, on voit son long cou plaqué contre son corps comme une chaise pliante. On voit ses ailes ramenées en arrière comme si le bitume était liquide et le cygne en train de nager.

Il y a deux hommes et une femme sur la route. L'un des hommes est debout sur la chaussée, l'autre règle la circulation. La femme est agenouillée près du cygne. Je crois qu'elle pleure, on dirait qu'elle pleure, et soudain ça me met en colère. Je pense à toutes les autres créatures qu'on a vues depuis notre départ. Je pense au rat, au renard, au chaton, au blaireau. Je pense au choucas, tu l'as remarqué ? On l'a dépassé en roulant au pas pour contourner le cygne. Il avait le bec écrabouillé, la cervelle sur la chaussée. Pourquoi personne ne s'est arrêté pour ce choucas ? Parce que le cygne ressemble à une robe de mariée, voilà pourquoi. Alors que le choucas ressemble à un sac-poubelle. Parce que c'est ainsi que les gens jugent de la valeur d'une vie.

À la radio, un expert nous explique qu'il faut protéger les animaux, oiseaux et poissons menacés et en voie d'extinction, sinon la planète se désagrégera lentement, morceau par morceau par morceau.

On s'arrête dans une station-service avec un panneau indiquant qu'il y a des toilettes. Je récupère le sac qui contient mes chaussettes et mes slips sales, et je le comprime au maximum.

« Je reviens dans une minute », te dis-je, même si je sais qu'au mieux il m'en faudra au moins dix. Parfois je prends des libertés avec la vérité quand je te parle. Je sais que tu comprends que je pars sans t'emmener, mais chaque fois que je pars, tu ne comprends sans doute pas quand je reviendrai, ni si je reviendrai vraiment. Tu es peut-être capable de flairer le passage du temps, mais pas de donner l'heure.

Il n'y a personne dans les toilettes hommes. L'eau du robinet d'eau chaude est chaude et il y a du savon dans le distributeur. Du savon en poudre. Il sort par petites bouffées. Ça me retarde. Alors que j'ai quand même réussi à tout laver jusqu'à la dernière chaussette, la porte s'ouvre brusquement et un homme entre. Je ne vois pas quel genre d'homme ; je baisse la tête sur son passage. Je sens son regard parcourir ma tresse, mon dos voûté, et se poser entre les éviers, là où sont entassés mes sous-vêtements. Puis il pénètre dans un box. Le verrou glisse et se ferme avec un déclic, suivi une seconde plus tard d'un affreux bruit discontinu de cataracte. J'essore mon tas de linge, le remets au plus vite dans le sac et regagne le parking.

Un ou deux kilomètres plus loin, je me gare en bordure de la route et j'étends ma lessive sur le dossier de la banquette arrière. Tu examines mes chaussettes comme si tu les trouvais fascinantes. Tu renifles mes slips un par un à l'entrejambe jusqu'à ce que je te crie d'arrêter.

« Tu es vraiment horrible », te dis-je, mais en riant.

*

C'est le chêne le premier touché, le hêtre qui résiste le plus longtemps.

La nuit dernière, les feuilles sont tombées tout d'un coup, comme si un troupeau de girafes avait fait une descente nocturne, chacune tendant son cou prodigieux jusqu'au faîte des arbres, dépouillant les branches, puis recouvrant ses traces avec les feuilles arrachées pour que personne ne sache qui blâmer. Ce matin, libérées, les feuilles gambadent, s'élèvent et se métamorphosent. Elles trottinent comme des musaraignes, bondissent comme des crapauds, volettent comme des pinsons. Elles se répandent sur la chaussée, se transforment en lettres de l'alphabet, en tornades miniatures, en apparitions divines. Tu as vu ça ? Tu as vu le visage de Jésus ? De loin, elles ressemblent tellement à autre chose, et de près, je suis toujours déçu quand elles redeviennent des feuilles, de simples feuilles. Je gesticule pour tenter d'en attraper une qui tombe, parce que c'est censé porter chance. J'ai beau sauter, sauter, sauter, je n'y arrive pas. Mais elles atterrissent sur mon dos en forme de rocher, collent à mes cheveux gras, et peut-être que ça porte chance aussi.

C'est l'automne dans toute sa splendeur. Regarde les tondeuses autotractées, de sortie pour la dernière tonte de l'année. Sens l'odeur de l'herbe coupée. Lent à venir, l'été s'est prolongé tout le mois de septembre, mais maintenant on doit être en octobre ou presque. Depuis combien de temps on roule ? Un mois, au moins. Peut-être six semaines. Il me faudra bientôt un autre bureau de poste.

Quelles autres odeurs arrivent par les aérateurs ? Celle des pommes sauvages jetées à terre par le vent et qu'on laisse pourrir ? Celle de la fumée des feux de joie, celle des sorbes ? Voici une pompe à eau rouillée, sans poignée et incapable de pomper, donc inutile de s'arrêter pour la tester, essayer de remplir mes bonbonnes. Et là, une botte de foin égarée dans les ronces du fossé, séparée de ses semblables dans leur champ, oblongues et joliment mouchetées de brun comme un troupeau immobile de bovins des Highlands. Là, ce sont les obstacles du concours hippique amateur de l'année dernière, des rameaux de bouleaux entassés à l'écart. Puis un cotonéaster avec son jaseur qui a l'air de porter un masque de Zorro, et partout des mûres trop petites et immangeables après les pluies surabondantes de l'été. Regarde, chacune ressemble à l'avorton de la portée et pourrit sur pied.

Encore un camion transportant du grain. On a passé toute la saison de la moisson au ralenti derrière d'étranges engins agricoles, dans le fracas des moissonneuses-batteuses et des ensileuses. Désormais il n'y a plus que les camions de grain, au détour de chaque virage. Ils projettent sur notre pare-brise des brins de paille jaune pâle envolés de leur benne. Je ne les double jamais. À quoi bon, où est l'urgence ? Ça me fait du bien de pouvoir me rouler une cigarette et, le bras sur la portière, de regarder en fumant défiler les pompes à eau, les bottes de foin et les obstacles de concours hippique. Tu vois, au loin, le sommet couleur moutarde d'une colline au centre d'un V formé par la végétation ? Peu importe le mois, c'est le moment exact de l'année où tous les sommets deviennent jaune moutarde. L'automne dans toute sa splendeur. Mais bientôt, lentement, l'automne perdra sa splendeur. Il sera battu par les vents et renvoyé aux bruns et aux gris des troncs nus.

Dans l'immédiat toutes les célébrations et dévastations minuscules du fossé prolifèrent, m'emplissent l'esprit et me portent, de sorte que la peur s'éloigne, dans une certaine mesure. Je découvre que, contrairement à ce que je croyais, tu n'es pas né avec une capacité d'émerveillement programmée. Je découvre que tu l'as toi-même nourrie de petites parcelles du monde.

Je découvre qu'il ne tient qu'à moi de suivre ton exemple et d'entretenir mon propre émerveillement, morceau par morceau par morceau.

Regarde, une peau de banane sur le piquet d'une clôture. Tu te souviens de nos promenades sur la route à travers bois, et de la peau de banane qui gisait au pied de la grille de la raffinerie, sous l'interphone ? Tu te souviens de la petitesse du monde, alors ? Regarde, c'est maintenant une étendue infinie de bananes libérées.

Enfin, une épicerie de village qui a en stock les piles que je cherche !

Je vois l'endroit où la vieille cheminée a été murée tant bien que mal. Le banc autrefois placé devant a été poussé contre le mur et des rouleaux de papier-toilette sous plastique y sont entassés. Dans la cheminée de l'épicerie près de chez mon père, il y avait du feu en hiver quand j'étais gamin, bien avant l'ère des caisses automatiques, et des étiquettes magnétiques pour contrôler notre honnêteté. Aujourd'hui, je fais le plein de piles et de flocons d'avoine. Je sors du congélateur un paquet de huit bâtonnets de poisson pané pour notre dîner et je jette sur le tout un sachet de sucres d'orge.

Le grand comptoir en béton est recouvert d'un carrelage fissuré et la tranche des pièces de monnaie perdues brille dans les fentes. L'homme derrière la caisse est largement assez âgé pour avoir fait du feu dans la cheminée de son épicerie. Il pose beaucoup de questions. Il demande si je suis de passage et d'où je viens. Si c'est mon lieu de naissance et quel temps il faisait quand je suis parti. Il fixe mon papier-toilette, mes piles, mon poisson pané et mes sucres d'orge comme s'il ne les avait jamais vus, comme si sa propre marchandise lui était soudain aussi étrangère que moi. Les deux paumes à plat sur le carrelage fissuré, il n'a visiblement aucune intention d'enregistrer mes achats tant que je n'aurai pas répondu.

« Oui, dis-je, de la côte sud, oui, et le temps était sec mais venteux. »

Il se met alors à maugréer contre la domination des gens du Sud, comme si c'était ma faute d'une façon ou d'une autre. Il n'aime pas non plus le vent. Ses hurlements le long des câbles téléphoniques l'empêchent de dormir. Il en oublie ses questions indiscrètes et entreprend de me raconter son combat contre l'insomnie.

« Plus on vieillit, plus on est fatigué, mais plus on a de mal à trouver le sommeil », déclare-t-il, hochant la tête avec tristesse. Je l'imagine allongé dans l'obscurité d'une chambre aux murs lambrissés, avec un pot de chambre en porcelaine sous son lit, et je reconnais en lui un être qui souffre de la solitude par opposition à quelqu'un l'ayant choisie, un être qui a perdu des proches jusqu'à se retrouver seul sans l'avoir voulu. Il enfonce consciencieusement ses ongles dans les fissures du comptoir.

Lorsque je remonte dans la voiture, le poisson pané commence à décongeler. Le carton est détrempé sous l'emblème de la marque, Captain Birds Eye. Et tu le lèches en agitant la queue.

Ce soir, les vitres s'embuent. Le chauffage grommelle, les essuie-glaces gémissent. Il pleut et on est perdus. L'ampoule de notre phare gauche est grillée, ce qui doit donner aux véhicules venant en sens inverse l'impression que notre voiture leur fait un clin d'œil. Regarde, toutes les voitures ont un visage, des phares à la place des yeux, une plaque minéralogique en guise de sourire aux dents blanches.

La route se réduit à une seule voie et à une succession de ronds-points. Chacun a son panneau au nom d'un saint obscur, et un sur deux ou presque est en chantier. À cette heure les ouvriers sont rentrés chez eux, laissant leurs engins endormis pour la nuit. Seules des barrières métalliques et des flèches clignotantes nous guident vers une nouvelle déviation hasardeuse et des cônes de signalisation renversés. Tu te souviens de celui qui était enfoui dans le sable de la baie ? À marée basse, sa troisième rayure fluo dépassait. À marée haute, il était submergé et j'oubliais sa présence. Toujours là, mais invisible. J'oubliais une fois encore que les choses continuent d'exister même quand je ne les vois plus.

Emprunter une mauvaise sortie sur le rond-point de saint Gobnait nous amène à la périphérie d'une ville, un ancien village devenu métropole. On dépasse une Vierge Marie derrière une vitrine en plexiglas près d'un distributeur de billets. Dans une rue trop sombre pour que je puisse lire son nom sur la plaque, je trouve deux places de parking devant un magasin de chaussures au rideau baissé, une boutique vide avec une pancarte À LOUER et un fast-food à l'éclairage agressif. J'ai faim et terriblement envie de pisser, voilà pourquoi on se gare. Il n'y a personne dans la rue, seulement les lampadaires qui tracent un passage dans l'obscurité. Viens, laisse-moi te mettre ta laisse. On quitte la voiture, on longe le trottoir et on s'enfonce dans le noir. Tu renifles, lèves la patte sur une gouttière, et dès que tu as fini je te ramène. Je t'enferme en laissant une vitre entrouverte, après avoir rempli ton bol à eau.

« Je reviens dans une minute », te dis-je, et j'entre seul dans le fast-food.

Je n'aime pas les urinoirs, mais comme il n'y a

personne d'autre, je me dépêche de m'en servir. J'inspecte la pièce du regard en pissant. Un vieux mouchoir en papier est collé au plafond. Détrempé, lancé à la volée, et maintenant desséché et plissé. Il me rappelle un poisson plat, sans les yeux de part et d'autre. Comme le flétan, le turbot, la limande, ou la sole. De retour dans la salle trop éclairée du fast-food, je commande un café et deux grands cornets de frites à l'homme de couleur à la caisse. Il sourit. Je remarque sa mâchoire grêlée d'acné, et pour la première fois je prends conscience que, tout comme la peau blanche, la peau noire peut se couvrir de boutons, et je me demande si celle des Chinois aussi. Je cherche fébrilement ma monnaie dans mon portefeuille, trop gêné pour regarder à nouveau l'homme. Je trouve la somme exacte, prends le gobelet qu'il me tend, et quand je paie le bout de mes doigts effleure sa paume. Je ne quitte pas mon gobelet des yeux. Le café est léger, aqueux, exactement du même brun que la peau de l'homme.

Je me demande s'il dort la nuit. Je me demande si, quand il entend le vent dans les câbles téléphoniques, il pense à une créature hurlante. Comme un loup ou un fantôme.

Je m'assieds à une table déserte dans le restaurant désert. La chaise est glissante, inconfortable, le fond de mon pantalon crisse sur le plastique thermoformé. Au mur, un poster avec un enfant souriant qui préconise divers accompagnements pour mes frites. Tranches de bacon, salade de chou blanc au curry, beignets de poulet. Sur le poster voisin, deux parents souriants ont rejoint l'enfant et ensemble ils partagent un carton de poulet frit, taille familiale. Je détourne le regard et jette un coup d'œil dehors. Je me dis que ces gens ne sont que des figurants auxquels on a demandé de poser, en réalité ils n'ont même pas de liens familiaux. De l'endroit où je suis assis, je vois par la vitre la place de parking où notre voiture est garée. Je vois de profil ta tête, tes oreilles et ton cou, tes pattes au velours râpé posées sur le tableau de bord, le reflet de la médaille à ton collier, le reflet de ta truffe frétillante, le reflet de ton œilleton solitaire. À travers la vitrine du fast-food et le pare-brise, je vois ma seule famille étinceler. Soudain tu me sembles tout petit et très loin, et je m'aperçois qu'on ne s'est pas séparés plus de quelques instants depuis des semaines et des semaines. Depuis le début de l'automne, depuis qu'on s'est mis en route.

« MONSIEUR ! »

L'homme de couleur me fait sursauter. Je saisis le sac en papier et m'élance vers la porte sans lever les yeux. Dans la voiture, l'odeur des frites prend délicieusement à la gorge. On mange si vite qu'on s'étouffe presque. Maintenant tu lèches la graisse dans les cornets vides. Tu les promènes sur la banquette arrière, une fois, deux fois.

À la radio, un expert nous explique que la plupart de nos cours d'eau ne sont pas enregistrés officiellement, comme s'ils devaient l'être, comme si chaque chose sur terre l'était. Les arbres, les tourbières, la bruyère, les collines et les montagnes. Et là, je me souviens que tu devrais être enregistré. Je me souviens que je ne t'ai jamais enregistré.

On dort à l'entrée des champs, chaque nuit un nouveau champ.

Et chaque soir, tu regardes l'écran circulaire jusqu'à ce que les étendues de terre et de paille se confondent avec notre terne reflet. Jusqu'à ce que, dans la lumière aride, les choses les plus familières deviennent sinistres.

Le ballon de foot vagabond se transforme en tête de mannequin, et le son produit par les tomates qui se heurtent doucement en marmonnement rebelle. Tu te tapis au creux de la banquette, ta barbiche sur le plaid. Laborieusement, tu soupires, et je prends ce soupir laborieux pour un signal. Je me mets en quête d'un chemin creux donnant accès à un champ : un accès oublié, un cul-de-sac, un endroit apparemment sûr. Les grilles sont pour la plupart des barres de métal soudées. Parfois rongées par la rouille, parfois reliées à une clôture électrique au bourdonnement de mauvais augure. Tiens, voici une grille qui mérite à peine ce nom, une simple barrière symbolique. Un vague assemblage de palettes en décomposition, de fil de fer, de branches tombées. Tiens, du cresson des prés, de l'angélique, et un lièvre là-bas dans le champ. Raide comme un ornement de jardin. Soudain il détale, enchaîne une série de grands bonds au-dessus des tiges rases du blé moissonné, entre les bottes de foin. Tu l'as vu, tu as vu le lièvre ?

Je m'engage en marche arrière, j'avance un peu, je recule, j'avance. Ce soir, il me faut une éternité pour me garer suffisamment à l'abri de la route. Je sens le sol meuble se dérober sous les roues et me demande si je pourrai repartir demain matin. Tu t'es relevé sur la banquette et tu es assis bien droit. Tu jappes d'enthousiasme. C'est ton moment préféré de la soirée, le mien aussi. Je te laisse explorer notre refuge pour la nuit et ses environs nébuleux. Pendant ce temps-là, je vais chercher nos provisions dans le coffre, j'installe le réchaud à gaz sur la partie la plus plate du capot. Je sors la casserole, nos assiettes, la fourchette, la cuiller, l'ouvre-boîte. Au menu, petits pois, haricots et nouilles à la tomate, de la baguette, de la mimolette et de la marmelade d'oranges. Il me faut deux tentatives pour allumer le brûleur en plein vent. Je tends un côté de mon gilet pour protéger la flamme de mon briquet. Les soirs où il pleut, je le fais sur le siège du passager, portière ouverte. Je sais que c'est imprudent, voire dangereux. La première fois que j'ai allumé le réchaud dans la voiture, je me suis assuré que tu étais dehors. Mais il n'est rien arrivé, et depuis je n'ai plus peur du réchaud. Parfois je ne prends même pas la peine d'ouvrir la portière côté passager ni de baisser la vitre. Ainsi, la chaleur reste enfermée à l'intérieur, et toute la nuit, ou presque, il fait aussi bon dans notre maison sur roues que dans un terrier.

Mais ce soir le temps est sec et il y a seulement quelques rafales de vent. Des flammes bleues jaillissent du brûleur et ronronnent de contentement. J'achète toujours les boîtes de conserve qu'on ouvre en tirant sur une bague et je réchauffe tout dans la même casserole, la seule que j'aie apportée. Je détache deux ou trois morceaux de baguette et je répartis notre pâtée entre nos deux assiettes. Une portion à ta mesure dans la tienne, la mienne pleine à ras bord. Et maintenant on bouffe, on bouffe, on bouffe pour rattraper tous les repas qu'on n'a pas faits.

Je rince la vaisselle du dîner dans le fossé avec l'eau d'une bonbonne. On commence à manquer d'eau. Il faut que je trouve une pompe en bordure de route, une rivière, des toilettes publiques. NON POTABLE, peut-on lire au-dessus de leurs robinets, alors j'achète aussi des bouteilles d'eau minérale. Mais tu n'en aimes pas le goût, tu bois dans les ruisseaux des prés et dans les flaques. Je remets la vaisselle et les provisions dans le coffre. J'emballe les ordures. Tu te pourlèches les babines dans l'herbe. De tes crocs pointus, tu peignes le velours rêche de tes pattes pendant que je fume assis sur le capot, jusqu'à ce qu'il fasse trop froid pour rester dehors. Alors j'aligne quelques bougies sur le tableau de bord, j'ouvre mon livre, je le cale contre le volant et lis à la lumière des flammes vacillantes. Tu grimpes sur mes genoux et restes couché là, à moitié endormi, ton oreille dominante partiellement dressée, ta paupière toujours mi-close, en sentinelle. Je lis jusqu'à ce que les bougies s'éteignent en crachotant.

« C'est l'heure de se coucher, te dis-je. Au lit. »

« Lit » fait partie de tes soixante-cinq mots.

Maintenant vient l'insomnie. J'incline le siège du conducteur, déroule ma couette et tape sur mon oreiller pour qu'il reste en place. Couché sur le côté gauche, les pieds serrés l'un contre l'autre, les mains entre mes cuisses : c'est ce que j'ai trouvé de plus confortable. Je reste éveillé, je sens tes ronflements malodorants imprégner lentement l'air, et je me demande si tu sens aussi fortement ma propre odeur. Mon haleine enfumée, aigrelette, atroce. Je me demande lequel de mes organes se décompose et comment il produit une puanteur si nauséabonde. Chaque matin, épaisse et fétide, elle plane dans l'habitacle. Comme si toutes mes mauvaises habitudes fermentaient dans une fosse infernale sous ma cavité buccale et venaient me narguer au sortir du sommeil, quand je suis le plus vulnérable. En comparaison, tes ronflements sont presque sucrés et appétissants.

Elle avait cette odeur-là, la maison de mon père ? Pas celle de l'ail, du café, de la fumée de cigarette et des poubelles, ni celle de sueur rance de ses pantoufles, ni celle des courants d'air s'insinuant par le trou de la serrure et les fissures du plafond, mais plutôt celle de mon haleine atroce.

Le tabac à rouler Amber Leaf est difficile à trouver dans les épiceries de village et les stations-service où on s'arrête. Les feuilles au parfum de réglisse sont encore plus rares. À la place, j'achète du tabac Drum ; il y en a toujours. Le goût me déplaît, mais je déchire mes minuscules rectangles de carton pour faire des filtres et je le fume quand même. Ça doit signifier que l'addiction l'emporte désormais sur le goût. Ça doit signifier que je suis accro.

*

Parfois, sur la route, j'éteins la radio et on écoute le monde défiler. La plupart des bruits extérieurs sont étouffés par le tambourinement des gouttes de pluie sur la tôle, les hoquets du moteur sous le capot, ici un cliquetis, là une vibration, le frottement répétitif des essuie-glaces. Parfois filtrent les jacasseries stridentes d'une pie, le meuglement affolé d'une vache affamée, le coup d'accélérateur rageur d'un véhicule qui double, une sirène au loin, et j'en ai des sueurs froides. Tout le monde me double toujours, je roule donc si lentement ? Parfois, lorsque je réfléchis, ou que je ne réfléchis pas, mon pied se relâche sur l'accélérateur, s'éloigne de la pédale, si bien que la voiture avance tout juste, la boîte de vitesses peine. Parfois il me faut plusieurs kilomètres pour remarquer la file de véhicules derrière moi.

Les bruits extérieurs sont essentiels pour moi. Peu importe quelle forme ils prennent, peu importe leur intensité, il faut que je les entende. J'ai besoin d'eux pour bâillonner mes pensées. Elles sont amères, désastreuses. Tel un banc de sprats pointus, argentés, elles me traversent en masse dès que les bruits extérieurs ne sont ni assez sonores ni assez nombreux pour les tenir à distance, les chasser de mon cerveau. J'ai surtout besoin d'eux pendant mes heures d'insomnie, seul moment où je ne peux pas allumer l'autoradio, parce que ça viderait la batterie de la voiture. À l'entrée d'un champ la nuit, sauf s'il pleut, il y a peu de bruits, et ce sont tous de petits bruits. Mais ils s'entendent beaucoup. Les chats qui rôdent dans les haies deviennent des lions. Et les souris qu'ils chassent, les lapins ou musaraignes bruissant dans l'ombre deviennent des fauves et des phacochères. Couché sur le côté gauche, les pieds l'un contre l'autre, recherchant inlassablement une position confortable, je pense à la maison de mon père ; je pense à mon père. J'analyse mes regrets de manière inutilement détaillée, inutilement poussée, et je me demande comment j'ai écopé de cette vie plutôt que de celle d'un autre. Pendant un certain temps c'est un sujet prometteur, puis il devient soudain mortellement ennuyeux, et je me retrouve avec la migraine en guise de réponse. Des élancements sourds montent de mes omoplates jusqu'à l'arrière de mes globes oculaires. Quand je ne supporte plus le banc de sprats, je reprends mon commentaire.

Durant les dernières années de sa vie, mon père avait perdu sa capacité à parler de tout et de rien. Je te l'ai déjà dit ? Je t'ai dit qu'il avait progressivement cessé de poser ses habituelles questions banales sur le passage du facteur, l'arrivée de la pluie, ce qu'on allait manger au dîner ce soir-là ? Peut-être avait-il perdu la tête. Peut-être était-il frappé d'imbécillité. Peut-être ne voyait-il tout bonnement pas l'utilité d'user la salive qui lui restait à échanger des amabilités si absurdes – ce que je peux comprendre. Mais à partir du moment où il est devenu muet, je me suis mis à parler sans arrêt. « Le facteur est passé sans déposer de courrier », disais-je. « Il ne va sûrement pas tarder à pleuvoir », disais-je. « Que penses-tu d'une côtelette pour le dîner ? » disais-je. Et maintenant c'est à toi que je m'adresse. Toi qui ne réponds jamais, de toute façon. Toi qui comprends presque tout de travers. Je décris les choses devant lesquelles on passe, même si aucune n'a le moindre intérêt, même si je les ai déjà mentionnées plusieurs fois, même si je sais que maintenant c'est moi qui ai l'air d'un imbécile.

Regarde, chaque panneau de signalisation a hérité d'un nom. Celui-ci s'appelle JOHN. C'est parce que les employés municipaux forcent sur la peinture en bombe quand ils s'ennuient. Ici, MARK, JIM, R153 ; là, encore JOHN, à moins qu'il ne s'agisse d'un autre JOHN. Regarde, les agriculteurs forcent eux aussi sur la peinture en bombe. Ils peignent les moutons de leur troupeau pour pouvoir les reconnaître quand ils sont éparpillés à flanc de colline. Mais l'air humide disperse la peinture dans leur laine et ils se retrouvent presque entièrement roses ou bleus, comme ces gigantesques peluches qu'on peut gagner dans un stand de fête foraine. Regarde le vieil ours en peluche affalé contre une fenêtre au premier étage de cette ferme délabrée, tournant le dos à la vue. Maintenant regarde les capucines. Leurs feuilles ressemblent à de minuscules parasols verts retournés par le vent et leurs fleurs sont formidablement criardes. Dans chaque village qu'on traverse, elles sont partout, comblent chaque vide dans chaque mur, chaque fissure dans chaque allée.

Les capucines ont tout compris : la survie, ça se résume à combler des vides du lever au coucher du soleil. À mettre la bouilloire en route, à éplucher des pommes de terre, à laver des serviettes, à acheter du lait, à changer des ampoules, à enlever les poils pubiens humides qui tapissent la bonde de la douche. Voilà comment les gens survivent, en comblant un vide à la fois pour une infime gratification temporaire, et en recommençant jusqu'à ce que la saison se termine et qu'ils finissent par mourir, par se dessécher sur le mur ou l'allée, dans leur crevasse sombre. Voilà comment la vie est rongée de l'intérieur, épuisée par les efforts onéreux pour la vivre.

Désolé, je monologue. Je t'aperçois dans le rétroviseur. Tu regardes mon profil pendant que je parle. La tête penchée à gauche, tu sembles perplexe. Je sais que tu ne comprends pas, donc je beugle une phrase exclusivement composée de tes mots.

PROMENADE, BISCUITS, COUCHÉ ! PLUS RIEN, ATTENDS, BALLON, VILAIN ! PARLE, ONE EYE, PARLE !

Ça paraît presque incroyable, qu'on puisse rouler si longtemps dans un si petit pays sans jamais vraiment arriver nulle part. Mais bon, je suis sans doute lent. J'oublie que je suis lent.

Combien de semaines, aujourd'hui ? Quel jour on est, quel mois ? Parfois tu as tellement l'air d'être sur le point de parler, comme si tu faisais tout ton possible pour tenter de me répondre. Octobre, bien sûr. On doit être en octobre. Regarde l'école primaire avec ses guirlandes de fantômes découpées dans du papier et tendues en travers des fenêtres. Regarde les ballons recouverts de taies d'oreiller blanches et accrochés dans les arbres de la cour de récréation.

Bientôt, les épiceries vendront d'énormes citrouilles trop farineuses pour qu'on les mange, des cacahuètes grillées dans leurs coques bosselées et des masques en plastique de visages sans yeux. Bientôt ce sera le moment de l'année où il est vaguement acceptable d'être crépusculaire, un peu tordu.

J'ignore où on est, et je m'interroge : si je desserrais le frein à main, la voiture nous ramènerait-elle de mémoire à la maison, au sentier à l'écart de la rue bourdonnante du village ? Je n'ai pas le courage de faire le test.

J'ai cessé de suivre notre itinéraire sur la carte il y a des semaines, et j'ai également cessé de lire les panneaux routiers. Même si on est perdus, on dirait que tu te sens chez toi dans notre maison sur roues, comme si ton refuge s'étendait à présent d'une portière à l'autre et occupait toute la banquette. Maintenant on a la campagne sans limites pour jardin. Maintenant on a pour voisins les ruminants, les oiseaux des haies, les mammifères en hibernation, une infinité d'insectes. Nous ne sommes plus des créatures de la routine ; nous sommes des créatures du possible. Je pense à toutes les années où j'ai vécu dans tellement de pièces et cru avoir besoin d'une pièce différente pour tout. Une pièce pour préparer un repas, une autre pour m'asseoir et le manger, une troisième pour l'évacuer une fois digéré et l'envoyer à l'aide d'une chasse d'eau dans un réseau de canalisations dissimulé sous la maçonnerie. Tu te souviens de tous ces espaces minuscules entre les pièces, sans aucune utilité ? Le porche, l'entrée, le couloir. Des espaces seulement faits pour passer, pour accumuler une panoplie d'objets encore plus inutiles. Tu t'en souviens ? Même si je me sens bien moi aussi dans notre maison sur roues, il n'empêche que la maison de mon père me manque parfois. Plus on s'éloigne, moins je sais où on va, et plus elle me manque. Tout ce dont je me souviens est contenu dans le vide entre ses moquettes tachées et son toit d'ardoises pentu.

Tous mes souvenirs doivent leur teinte miel à ses murs jaunes.

Je me souviens que mon père chantonnait. Même après avoir cessé de parler, il chantonnait. Ce chantonnement était la bande-son de tout ce qu'il était en train de faire : bouger, réfléchir, rester assis, fumer, bricoler. De la pièce inutile qui jouxtait sa chambre inutile, j'entendais son chantonnement traverser la cloison qui nous séparait. Toujours la même mélodie, mais je n'arrivais pas vraiment à l'identifier, et je n'ai jamais posé de questions. Peut-être que mon père la chantonnait tout bêtement mal, de même qu'à la radio j'entends mal les paroles des chansons entre deux entretiens et que j'en invente d'autres, que je les remplace par des sons qui ne sont même pas des mots. Peut-être aussi que la mélodie de mon père datait de sa vie avant sa paternité, tant de décennies plus tôt que lui non plus n'aurait pas pu l'identifier même si j'avais osé le questionner. À moins que son chantonnement n'ait été dépourvu de référence précise, aussi involontaire qu'un bâillement.

Ça peut te paraître bizarre, mais quand je pense à la maison je me la représente exactement comme on l'a laissée, à ceci près que mon père est encore vivant. Je me représente ses pieds sans pantoufles de nouveau solidement plantés sur le sol moquetté, il chantonne et va d'une pièce à l'autre d'un pas traînant même s'il fait noir, si les rideaux sont tirés et toutes les lampes éteintes. Je me représente les Portoricains de son assiette de collection bradant leurs coquelets sur le mur derrière lui, les perles du rideau de la salle de bains s'entrechoquant doucement dans son sillage. Et Mister Buddy derrière la machine à laver, avec le bouton qui lui tient lieu de nez plaqué contre le mur froid, tendant l'oreille au passage de mon père.

Je te perds.

À l'aube, dans une forêt plantée par l'homme. La plupart de ses arbres ont été abattus ; entre deux frêles taillis, une étendue de souches désolées. Dans cette clairière, un pin d'Écosse solitaire reste debout. Amputé de ses branches, dépouillé de son écorce. On dirait la foudre tombée du ciel dans la terre et transformée en tronc d'arbre.

C'est en contemplant la surface d'une souche que je te perds. Une étrange substance pousse dessus ; étrange, parce que je n'arrive pas à décider s'il s'agit d'un champignon ressemblant à une plante, ou d'une plante ressemblant à un champignon. Après deux jours sans pluie, la boue du sous-bois est pâle et sèche, et les racines mortes de la souche ressortent comme un réseau de veines sur le dos d'une main maigre. Regarde la mare formée par l'eau de pluie accumulée sous les racines dressées d'un bouleau à terre.

Mais quand je lève les yeux, je ne te vois pas. Je me retourne vers le dernier endroit où je t'ai aperçu. Le fourré que tu explorais garde l'empreinte de ce dérangement. Je m'y fraie un passage à coups de pied, m'efforçant de suivre le chemin que tu aurais pu prendre, t'appelant. Pas de sentier en vue, je ne sais pas où je vais, et je ne te vois nulle part.

Je crie : ONEEYE ONEEYE ONEEYE !

Comment affirmer que tu es parti de ce côté ? J'en suis incapable. Tu as pu aller n'importe où. Tu as pu continuer droit devant toi. Je continue moi aussi.

Je crie : ONEEYE ONEEYE ONEEYE !

Je prends ma grosse voix, la plus furieuse, même si je suis bien plus inquiet qu'en colère. Combien de minutes, déjà ? Dix, quinze, vingt ? J'en suis malade. Et si toi aussi tu me cherches ? Et si tu es de retour à la voiture, à m'attendre ? Je retourne à la voiture.

Mais pas trace de ta présence dans la clairière où elle est garée. Seule nouveauté, une crotte d'oiseau au milieu du pare-brise. Je scrute les branches nues de l'arbre au-dessus de ma tête. Un eucalyptus, je crois, et je me demande comment il s'est retrouvé là, quelle sorte d'oiseau a fait son nid dans cette essence étrangère. Je m'assois au bord du siège du passager, la portière ouverte, face à la forêt. J'attends. Je sais que j'aurais mille choses à faire en t'attendant. Préparer du café, lire mon livre, vérifier le niveau d'huile, secouer le plaid. Mais je n'ai envie que de poncer la corne au bout de mes doigts. Je ne regarde pas l'heure sur le tableau de bord, et ma trotteuse intérieure peine autant que si elle tractait un camion de grain.

Maintenant que tu es parti, je comprends que tu es mon unique raison de m'affairer. Me voilà comme un berger privé d'échasses. Mes jambes de pantalon trop amples claquent au vent et je ne sais plus marcher sans être juché en hauteur.

Soudain j'entends un tintement traverser les fougères dans ma direction, un grognement. Soudain je vois ta tête noire émerger entre les feuilles vertes.

Je hurle : VILAIN ! Mais c'est pour la forme.

Devant nous au loin, un homme est debout avec un pied sur le bitume, l'autre dans le fossé, et il oscille au vent comme un arbre trop souple.

À mesure qu'on se rapproche, je vois sa tête grisonnante courbée sous la petite pluie qui tombe à l'horizontale et sa main droite tendue vers la chaussée, pouce levé. C'est le début de la soirée sur un tronçon à deux voies d'une route de campagne. Il n'y a rien d'intéressant à la radio, et la pluie est trop faible pour faire taire le vacarme de mes pensées. Alors je ralentis, m'arrête juste après l'autostoppeur. Je transfère à l'arrière le réchaud et les choses à grignoter. J'enfonce un peu plus ma literie dans le recoin sous le tableau de bord.

L'homme est à peu près du même âge que moi. Trop vieux pour prendre un nouveau départ, trop jeune pour baisser les bras. Il est bedonnant, mais a les membres dégingandés, les cheveux clairsemés et le visage bouffi. Son nez est particulièrement bulbeux et violacé, parcouru de petits vaisseaux pareils à des craquelures sur un tableau de maître. Il ne porte pas de veste, juste un pull en laine bouloché. « Je suis du pays, dit-il, je vis quelques kilomètres plus bas sur la route. » Il pointe l'index vers l'ouest. « Merci beaucoup. »

Tu couines, tu t'agites. Dans l'habitacle, l'autostoppeur répand une odeur de bière brune, de sueur, de beurre rance. Lorsqu'il cherche la ceinture de sécurité, tes crocs effleurent la manche de sa chemise. VILAIN, te dis-je, et tu te rassois, tu ravales tes couinements et coinces la tête entre les deux sièges avant. Maintenant tu grondes comme une bouilloire, prêt à mordre. L'extrémité des chaussures de l'homme salit la housse de ma couette, bouse de vache et boue s'ajoutent aux soucoupes volantes et aux étoiles. Il regarde par la vitre et ronchonne sans même s'écouter. Son attitude est notablement plus désinvolte et moins réservée qu'une personne dans son état normal, voilà à quoi je sais qu'il est ivre. Il me parle du crachin qui s'installe, de la nuit qui tombe plus tôt, de la dégradation des routes de campagne. Ses doigts s'agitent au rythme de ses paroles, traçant des gribouillis dans les airs comme des cierges magiques sans éclat. Dès qu'ils fendent l'air trop brusquement, tu jappes, tu grognes à titre d'avertissement.

CHUUUUUUUUT, te dis-je, même si je sais que tu ne comprends pas quel genre d'ordre ce chuintement reptilien est censé donner. Tu me jettes un coup d'œil. Pour vérifier que je ne me dégonfle pas ?

L'autostoppeur ne réessaie pas de boucler sa ceinture de sécurité, mais voyage le dos plaqué au siège comme s'il l'avait fait. Ses lamentations n'appellent pas de réponse ; il ne me questionne pas, ne s'enquiert ni de ma santé ni d'autre chose. A-t-il conscience de ma présence ? Sait-il seulement qu'il est là ? Il ne me pose aucune question sur toi ; il ne demande pas où nous allons tous les deux. Il ne fait pas de commentaires sur notre bric-à-brac qui roule et tressaute dans la voiture. Ses yeux regardent dans le vague au-delà des fossés inondés et les miens ne quittent pas les lignes blanches, mais j'écoute, je hoche la tête. J'écoute avec une attention imprévue et n'ai pas besoin d'imaginer les détails manquants de son existence, car il me les donne à sa manière désinvolte, sans réserve.

Il a été éleveur de porcs, dit-il, et il ne l'est plus. Mais il n'est pas en retraite, il ne prendra jamais sa retraite. Maintenant il fabrique la sciure sur laquelle dorment les chevaux, et beaucoup d'autres animaux, bien sûr. Autrefois, ses truies aussi dormaient sur de la sciure dans deux énormes hangars équipés d'un système compliqué d'auges à remplissage automatique. Elles étaient nourries de farines d'anchois venant du Pérou, se reproduisaient pendant six ans en moyenne, et chaque grossesse durait exactement trois mois, trois semaines et trois jours : trois, trois, trois.

« Il leur arrivait de sortir ? » dis-je calmement pendant

qu'il reprend son souffle. Je veux savoir si de leur vivant elles voyaient la lumière du soleil.

« Inutile, les hangars étaient gigantesques. Ils ont la mention ÉLEVAGE EN PLEIN AIR.

— Les porcs sont intelligents. » Je pense avoir lu ça dans un livre.

« Oui, les plus intelligents après les primates.

— Vous avez encore quelques bêtes ?

— Juste deux collègues à toi. » Il incline avec lassitude la tête vers toi. « Un labrador et un rhodesian ridgeback. Je ne les enferme jamais. C'est vraiment de la cruauté, de les laisser enfermés. »

Je me réfugie de nouveau dans le silence et les hochements de tête. C'est encore l'histoire du choucas et du cygne, encore cette façon déroutante de mesurer la valeur d'une vie, mais je ne relève pas. Je suis les indications de l'homme, longe un chemin sinueux jusqu'à sa ferme. De l'herbe pousse au milieu, elle chatouille le châssis de la voiture au passage. Il y a une jeep garée sur la pelouse. De la mousse sur les essuie-glaces, de la mousse autour des vitres. La maison est à l'abandon et le rebord de chaque fenêtre en façade totalement vide, ni vases, ni livres, ni statuettes, pas un seul objet personnel pour donner l'impression d'un chez-soi. C'est un endroit triste, tu ne trouves pas ? Il n'y a pas trace d'un rhodesian ridgeback en liberté ni d'un labrador.

L'autostoppeur ne me propose pas d'entrer. Il ne m'invite pas à dîner, bien que ce soit l'heure. Il ne m'offre même pas une tasse de thé.

« Merci beaucoup, dit-il d'une voix monocorde et insincère. Bonne chance. »

Il claque la portière, s'en va en titubant sur le dallage irrégulier de son allée, disparaît dans la pénombre de sa maison profondément endormie.

On reste là avec le moteur qui tourne, jusqu'à ce que l'homme ait mis sa clé dans la serrure et s'essuie les pieds sur le paillasson. Le soir s'est déjà vidé de presque toute sa lumière. Mais le ciel a rosi et il est couvert de lignes droites, comme si les nuages avaient été trempés dans un bain pourpre et labourés.

Je suis fatigué, si fatigué. Par mes efforts pour être attentif à la présence d'un autre être humain, par l'obligation de dire des choses à quelqu'un d'autre que toi, quelqu'un qui aurait pu réellement m'écouter. Je n'ai pas envie de rouler pendant des heures pour trouver une entrée de champ qui convienne, pas ce soir. De toute façon ce n'est pas nécessaire, on est déjà bien loin de la civilisation, mis à part cet autostoppeur dans sa ferme délabrée. Je l'imagine, écroulé au pied de son escalier ; il voulait juste s'asseoir une seconde pour enlever ses chaussures, mais il ronfle comme un ivrogne, il bave sur son col.

Les deux côtés de la route sont bordés de jacobées mortes, de crocosmias morts. Au-delà, rien qu'une succession de champs retournés après la moisson. On roule entre les fleurs mortes et l'obscurité. Il y a un rat dans une haie, tu le vois ? Il escalade les branches maigres d'un buisson d'aubépine. Son arrière-train grassouillet bien calé au creux de l'une d'elles, il se gorge de cynorhodons tel un oiseau horrible aux ailes repliées se terminant par une queue pointue. C'est la première fois que je vois un rat sur une branche et je me demande pourquoi, si les rats savent grimper, ils ne sont jamais descendus par l'échelle de la trappe dans la chambre fermée à double tour. À une époque, je les entendais constamment courir, bondir et gratter sous les combles.

À une époque, je les écoutais et m'attendais constamment à ce qu'ils viennent m'attaquer.

Plus loin, un pan d'une vieille forteresse réduit à un éboulis en plein champ, recouvert de lierre comme d'une barbe. Une foule de corbeaux fouille la terre fraîchement retournée, en quête de grains dorés entre les brins de paille. D'un seul coup ils s'envolent, effrayés par la détonation assourdissante d'un chasseur invisible. Ils doivent bien être une cinquantaine, voire une centaine. Regarde-les emplir le ciel de cerveaux minuscules, de cœurs minuscules, d'une multitude de pattes minuscules.

Tu observes ton reflet, de plus en plus net sur la lunette arrière. Tu l'observes toujours quand je nous trouve l'entrée d'un champ et me gare pour la nuit. Une marche arrière, une marche avant, une marche arrière, une marche avant. Au menu, flocons de purée mousseline ressuscités par l'ajout d'eau, fines tranches de corned-beef, biscuits chocolatés pour le dessert. On est de nouveau à court d'eau pour la vaisselle ; demain il faudra que je trouve un ruisseau ou un robinet. Les dernières gouttes me servent à me brosser les dents, le seul moyen que je connais pour vaincre mon horrible haleine, au moins quelques heures. Je suis trop fatigué pour me soucier d'allumer des bougies ce soir. Je déroule ma couette, je la brosse pour effacer les traces des chaussures de l'autostoppeur. Puis j'essaie de faire venir le sommeil en fumant, et une fois le tabac fini lui aussi, je remonte la couette sous mon menton maintenant recouvert d'une vraie barbe, râpeuse comme un tampon Jex.

Allongé sur la mousse du vieux siège sans dormir, à deux champs de là j'aperçois une caravane à laquelle est fixé un panneau d'affichage. Le reste du champ est désert, en jachère, et ce panneau paraît totalement incongru, comme une sorte de créature extraterrestre abandonnée là. On doit le voir de la route principale quelques champs plus loin, je ne sais plus trop. Les mots du slogan sont presque indéchiffrables dans l'obscurité. Quelque chose comme : OUVRÈZ LA VOIE EN VOUS À UN MOI RENOUVELÉ. Mais il m'a fallu cinquante-sept ans pour arriver à ce moi, me dis-je, et je n'ai absolument plus l'énergie nécessaire pour refaire autant d'erreurs.

La nuit, les moutons ressemblent à des stèles ambulantes.

Tu glisses rapidement dans un sommeil sans remords, bougeant au rythme de tes rêves, tantôt affalé sur la banquette, tantôt étendu de tout ton long, tantôt en position fœtale. Ou bien avec les pattes de devant serrées l'une contre l'autre comme si elles étaient attachées et toi un sanglier mort, suspendu à un filet de chasse. Je tends le bras pour te toucher, juste pour vérifier. Tu es la seule chose vivante que j'ose toucher. Et tu aimes que je te sèche avec une serviette-éponge les jours de pluie, que je te tapote la tête quand tu as été un bon chien, que je te caresse des oreilles à la queue quand je lis. Là, je passe ma grande main sur les ondulations saillantes de tes muscles et de ta graisse, sur tes os massifs, ton pelage rêche. Et je prends ton pouls, juste pour me rassurer.

Les feuilles au-dessus de la voiture se bousculent au clair de lune, projetant leurs ombres chinoises sur le tableau de bord. Vues par les fentes de mes paupières mi-closes, elles ressemblent à des insectes pris au piège qui grouilleraient sur les tapis de sol, fileraient sous les sièges. Soudain une chauve-souris plonge vers le capot et l'effleure avant d'obliquer vers la route. Pendant quelque temps, je fixe l'endroit où elle s'est évanouie et me demande si c'était bien une chauve-souris, ou une simple feuille surfant sur une bourrasque. C'est alors, et seulement parce que j'étais à l'affût, que j'aperçois une chouette, une gigantesque chouette effraie. Sa tête a la forme d'une pomme et la couleur d'un oignon. Ses ailes sont immenses et mouchetées. Elle vole par à-coups, fond sur une proie, disparaît. C'est la créature la plus splendide que j'aie jamais vue.

Tu te réveilles aussi vite que je déverrouille les portières. On sort de la voiture d'un bond et on se lance à la poursuite incertaine d'un oiseau fantôme. On s'aventure au pas de course dans un champ plein de bottes de foin et de souris effrayées, écrasant au passage les épis et les grains de blé. La chouette réapparaît comme un éclair avant de disparaître de nouveau, cette fois dans un petit bois. Maintenant on l'a vraiment perdue, impossible de distinguer sa trajectoire à travers ces feuillages noirs. On arrive quand même à l'autre bout du champ tant bien que mal, et là je m'arrête un instant, mais puisque tu continues seul je te suis.

Les branches sèches et nues s'entrechoquent au-dessus de nous. Elles font le même bruit que des fers à cheval sur la terre battue. Dans le noir, il ne reste de toi que la ligne brisée de ta barbiche blanche. Nous sommes à quelques pas, sur le sol crissant, d'une maison en ruine. À l'intérieur, les fenêtres sont voilées par des rideaux crasseux et une dentelle de toiles d'araignée. Ici, un cadre dont le verre est brisé, la photo blanchie. Là, une tasse cassée avec l'image d'un jeune coq, et le fond encore teinté par des taches de thé. Le toit a disparu, et au coin d'une poutre se trouve une boîte. Une boîte en bois exactement de la taille d'une chouette, d'où s'échappent quelques fils électriques de couleur reliés à une boîte identique en contrebas. À hauteur d'yeux, une pancarte avec ces mots : ATTENTION : TOURNAGE EN COURS. NE PAS TOUCHER AU NICHOIR À CHOUETTES.

On retourne à la voiture en se traînant plus qu'en courant. C'est seulement une fois que tu es couché dans ton fauteuil et moi sous ma couette qu'on entend la chouette. Rien à voir avec un hululement, avec un touh-ouh-touh-ouh. Mais de nouveau, même de loin, elle est saisissante : elle est livide. Et je me souviens alors de ce que j'ai oublié pendant toute notre aventure nocturne. Je me souviens que la chouette est un oiseau de mauvais augure.

Il y a des granges et des stabulations bordées d'abreuvoirs derrière nous. Il y a une clôture électrique et un chemin de terre. Sur combien de ces chemins à vaches on se sera promenés à l'aube entre deux champs ? Le courant de la clôture est mis, elle grésille. Je m'arrête, repars, me penche au-dessus des ronces pour atteindre les plus belles mûres. Le sac qui se balance à mon poignet contient les baies ramassées sur plus d'un kilomètre, écrasées à présent et perdant leur sang noir par un petit trou dans le plastique. À mes pieds, tu t'empiffres de mûres qui sont à la hauteur de mes genoux. Je me demande comment tu distingues le rouge du noir au milieu de tous tes jaunes, tes bleus et tes gris, mais je me rappelle que la maturité a une odeur.

Tu es près de moi à te gorger de mûres, mais voilà que tu pars comme une flèche sur le chemin à vaches, et j'entrevois une créature au pelage roux qui file comme une flèche devant toi.

Un renard ? Je t'appelle, même si je sais que tu ne m'entendras pas, ne reviendras pas. La flèche rousse plonge dans les fourrés et tu te précipites derrière elle.

J'entends ses braillements, tes jappements. Je cours pour te rattraper, sans avoir la moindre idée de ce que je ferai sur place. La créature se catapulte dans un arbre et, puisque les rats ne sont pas roux et que les renards ne grimpent pas aux arbres, ça doit bien sûr être un chat.

Il se tapit sur une branche basse, hérisse les poils de son cou pour cracher. Tu flaires le sol en tournant à toute vitesse autour du tronc. Apparemment tu ne comprends pas où est passé le chat ; apparemment il ne te vient pas à l'idée de lever la tête. Je t'ai rattrapé et je t'immobilise. Tu as une griffure rouge en travers du museau, quelques taches de sang sur le front, mais le chat a raté ton œil. Dieu merci, il a raté ton œil.

Je te remets ta laisse, mais tu t'obstines et je tire, je tire, je tire. De retour sur le chemin à vaches, je ramasse une pierre et je me retourne. Je vise et la lance de toutes mes forces. Je recommence jusqu'à ce que je frôle le dos du chat, il s'empresse de grimper plus haut et se fond parmi les feuilles jaunes pas encore tombées. L'arbre est un sycomore ; il semble marquer la limite du champ.

« Viens, te dis-je. On va petit-déjeuner. » Et tu viens.

Que sont devenues nos mûres ? J'ai dû lâcher le sac. Regarde, il a explosé en tombant par terre. On laisse les mûres aux oiseaux et aux insectes.

La route serpente. Il y a une rivière d'un côté et un bois de l'autre. Encore un bois. Je ne m'attendais pas à ce que, pour chaque coquillage de la côte, il y ait un arbre au milieu des terres.

À la radio, un expert nous explique que certains merles ont tendance à imiter les alarmes de voiture. Mais que signifie une alarme de voiture dans la langue des oiseaux, et que répondent les autres merles ? À moins qu'ils ne répondent rien et ignorent l'oiseau-alarme ? Qu'ils se le montrent du doigt en faisant remarquer qu'il est bizarre ? L'expert ne le dit pas.

De toute façon tu n'écoutes pas ; ton œil capable de couvrir plus de mille kilomètres scrute le bois. La rivière, elle, n'est en fait qu'un ruisseau. Mais ça ira pour remplir nos bonbonnes. Par endroits il y a des mares et des cascades miniatures. Ailleurs, la végétation du fossé est trop touffue pour que je voie au travers. Le bois grimpe à flanc de colline de l'autre côté de la route. La colline a été presque entièrement déboisée et seuls des ajoncs retiennent encore les rondins oubliés, les empêchent de ricocher sur les voitures. Encore qu'il n'y ait pas de voitures, sauf la nôtre.

On tombe sur une clairière au bord de l'eau, qui a dû un temps faire office de parking. La rivière forme une cuvette et, sitôt mes bonbonnes remplies, j'entreprends de laver mes chaussettes et mes slips. Je vide mon savon en poudre dans l'eau sans réfléchir. C'est seulement en essorant mon linge que je me rappelle l'existence des créatures aquatiques. Quelques bulles de savon s'échappent de ma cuvette naturelle et se mêlent aux courants. J'éprouve soudain un terrible remords à la pensée que j'ai pu empoisonner les poissons. Tu te souviens de cet expert, à la radio, qui nous a parlé d'un gardon mâle sécrétant à la fois du sperme et des œufs parce que les eaux dans lesquelles il vivait étaient polluées par des perturbateurs endocriniens ? Tu te souviens de lui ?

Voilà une passerelle pour traverser à pied sec, avec des cordes en guise de rambarde et des planches vermoulues. Tu es déjà à l'autre bout et tu as trouvé quelque chose à renifler. Tu sembles affolé par la signification de cette odeur. L'espace d'une seconde, j'hésite à te suivre. Je pense au bois où je t'ai perdu, à moins que ce ne soit toi qui m'aies perdu, ou qu'on ne se soit mutuellement perdus. Je me souviens des *Contes populaires du monde entier*, de *Velu, poilu et barbu*, l'histoire des trois boucs et du troll, et je me penche par-dessus la corde pour vérifier s'il n'y aurait pas un troll. En contrebas, mes bulles de savon ont été emportées, et j'aperçois des vairons, des épinoches, des bébés truites. Tu vois ces petites niches en pierre friable ? Elles abritent des larves de trichoptères. Et ces ondulations triangulaires sont les traces d'un gyrin qui vient de traverser à la surface de l'eau vers la rive opposée. Regarde la vase noire comme de la suie au fond de cette cuvette naturelle. Dessous, je te parie qu'une famille de grenouilles se prépare à dormir tout l'hiver. Mais il n'y a pas de troll. Bien sûr que non. C'est moi le troll.

Un sentier monte du sous-bois à l'assaut de la colline devant nous. Il disparaît sous le plafond de la forêt, fait de feuilles mourantes et d'aiguilles de pins vertes, de châtaignes presque à maturité et de bourgeons de pommes de pins. Cloué sur une souche, un panneau avec l'inscription manuscrite : FORT CIRCULAIRE. Qu'est-ce que tu en dis ? Ça te plairait de voir un fort circulaire ? Il sera sans doute envahi par la végétation et décevant, en admettant qu'on le trouve, mais je n'en ai encore jamais vu, et il y a des siècles ils étaient habités. Les gens construisaient un mur d'enceinte en terre et des huttes au milieu, creusaient des caches et en tapissaient les parois de pierres plates et lisses. Puis ils s'entassaient à l'intérieur pour se protéger de la mort.

On grimpe, on grimpe, on grimpe.

Tu es attiré par cette odeur qui t'affole, moi par

le soleil bas de l'automne qui clignote à travers les branches rabougries, par la promesse d'un rempart en terre. On laisse derrière nous des noisetiers, des arums mouchetés. Une amanite tue-mouches courbée et desséchée comme un vieillard, un ascète nain réfugié dans les bois. Tu traverses à toute vitesse, en quelques bonds, les tiges enchevêtrées. Je ne t'ai jamais vu si impatient. La forêt fait-elle bruire ton cerveau de souvenirs de terriers éventrés au printemps, de chasses à courre ? Soudain tu attrapes quelque chose sous les renouées. Un loir, un rat des champs, un campagnol, une musaraigne ? Je te regarde mordiller cruellement la bestiole, puis attendre, une patte sur sa queue, qu'elle donne signe de vie. On dirait qu'elle respire encore, bien que ses organes soient sûrement déchiquetés. La dernière terminaison nerveuse de son corps gros comme un gland disjoncte, sa queue tressaille et tu te remets à mordiller. Je vois que c'est une musaraigne. Pauvre musaraigne. Elle aurait dû se tenir tranquille, maintenant c'est trop tard. Elle n'a appris à craindre que les buses, les renards, les chouettes, les visons. Comment pouvait-elle imaginer une créature comme toi ? Sa vie perdue ne valait ni plus ni moins que la tienne ou la mienne, que celle de l'homme dans sa papamobile ou des sardines dans leur boîte. Tu aurais au moins pu abréger ses souffrances.

Presque aussitôt te voilà reparti, et je dois te courir après. Clopinant sur le sol souple, écrasant les fougères, faisant craquer les brindilles sous mes pieds plats. Cette fois je n'irai pas attendre paisiblement dans la voiture. Cette fois je ne te perdrai pas.

Je te trouve à l'intérieur d'un talus. En fait ce n'est pas toi que je trouve mais un terrier, et je sais que tu as rampé à l'intérieur. Je le sais à tes jappements étouffés.

Aux projections de boue qui jaillissent du trou pendant que tu creuses.

Je suis un crétin. Un crétin de ne pas t'avoir tenu en laisse et un crétin de t'avoir emmené dans cette forêt pleine de terriers irrésistibles. Le seul moyen de me racheter, c'est de creuser moi aussi, de te débusquer.

Je trouve une grosse branche. Je joins les doigts pour transformer mes mains pataudes en pelles. Je fore, la branche casse, je gratte, je jette à poignées. Je travaille si dur que j'en oublie ma gaucherie. Je la remplace par une réserve de force que j'ignorais jusque-là avoir constituée, par une sauvagerie que j'ai apprise de toi. Animalisé, je creuse, je creuse, je creuse.

Un merle insouciant chante dans les fougères. On dirait la complainte d'un orgue de Barbarie, donc il n'a jamais dû entendre une alarme de voiture. Ça me ramène à la chouette effraie, et j'ai beau savoir que c'est un merle et pas une chouette, pas un oiseau de malheur, je crie en direction des fougères : CE NE SERA PAS LUI LE PROCHAIN ! Puis je crie à l'entrée du trou : CE NE SERA PAS TOI ! Tu m'entends ? Ce ne sera pas toi, d'accord ? Je te le promets.

Mon épaule la plus solide calée contre le talus, je plonge le bras le plus profond possible. Et je te sens. Ton bout de queue rabougri. Je te tire vers le haut, vers moi. J'essuie la boue de ta tête noire de boue.

Je sais que tu es en colère. Depuis le début, je sais que tu peux être en colère de deux façons, mais cette fois je vois que tu écumes, l'œil exorbité. Tu pourrais facilement me mordre, te libérer, retourner ramper dans le terrier. Et pourtant non. Pourquoi tu ne me mords pas, One Eye ? On est couchés dans la boue fraîchement excavée et je te serre contre ma poitrine. Je prends ton pouls, juste pour me rassurer. Je sens ton cœur battre ; je sens le mien battre aussi. Je maintiens nos cœurs battants plaqués l'un contre l'autre, tu ne me mords pas, et je vois que ta tête débarrassée de la boue n'est pas plus incomplète que celle que je connais. Et je m'aperçois que le talus qu'on vient de dévaster était le rempart de notre fort circulaire.

On le distingue à peine. Une série de tumulus arrondis à l'intérieur desquels le sol de la forêt est plat et tapissé de feuilles mortes. Au centre se dresse un chêne d'une bonne quinzaine de mètres. Ses branches robustes se déploient dans toutes les directions, tels les tentacules d'une pieuvre géante. Il défie le temps, comme pour rappeler à la forêt qu'il a été le premier arbre et sera le dernier. En lisière de la partie du talus la plus éloignée, la forêt s'éclaircit et fait place aux champs. Des cultures de couleur verte que je ne peux pas identifier uniquement à leurs feuilles s'étendent sans interruption sur des kilomètres avant que le vert soit dénaturé par des maisons, des routes et des pylônes, et par des gens. La vue était magnifique au début, mais l'endroit paraît soudain triste, tu ne trouves pas ?

On est assis sur le talus du fort qui fait face aux champs. Je me roule une cigarette. J'ai toujours mon sachet de tabac sur moi quand on se promène, avec mes clés de voiture, ta laisse, quelques chocolats. La fumée passe dans mes vaisseaux et je me détends. Je t'offre un chocolat. Je t'ai remis en laisse et, le nez au vent, tu tends l'oreille dans différentes directions. Est-ce que tu flaires la piste d'un blaireau, est-ce que tu les entends t'appeler ? Je pose ma paume sur ton garrot et caresse ton dos tiède. Ta médaille argentée cliquette au vent. Ta cage thoracique se gonfle et se dégonfle à intervalles réguliers, un filet de bave pend de l'accroc dans tes babines jusqu'à ton menton. Je vois que la boue a déjà séché sur ton pelage, je vois tes boucles grisonnantes là où je t'ai essuyé la tête. Et je m'interroge : es-tu vieux ? J'avais oublié que tu pouvais être vieux.

Je recommence à rêver. Je sombre dans la strate du sommeil la plus noire, j'y reste plus longuement.

Cette nuit je rêve de ton blaireau, celui qui t'a pris ton œil. Je rêve que je descends, descends, descends dans un trou étroit et insondable. M'enfonce, m'enfonce, m'enfonce dans un tunnel qui me broie les os. Je rêve de l'air chassé de mes poumons. Je rêve de l'odeur d'un mausolée plein de vers de terre. Des radicelles d'un arbre qui effleurent ma longue tresse. De la moiteur de la terre qui imprègne ma peau, de sa langue froide qui lèche ma colonne vertébrale. Je rêve des cris étouffés d'hommes quelque part au-dessus et loin derrière moi. Seuls sons distincts : le raclement et le frottement de ma progression incertaine. L'unique lumière faiblit, faiblit, faiblit. Puis je rêve de l'éclat des crocs du blaireau et du bruit d'une violente collision entre les pelages et les chairs. Je ne vois plus rien et maintenant je le sais : un de mes yeux est ensanglanté, l'autre à l'intérieur du blaireau.

Quand je m'éveille, je suis à nouveau moi, et tu es toi.

Étendu de tout ton long sur la banquette arrière de la voiture, tu grognes et agites tes pattes comme si tu avais repris mon rêve là où je l'ai laissé et que tu étais de nouveau en train de courir, courir, courir. Ton œil droit est fermé et de l'autre côté ton orbite est elle aussi fermée, si bien que, dans le sommeil, tu sembles redevenu presque symétrique. Tu sembles presque indemne.

Parfois, quand je rétrograde dans un long virage, la voiture peine. Le moteur tousse, il a des hoquets, et je penche la tête, les épaules et le torse dans le sens du virage, comme si je pouvais entraîner la voiture. Le plus souvent, le moteur repart aussitôt, nous tire de nouveau en avant.

Je ne connais de la mécanique que le minimum enseigné par mon père pour mon permis de conduire. Je sais vérifier le niveau d'huile et remplir le carter à l'occasion. Je sais que mon pneu avant gauche est presque lisse à cause de l'impact puissant d'un nid-de-poule sur l'alignement des roues il y a plusieurs semaines. Et je sais que mes ampoules grillent l'une après l'autre, d'abord celles des clignotants, bientôt celles des feux de freinage. Mais je ne comprends pas la cause de ces toussotements et de ces hoquets, et j'attends le jour où la voiture tombera en panne.

Regarde le funérarium aux fenêtres en forme de crucifix. Regarde les salles d'exposition des carreleurs et des fabricants de cheminées. Regarde la pancarte manuscrite plantée dans la terre d'un massif de fleurs. MARIAGE DE COLIN ET MARIE, dit l'inscription au-dessus d'une flèche. Tu crois que Colin et Marie nous invitent réellement à leur mariage ? Je ne suis jamais allé à un mariage. Tu ronges bruyamment ton dernier bâton en date. Il y a dix minutes, il avait encore la forme d'un cou de flamant rose, avec une bosse pour la tête et une courbe pour le bec. Il n'en reste plus que des échardes éparpillées sur le plaid. Je t'interpelle de nouveau, mais tu ne m'écoutes pas.

Un cercle jaune s'introduit dans mon rêve, un visage apparaît, plaqué contre une vitre. C'est celui d'une vieille femme, à la lèvre inférieure couverte de croûtes de boutons de fièvre et aux narines pleines de comédons.

Des pellicules tombent de son cuir chevelu sur ses épaules. Elles étincellent comme du strass, comme si elle portait un manteau en lamé.

J'essaie d'ouvrir les yeux, mais ils sont déjà ouverts. Le cercle jaune est le faisceau d'une torche électrique et la vieille femme existe vraiment : nous sommes nez à nez de part et d'autre de la vitre. Elle brandit un doigt aux jointures osseuses et frappe.

Tu t'éveilles toi aussi, on s'éveille ensemble. Tu es sur mes genoux et tu jappes. Je te pousse sur le siège du passager, cherche ta laisse à tâtons, enroule la poignée autour de l'appuie-tête et fixe l'autre extrémité à ton collier. Pendant ce temps-là, l'inconnue promène son faisceau jaune dans l'habitacle. Il éblouit mes yeux ensommeillés lorsque j'abaisse la vitre.

« Qu'est-ce que vous faites là ? demande-t-elle. Pourquoi vous êtes garé là ? »

Il y a deux pavillons en haut de la route, à deux ou trois cents mètres de notre entrée de champ. Ils paraissent soudain beaucoup plus proches que quand je me suis garé. Tu écrases des biscuits au gingembre partout. Du calme !

« Je fais juste étape en rentrant chez moi, dis-je posément.

– Comment ? Parlez plus fort ! » crie la vieille femme, comme si elle était institutrice et moi un élève qui chuchote au fond de la classe. Je l'imagine à l'époque où les enseignants avaient encore le droit de recourir aux châtiments corporels. J'imagine ses cheveux revenus à leur couleur d'origine, ses pellicules enfermées dans un chignon lui étirant les traits.

Maintenant je ne sais plus ce qui m'a pris de dire ça. Je répète, un tout petit peu moins posément :

« Je fais juste étape en rentrant chez moi.

– Vous n'êtes pas en panne ou quelque chose comme ça ? »

Elle fronce les sourcils.

Je me demande depuis quand elle nous observe et où elle a trouvé le courage de nous affronter. A-t-elle un contingent de petits-fils cachés dans le fossé derrière elle, armés de manches à balai, de chausse-pieds et de crosses de hockey sur gazon ? C'est pour ça que tu te déchaînes ?

« Non », dis-je. Le faisceau lumineux me fait cligner des yeux. Je suis fatigué et docile.

« Alors vous ne pouvez pas dormir là, déclare-t-elle. Vous n'êtes pas les bienvenus. »

Elle recule d'un pas et, d'un geste, me fait signe de déplacer la voiture. Je fourre ma literie à l'arrière, enfonce mes orteils dans mes chaussures, remonte la vitre. L'inconnue reste plantée là et continue à me braquer sa torche dans les yeux, sans me quitter du regard. Pourquoi n'a-t-elle pas peur ? Je fais deux fois sa taille, tu es agressif, et il n'y a bien sûr aucun petit-fils caché dans le fossé. Mais elle voit sans doute que tu es attaché, et je suis peut-être moins robuste que lorsqu'on s'est mis en route. Un bref instant, une folle audace me saisit. Je te laisserais bien sortir de la voiture sans ta muselière pour mutiler cette vieille impolie. À moins que je ne veuille la mutiler moi-même. Mais je ne le fais pas, bien sûr que non. Je ne suis pas un type qui agit, tu t'en souviens ? Je ne suis pas du genre à aller au mariage de Colin et Marie, même si j'étais réellement invité. À la place, je donne un coup d'accélérateur et je manœuvre jusqu'à ce que la voiture regagne la chaussée. Je suppose que Colin et Marie sont mariés et bien mariés à l'heure qu'il est. Moi je reprends la route.

Un peu plus tard, tu repenses aux biscuits au gingembre

sous tes pattes et tu fourres le museau dans le paquet informe. Pourquoi j'ai dit à cette femme qu'on rentrait chez nous ? Je me demande si c'est parce que je voudrais maintenant que ce soit vrai.

*

Dans un grand virage, la voiture finit par tomber en panne.

Je sors la pousser en bordure du fossé. On s'assoit et on attend. Sans que je comprenne pourquoi, après un laps de temps de onze minutes exactement, elle redémarre toute seule, un miracle.

Je dors jusqu'après l'aube. Ça ne m'arrive jamais. Je suis réveillé par des grognements insistants.

Il faut plusieurs secondes à mon esprit pour se mettre en phase avec mes oreilles. Pendant plusieurs secondes, c'est dans la maison de mon père que je me réveille. Je regarde par la fenêtre de ma chambre un rai de lumière paresseuse filtrer à travers les feuilles, les tiges et les fleurs des linaires revigorées. Il s'attarde sur les tapis et les coussins, sur le seau à charbon et le panier contenant le petit bois. Grain par grain, il illumine la poussière. Soudain je me rappelle que je suis sous une couette sur le siège du conducteur, et qu'on est garés sur une aire de stationnement qui paraît bien plus vaste ce matin qu'hier soir. Quelque part un glouglou nous berce. Je me redresse, jette un coup d'œil dehors, de l'autre côté de la clôture, entre les arbres jusqu'à une rivière. Oui, je me souviens de cette rivière. C'est à cause d'elle si je me suis arrêté là, pour pouvoir remplir mes bonbonnes et faire ma lessive. Elle est beaucoup plus large et lente que le ruisseau du bois autour du fort circulaire. Même derrière le pare-brise, je vois des nageoires pareilles à celles de minuscules requins fendre ses ondulations.

Le revêtement de l'aire est tapissé de débris végétaux tombés des arbres. Je distingue des feuilles de frêne, de marronnier, de sycomore. Des marrons et des samares. Derrière la clôture, sous les arbres, un conclave d'appareils électroménagers. Un four à micro-ondes chromé, un sèche-cheveux, un clavier d'ordinateur et un grille-pain. Ils sont assemblés sous un panneau avec l'inscription : INTERDICTION DE DÉPOSER DES IMMONDICES : SITE SOUS VIDÉOSURVEILLANCE. À l'autre extrémité de l'aire, une table de pique-nique et une baraque à frites, cadenassée. Hier soir, dans l'obscurité, on aurait pu la prendre pour une camionnette publicitaire, pour la benne ou la remorque d'un camion. L'aire se trouve au ras de la route principale et la circulation de l'heure de pointe s'écoule déjà au ralenti. Je me rends compte que j'ai été imprudent. Je sens monter une bouffée d'angoisse, comme un reflux acide dans ma tête. Il me faut une cigarette.

Les grognements insistants, c'est toi, évidemment que c'est toi. À l'autre bout de l'aire, une vieille Volvo vient de se garer près de la baraque à frites. Un type en jean en descend. Il ne remarque pas notre voiture. Il sort un panneau-réclame du coffre de la Volvo et le plante au milieu des feuilles mortes. BOISSONS CHAUDES ET FRAÎCHES. FRITES POULET CURRY HAMBURGERS CROISSANTS. Il relève l'auvent de la baraque à frites, tripote le cadenas, ouvre la porte et disparaît à l'intérieur.

Vite, vite, vite, je m'extirpe de la couette, je te mets ta laisse et on se précipite dehors. Tu m'entraînes jusqu'au fossé où tu as l'obligeance de pisser, puis j'enroule ta laisse autour de la poignée de la portière. Les mains de nouveau libres, je roule mon tabac. Je range notre literie, me prépare pour la route, pour une nouvelle journée au volant. L'angoisse du danger m'a embrouillé l'esprit, et mon cœur se remet à cogner dans mes oreilles, couvrant ton grondement de mauvais augure. Mon oreiller n'est qu'à moitié enfoncé sous le tableau de bord quand, tout à coup, tu jappes et t'élances vers quelque chose derrière moi que je ne vois pas. Ta laisse se tend, me fait un croche-pied quand je me retourne, et je tombe lourdement sur le béton.

Je bascule en avant comme un domino, comme le dernier domino. La paume de mes deux mains pataudes racle les feuilles de frêne, de marronnier, de sycomore, si fort que le sang afflue aussitôt sous mes ongles. J'ai plus que le souffle coupé ; je me sens coupé en deux. À commencer par mon menton entaillé, en plein milieu, comme une bûche fendue d'un coup de hache. Je me représente un hématome géant, de mon front à mes orteils, comme si ma plus grosse veine avait éclaté, répandant son encre bleue sous ma peau.

Voilà plusieurs décennies que je n'étais pas tombé. Enfant, je tombais tout le temps, et chaque fois je me relevais sans faire d'histoires. Je portais des culottes courtes toute l'année, et toute l'année j'avais des croûtes sur les genoux, elles faisaient autant partie de mes jambes que les rotules osseuses dont j'avais hérité. Mais maintenant je suis vieux. Mon reflet sur la portière, alors que je gis à terre tel un domino renversé, est celui d'un vieil homme. J'ai complètement oublié à quoi ressemblent mes jambes nues, et ma mâchoire tuméfiée me fait mal à chaque once de lucidité, avec l'intensité conjuguée de chaque chute dont je n'ai pas souffert dans mon enfance.

Tu me tournes le dos. Tu tires sur ta laisse. Tu es

hystérique. Alors je regarde dans la même direction que toi, alors je vois ce que tu vois. Traversant l'aire et venant vers nous, une petite fille. Elle a le nez morveux ; elle est potelée, et habillée comme une sorcière de conte de fées. Elle porte un grand chapeau, un jupon à motifs de chats et des chaussures en cuir à bout pointu. Je me souviens soudain que c'est Halloween, ou presque.

« Aïe ! dit-elle à ma place. Ça va, monsieur ? »

Elle a quatre ou cinq ans, je n'en sais trop rien. Elle tend la main vers mon corps affalé. Elle tente de m'aider à me relever, malgré sa taille minuscule. Le poids d'une herbe folle, la force d'une phalène. Personne ne lui a donc appris à reconnaître quand un homme est bizarre ? Personne ne lui a dit de se méfier des inconnus ? Je me redresse laborieusement, me remets debout à grand-peine.

« Il ne faut pas parler aux inconnus, dis-je, personne ne t'a jamais appris ça ? »

Elle a dû sortir de la Volvo du type de la baraque à frites. C'est sans doute sa fille, trop jeune pour aller à l'école, et qu'il emmène avec lui au travail. Pourquoi il ne la surveille pas ? Pourquoi il ne la rappelle pas ? Ses yeux se détournent de moi pour se poser sur toi.

« Avant, on en avait un comme lui, déclare-t-elle. Je peux le caresser ? »

Elle fait un pas vers toi et tend de nouveau la main. En un éclair, tu bondis pour la mordre. Je sais que c'est plus fort que toi. Je sais que tu ne fais que défendre ton territoire, c'est-à-dire la voiture, et ta famille, c'est-à-dire moi. Elle t'échappe, mais je sais que tu vas recommencer, donc je m'interpose. En boitillant je te prends sous mon bras, te fourre dans la voiture, claque la portière. Vite, vite, vite, je roule vers la sortie de l'aire et mets mon clignotant pour m'insérer dans la circulation.

Mais je dois m'arrêter, c'est obligatoire. En attendant de pouvoir m'intercaler, je maudis l'heure de pointe. Je lève les yeux et vois la petite sorcière dans le rétroviseur. Une tache solitaire de couleur sur le gris du ciel et de la boue. Elle fait le tour de l'aire en esquissant des pas de danse, elle nous a déjà oubliés. La pointe de son chapeau retombe légèrement et les chats de son jupon sont éclaboussés de terre. Quels posters a-t-elle sur les murs de sa chambre ? Je me le demande. Si elle va à l'école, a-t-elle de bonnes notes dans ses cahiers, ou des cailloux dans sa trousse ? Soudain elle s'immobilise et lève le bras. Regarde, la petite sorcière ne nous a pas oubliés, elle agite la main pour nous dire au revoir.

La voiture entraîne un nuage de samares dans son sillage. Du sang dégouline de mon menton sur mon pantalon. Je passe la cinquième alors qu'on fonce sur la route principale, toujours plus loin.

Mes mains vibrent sur le volant. J'ai l'impression d'avoir avalé un oiseau vivant, qui battrait des ailes contre mes côtes dans l'espoir de remonter jusqu'à ma bouche. Mais cette fois ce n'est pas l'oiseau de la peur. Cette fois c'est l'oiseau de la fureur.

Jusque-là, quand j'étais en colère dans la maison de mon père, je bourrais les coussins de coups de poing, je lançais des bibelots à terre, je donnais des coups de pied dans les plinthes. Mais je ne cassais rien, et ensuite je remettais tout en ordre. Ma colère était comme une de mes bougies, encore une sensation inutile au sein de l'avalanche de sensations inutiles que je subis, sans jamais lutter contre. Maintenant j'ai toute une cathédrale de bougies, c'est l'enfer. Je m'en veux à moi de mon imprudence, mais je t'en veux à toi, c'est surtout à toi que j'en veux. À cause de la petite fille. Pourquoi avoir essayé de la mordre ? Elle ne te voulait aucun mal. À cause, aussi, de cette douleur dans ma mâchoire en compote, qui me fait perdre la raison. Et puis tu es le seul être vivant contre qui diriger ma colère. Tu es le seul ; il n'y a que toi.

Je roule. Pendant plusieurs kilomètres sur des routes de campagne n'apparaissant pas jusque-là sur les cartes. Comme un fou, sans but, je roule. Soudain, entre deux haies de chèvrefeuille mort, je m'arrête en faisant crisser les freins. Je descends de mon siège et je le rabats, violemment. Je t'empoigne par la peau du cou, te sors de ton fauteuil. Je t'arrache à ton refuge. Le plaid à franges s'est pris dans tes pattes de derrière. Je tire dessus un bon coup. Ta laisse pend de ton collier comme un cordon ombilical en polyester. Je la détache et je te laisse tomber sur le sol. Je retourne dans la voiture et claque la portière. Puis je démarre, je t'abandonne.

Quand j'étais très jeune, trop jeune pour voyager à l'avant, je me souviens d'être allé en ville et du trajet de retour par une soirée maussade. Je me souviens de la calvitie en forme de tonsure à l'arrière du crâne de mon père qui conduisait, des chansons sans paroles qui passaient à la radio, et je me souviens d'avoir pleuré. Je hurlais, piaillais, sanglotais, pleurnichais, parce que j'avais fait tomber Mister Buddy et que je n'arrivais pas à le ramasser. Tout à coup, mon père a mis le frein à main et arrêté la voiture. Il s'est penché vers moi, m'a soulevé de la banquette arrière. Puis il m'a assis sur une touffe d'herbe du bas-côté, et il est reparti. Malgré mon jeune âge, je me disais qu'un père ne pouvait pas faire ça. Je me disais qu'il allait bientôt revenir, qu'il reviendrait forcément. Mais il n'est pas revenu. Et je me souviens précisément de ce tronçon de route, de la vitesse à laquelle la nuit tombait ce jour-là, des corbeaux qui s'envolaient et des chats qui sortaient, des visages des voitures dont les yeux s'allumaient. J'avais de plus en plus froid, mes doigts s'engourdissaient, de mon nez coulaient des ruisseaux de morve. Je m'inquiétais pour Mister Buddy, et de ce que mon père avait pu faire de lui. Finalement, une voisine passant en voiture m'a vu et s'est arrêtée. Elle m'a pris dans ses bras et je me souviens encore du bruissement de sa veste contre mes jambes, de la façon dont elle a frotté mes mains avec les siennes, les a portées à ses lèvres, et j'ai cru qu'elle allait mordre, mais elle s'est contentée de souffler sur mes doigts glacés. Puis elle m'a reconduit chez moi, a sonné à la porte, et quand mon père a ouvert, il a eu l'air surpris ; il a fait semblant d'être surpris. Il m'a envoyé dans ma chambre et je n'ai pas entendu ce qu'il a dit à la voisine, les explications qu'il a données. Mais à partir de ce jour-là je n'ai plus pleuré en voiture. Je n'ai plus pleuré nulle part. Avec ou sans oignons, je ne pleurais jamais.

Tu restes planté là sur la route, à l'endroit exact où je t'ai laissé. L'air n'est donc pas saturé de nouvelles odeurs ? Tu n'es donc pas entouré de nouveaux champs, de nouvelles haies et de nouveaux fossés inexplorés ? Pourtant tu résistes, tu ne bouges pas. Je te regarde dans le rétroviseur, tes petites épaules noires et voûtées se détachent sur l'étendue verte. Je te regarde jusqu'au virage suivant, et là je ne te vois plus.

Alors ma fureur se transforme en panique. Je fais laborieusement demi-tour sur cette route trop étroite. Ma plaque minéralogique balaie les orties. Je reprends à toute allure la route en sens inverse. Quelques instants seulement se sont écoulés. Tu es toujours là où je t'ai laissé. Ton œilleton solitaire fixe l'endroit précis où mes feux arrière ont disparu. Soudain tu te dresses sur tes pattes de derrière. Tu agites de toutes tes forces ton bout de queue. Pardon. Oh, pardon. Je n'aurais jamais dû t'en vouloir. C'est ma faute. Tout est ma faute.

Maintenant je suis fatigué. Je veux rentrer à la maison.

Ensemble, on roule toutes vitres ouvertes malgré le froid. Ensemble on respire ce froid à fond, on s'emplit les poumons de relents d'urine de renard et de chèvrefeuille mort, de l'odeur des martres, des satyres puants, et des sept différentes sortes de résine.

On roule, on roule, on roule. On se dirige vers la côte, sans jamais quitter les routes de campagne.

HIVER

Tout gèle, gèle, gèle.

Les gouttes de rosée sur les bosquets d'ajoncs et les gouttes de pluie sur la boue. Les rigoles, les abreuvoirs, les biefs, les flaques, les nids-de-poule, les mares. Dans le coffre, les bouteilles d'eau minérale et les bonbonnes. Sur le pare-brise, la condensation. Et sous le capot, le gicleur du lave-glace.

Quel jour sommes-nous ? Début novembre, au moins. Ça paraît trop tôt pour les premières gelées, pour ce froid qui paralyse le visage. Je ne sais toujours pas trop où on est, même si je sais dans quelle direction on va. On suit la ligne la plus droite pour regagner la mer. Je fais mon possible pour ne pas trop nous écarter de la trajectoire à vol d'oiseau. Tous les oiseaux, même les pigeons, les étourneaux, les jaseurs ou les mouettes, sont censés voir d'en haut cette ligne et voler droit au but sans zigzaguer ni tourner ni virer.

Je me demande s'il gèle aussi dans la maison de mon père. Il n'y faisait jamais assez chaud, mais son exiguïté et son encombrement donnaient une curieuse impression de chaleur. Tu te souviens de l'hiver dernier ? Les températures les plus basses depuis un demi-siècle, d'après les météorologistes. On ne se connaissait pas encore.

C'était mon premier hiver sans mon père, le premier où j'ai senti la morsure du froid, où elle m'incitait à me réfugier sous ma couette pendant les quelques heures de lumière du jour. Derrière le simple vitrage à l'ancienne, je sentais le vent et j'entendais la pluie frapper doucement, comme pour me supplier de la laisser entrer. Chaque matin je faisais du feu dans la cheminée de la chambre ; chaque jour je le faisais durer jusqu'à mon retour sous la couette pour la nuit, et chaque nuit le plafond se couvrait de givre, le froid glacial s'insinuait dans les os pointus de mes orteils et remontait, ne s'arrêtant que pour me saisir par les épaules et me réveiller en sursaut. Alors je voyais le plafond scintiller comme un ciel étoilé, comme si le toit avait été soulevé par une énorme main divine.

Par un hiver rigoureux il y a des années, un matin après le départ de mon père pour l'usine, je m'étais glissé dans sa chambre et j'avais tiré sur le cordon qui pendait de la trappe. Ça me semblait un dispositif si minable ; impossible d'imaginer qu'il aurait le pouvoir de déplier une échelle au-dessus de ma tête. Et pourtant si. J'avais donc grimpé sur le toit, et là j'ai vu pour la première fois qu'il n'y avait pas trace d'isolation, pas de coussins jaunes de laine de verre.

Je n'ai jamais considéré mon père comme quelqu'un de pauvre. Il a travaillé chaque jour de sa vie d'homme valide et percevait chaque mois un loyer en liquide de la modiste, puis de la coiffeuse polonaise qui lui a succédé. Jamais il n'a gaspillé un sou ni possédé un objet superflu. Jamais il ne s'est montré intéressé par l'argent ni par le moindre luxe qu'il aurait pu ainsi s'offrir. Je ne comprends pas pourquoi il n'avait pas fait isoler le toit, et je me demande s'il gèle encore plus dans la maison que l'hiver dernier, sans la modeste source de chaleur de mon haleine, sans mon feu tremblotant. Je me demande dans quel état est l'enduit du plafond. Je me demande ce que deviennent tous les liquides que j'ai imprudemment laissés à l'air libre. L'eau savonneuse dans le porte-savon, la terre humide dans les pots de fleurs, la flaque oblongue au pied de la cuvette des toilettes et l'eau stagnante dans le vase du bouquet de vesces. Je me demande si la maison de mon père n'est pas en ce moment un palais des glaces rose saumon.

L'hiver, comme Tante ne supportait pas le froid chez mon père, elle m'emmenait dans la maison voisine. Le long du couloir de l'épicerie et dans l'escalier branlant, jusqu'à son appartement sous les combles. Il sentait le désinfectant et le bouillon de poule, et il y faisait toujours chaud. Une chaleur poisseuse, pâteuse. J'ai oublié quelle en était la source, même si je me souviens que Tante gardait les rideaux tirés au point que pas un souffle ne s'échappait. Je m'étais acclimaté au froid glacial et aux courants d'air omniprésents de la maison de mon père, et ne supportais pas de rester claquemuré toute la journée chez Tante. J'y étouffais et il n'y avait rien à faire. Même si la plupart de ses possessions ressemblaient à des jouets, elle ne me laissait jouer avec rien. Le manteau de sa cheminée était encombré sur toute sa longueur de chats en porcelaine et de jeunes filles en porcelaine avec des jupes et des coiffes à fanfreluches en porcelaine. Elle avait un tableau de Jésus agrémenté d'un Sacré Cœur en trois dimensions et d'une ampoule en forme de bougie dont la lumière vacillait constamment. Ses seuls livres étaient la Bible et un missel relié en similicuir, si on peut appeler ça des livres. Je m'asseyais en tailleur au centre des cercles concentriques du tapis de son séjour. Je faisais semblant d'être le bébé Bouddha que j'avais vu dans un livre d'histoires. Je restais le plus immobile possible, comme si j'étais en méditation.

Il y avait un aquarium, j'avais presque oublié cet aquarium. Il faisait la taille d'un casque de moto et ne contenait ni poissons ni eau. À la place, une poignée de billes, les objets les plus colorés de l'appartement. Gamin, je prétendais que le poisson rouge de Tante s'était transformé en verre et, lorsque je méditais, je fixais les billes. J'essayais de les faire nager par ma volonté.

Puisque j'ai oublié d'emporter le calendrier de la cuisine, je finis par me repérer dans le temps grâce aux conditions météo, à nos promenades, à la nature qui défile, au nombre de kilomètres sur le compteur du tableau de bord.

La météo, les promenades, les kilomètres et la nature s'accumulent entre nous et l'aire de stationnement avec la petite sorcière, si bien qu'elle paraît très loin, même si elle ne l'est pas. Peu importe le moment exact, maintenant ça me perturbe moins. Pas plus férocement que toutes les autres choses qui me perturbent. À te voir le nez collé aux aérateurs, avec ton œil capable de couvrir plus de mille kilomètres rivé au tableau de bord, je m'interroge : quelles sont les choses qui te perturbent ?

Sur mon index droit, je remarque qu'un lambeau de peau arraché de ma jointure a laissé une tache rose, du même rose vif que certains chewing-gums. Un de tes poils, extrêmement fin, s'est logé dans la plaie, et je me demande comment je me suis écorché, quelle force naturelle a transporté ce poil jusqu'à mon index et l'y a déposé. Je tire sur son extrémité, mais il résiste. Et je comprends que j'arrive trop tard, il est déjà prisonnier de la croûte, il fait désormais partie de moi, tu fais partie de moi.

Tu es dans ton fauteuil sur la banquette arrière, et moi je pousse. Il y a une bosse sur la chaussée, une tumeur du bitume, et je m'efforce de pousser la voiture de l'autre côté. Par la lunette arrière, tu me regardes faire. La tête inclinée, l'air perplexe.

Une camionnette surgit sur la route derrière nous, ralentit et se gare dans l'herbe sur l'accotement. Un homme en bleu de travail en descend. Il pioche dans un sachet de chips en forme de tortillons. Le voilà qui vient vers nous.

« Vous avez besoin d'un coup de main ? »

Je feins de ne pas entendre. Je ne vois pas ce qu'il fait des chips, mais le sachet a disparu lorsqu'il atteint notre voiture, et il frotte ses mains sur son bleu de travail pour enlever les miettes, une poudre grasse et orangée.

« Qu'est-ce qui ne va pas ? » demande-t-il, se penchant pour pousser avec moi sans y avoir été invité.

Dans l'habitacle, tu es au bord de l'apoplexie. Je dois hausser la voix pour couvrir tes aboiements.

« Tout va bien, c'est juste qu'elle cale parfois. Donnez-lui dix minutes, elle va redémarrer sans problème. »

Imperturbable malgré tes jappements hystériques, l'homme glousse.

« Mais ce n'est pas normal, hein ? Vous voulez que je jette un œil ?

– Non, merci. Merci, mais non. »

La voiture atteint le sommet de la tumeur, elle roule de l'autre côté et s'arrête. On cesse de pousser, l'homme et moi, et on se redresse. Et si jamais il fait le tour pour tenter d'ouvrir le capot ? Plus fermement cette fois, je répète : « Merci, mais non. Non, merci. »

Aucune voiture ne passe sur la route, et de l'autre côté de la haie peut-être que le blé d'hiver bruisse doucement et que les oiseaux chantent, mais je n'entends que toi, tes avertissements implacables. L'homme semble découvrir l'intérieur de la voiture. Il remarque sans doute la literie et les sacs-poubelle. Le réchaud et ton ballon. Ton fauteuil et ton bol. Toi. Tout.

« D'accord, dit-il, je voulais juste rendre service. »

Telle une Vierge Marie dans sa grotte, il ouvre ses mains aux paumes luisantes de graisse. Il repart vers sa camionnette, s'installe au volant, démarre. Sur l'aile de sa camionnette, les mots : S.O.S. PISCINES.

À son passage, un sachet de chips s'envole dans les airs et retombe. Maintenant j'entends le murmure du blé d'hiver, le jacassement d'une pie au loin. Je me demande quel genre de S.O.S. peut lancer une piscine. Soudain je me sens horriblement mal. Il voulait simplement rendre service, et je l'ai repoussé.

Dans ce froid abrutissant, on roule. Les kilomètres s'affichent, le temps passe. J'ai l'impression qu'en descendant vers le niveau de la mer les nuits deviendront un tout petit peu plus douces. Les choses ne gèleront plus, ou bien elles gèleront moins et resteront moelleuses au centre, comme les biscuits à la crème de mon père.

On voit passer les dernières feuilles ocre des bouleaux et celles jaune orangé des sycomores, les plus résilientes. Les faisans qui se pavanent dans les ornières laissées par les tracteurs. Les sacs d'engrais affaissés contre les haies. Les emballages de plats à emporter rendus spongieux par la pluie. Les betteraves à sucre tombées des camions, leur tête broyée, leurs tresses arrachées et éparses. On voit passer tout ce qu'on a déjà vu passer, mais en sens inverse. Alors je crois savoir à nouveau où on est, non pas grâce aux noms de lieux mais par association.

Tu te souviens des araucarias et des eucalyptus qui perdent leur écorce, des silos en forme de fusées branlantes et des crucifix à l'abandon ? Voici la même paire de chaussures de sport à cheval sur les mêmes câbles et marchant dans les airs au-dessus de nous, la même botte de foin qui a dévalé la même colline pour atterrir dans le fossé, à ceci près que maintenant elle est noire et desséchée. Regarde, elle a l'air calcinée comme une voiture après un rodéo motorisé.

Pendant quelque temps, on dort dans les mêmes entrées de champ, mais garés dans l'autre sens. Les nuits sont incroyablement froides. Je superpose quatre pulls et une veste en plus des couvertures, et même une parka. Je devrais être habitué, après tant d'hivers dans la maison de mon père, et pourtant j'ai mal partout, sans savoir si c'est le froid, la position dans laquelle je dors, ou les deux. Sans doute les deux. La nuit, je retrouve la vieille sensation familière du froid qui s'insinue dans les os pointus de mes orteils et remonte le long de ma colonne vertébrale pour me saisir par les épaules. Maintenant je suis réveillé, je grelotte, et tu es réveillé toi aussi. J'allume la torche électrique et remets le réchaud en route. Je fais bouillir l'équivalent d'une tasse d'eau ; pendant que l'eau bout, je verse dans la tasse une cuillerée de miel, du whiskey, et je découpe un quartier de citron dans lequel je plante un clou de girofle. Une tâche délicate pour mes doigts gauches à la lumière d'une torche électrique, mais avec une double dose de whiskey je suis sûr de m'endormir. Le temps que mon grog refroidisse, je rince la casserole et fais chauffer assez de lait pour remplir ton bol. Tu as compris et tu baves d'impatience. Tu approches le museau des flammes bleues, si près que tes sourcils et les boucles de ta barbiche sont roussis.

Pendant quelque temps, on s'arrête dans les mêmes villages et on achète à manger dans les mêmes épiceries. À l'exception d'une bouteille de whiskey ici ou là, d'un filet de citrons et d'un pot de clous de girofle, je choisis les mêmes bons vieux produits. Je pourrais voyager jusqu'en Tasmanie que je m'arrêterais quand même dans la première petite épicerie venue pour acheter des biscuits au gingembre, de la margarine, des bâtonnets de poisson pané, des nouilles à la sauce tomate. Ensuite je dénicherais sans doute une maison rose saumon dans un petit coin sur la côte où pataugent les échassiers, et je vaquerais chaque jour à mes occupations exactement comme je l'ai toujours fait, à cette seule différence près qu'on serait en Tasmanie. Oui, tu pourrais venir avec moi, bien sûr que oui. Comment je me passerais de toi, désormais ?

Alors qu'on roule devant une série de pavillons à la nuit tombée, regarde la lumière rougeoyante dans les cuisines d'inconnus. Sens la fumée des feux de bois dans leurs cheminées. On approche d'une maison avec l'enseigne lumineuse B & B qui se balance à l'entrée de l'allée, et à cause de la cuisine éclairée, des odeurs de feu de bois, de mes douleurs dues au froid et à l'insomnie, je m'arrêterais bien. Mais aucun *bed & breakfast* n'aura de clients à cette période de l'année, et je ne supporte pas l'idée de faire intrusion au sein d'une famille, de payer des inconnus pour qu'ils soient aimables avec moi, d'être à l'origine de querelles domestiques. Je ne supporte pas l'idée de manger dans leur vaisselle, de transpirer dans leur literie, de me sécher dans leurs serviettes-éponges de mes cors aux pieds à mon front, d'être scruté durant mon sommeil par les yeux en verre de leurs bibelots. Je ne supporte pas l'idée de m'imprégner progressivement de leur odeur, car chaque maison, chaque famille a la sienne, si propre soit-elle. Bien sûr, tu le sais déjà : chaque odeur est dix fois plus forte pour toi, tu flaires l'histoire des gens, le passage du temps. La maison de mon père sentait le champignon, la fumée de cigarette, l'ail frit, la lessive faite à la main, la poussière humide, les pantoufles empreintes de sueur, mon haleine atroce et les courants d'air fétide qui s'infiltraient par les fissures du plafond, par le trou de la serrure de la chambre fermée à double tour ; mais tout se mêlait pour former ce qui était simplement l'odeur de la maison, qu'aucun mot ne peut décrire et que je ne retrouverais nulle part en Tasmanie.

Je ne pose pas la question, mais elle me le dit quand même. Une femme d'environ mon âge, avec une coupe au bol comme un petit garçon. Elle a une voix monocorde, insincère. De l'autre côté de l'hygiaphone, là où l'air est plus pur, où on vit plus longtemps, elle m'annonce : « C'est tout ce qui reste. On racle les fonds de tiroirs. » Je rassemble mes billets en me demandant d'où viennent les pièces de monnaie. La couverture plastifiée de mon livret de caisse d'épargne pousse le même couinement plaintif qu'une souris lorsque l'employée le fait glisser vers moi sous le guichet. À moins que ce ne soit la plainte de mon permis de conduire ; difficile à dire.

*

On roule toujours. Le temps ne se réchauffe pas. À la place, des tempêtes accompagnées de pluie. Le vent donne des coups de boutoir dans la voiture, les essuie-glaces vont et viennent jusqu'à l'épuisement. On s'arrête dans les stations-service, nécessairement. En faisant la queue à la caisse, j'inspecte le présentoir des barres chocolatées. Je repère celles aux raisins secs et aux noisettes, et si je peux les atteindre sans me pencher au point d'attirer l'attention on en partagera une sur la route. Les raisins secs pour moi, les noisettes pour toi, le chocolat pour nous deux.

On passe devant un champ d'éoliennes à flanc de colline, elles se détachent sur le ciel comme des rouets moyenâgeux, filant les cumulus pour en faire des cirrus. On passe devant des lapins malades aux oreilles tombantes et à l'air effaré, qui sautent en rond dans le fossé. On passe devant la laine arrachée par les barbelés aux moutons à qui elle appartenait, pendant qu'ils se débattaient pour se libérer de leur prison.

On aperçoit un ibis aux couleurs éclatantes, une spatule d'Europe du Sud, d'Espagne ou du Portugal. Un grand corbeau avec un bec de courlis, aussi farouche qu'un campagnol. Il fouille dans la mare brune d'un champ inondé. Et s'envole au passage de la voiture, tu l'as vu ?

Chaque jour au réveil, je commence par baisser les vitres pour évacuer la puanteur conjuguée de nos haleines du matin. Il fait si froid la nuit, si incroyablement froid, que je m'attends plus ou moins à les trouver solidifiées dans l'habitacle en un caillot d'un vert criard, affreuse incarnation de nos mauvais rêves et de notre sommeil agité. RALENTISSEZ PENSEZ À NOS ENFANTS, disent les panneaux, mais j'obéis rarement. Je continue jusqu'au moment où je sais, à l'inclinaison des arbres pour protéger leurs branches des bourrasques venues de la mer, qu'on est presque arrivés.

Regarde ces branches courbées.

« On y est presque, te dis-je. Presque. »

Je rêve que je suis ligoté à un poteau et debout dans la neige jusqu'à la poitrine. Même endormi, même en plein rêve, ligoté à mon poteau, je sais que la partie de mon cerveau qui fabrique des images a emprunté ce décor à un article de journal lu il y a environ un an. Il parlait d'un groupe de lévriers morts de froid dans leur enclos. En l'absence de niche, ils dormaient à même le béton et ont été ensevelis la première nuit du blizzard. Sur la photo, un endroit avec des brouettes, des pelles et des cordes au milieu des congères. Dans mon rêve, je vois des lévriers sur le dos, les pattes dressées et rigides comme le poteau auquel je suis ligoté. Je vois des langues collées à des crocs et d'un bleu pastel, celui des bleuets. Je n'ai jamais été témoin d'une telle cruauté, et pourtant elle est associée à toi, mon rêve l'inscrit dans ton passé.

Parfois je remarque de minuscules cicatrices sous ton pelage, traces de minuscules griffures et morsures. Il te manque quelques morceaux d'oreille, de babines. Tu te souviens comment tu les as perdus ? Tu en rêves comme moi ? Tu hausses et fronces ton sourcil gauche en parfaite coordination avec le reste de ton expression. Je remarque que tu continues à cligner de l'œil avec ton orbite vide. Cet œil perdu te manque ? Je me le demande. As-tu seulement conscience de l'avoir perdu ?

Le paysage bétonné et géométrique devient peu à peu une ville, une ville au bord de la mer.

D'abord des pavillons, toujours des pavillons. Chacun

entouré d'un lac de gazon, de pots de fleurs en forme de cygnes, de chérubins en terre cuite, d'arbustes à feuilles persistantes et d'abris de jardin. Regarde les palmiers ; je ne m'attendais pas à en voir autant. Le palmier est un arbre tropical, aussi incongru dans ces terres humides habitées par les vaches et le brouillard qu'un gros bonbon à la menthe dans un sachet de pastilles à la pomme.

Ensuite viennent les supermarchés italiens et allemands. Puis un lycée avec trois étages de visages morts d'ennui et acnéiques qui jettent des regards furtifs à travers les stores. Puis les rues étroites, les commerces et les pubs, une bibliothèque et une mairie. Des seaux sur le trottoir devant la boutique d'un fleuriste, des bouquets de gerberas et de gypsophiles qui égaient curieusement l'hiver décoloré. Un portant avec des vêtements d'occasion devant le magasin d'une association caritative, d'amples cardigans et des robes à fleurs secoués par le vent marin qui fait tomber des boules de naphtaline. Des immeubles d'habitation taupe et gris acier dans une proximité étouffante, avec des balcons trop étroits pour y ouvrir un journal, sans parler d'y installer une chaise pliante. Ils jouxtent une place aux immenses dalles lisses. Sur un piédestal, la statue d'un amiral mort. Il a un goéland argenté perché sur son bicorne et des éclaboussures de crotte d'un blanc laiteux sur ses épaulettes. Dans cette ville au bord de la mer, un homme-sandwich rappelle qu'on est vendredi et que c'est jour de marché. Je me demande si, enfant, il voulait devenir homme-sandwich quand il serait grand. Le long du remblai, les dalles de la place disparaissent sous les stands, les auvents de toile qui claquent au vent, les corps qui flânent. Derrière le marché du vendredi, la baie s'incurve comme un fer à cheval usé.

Je me perds dans les voies à sens unique d'un plan de circulation illogique et tourne en rond jusqu'à ce que tu sembles avoir mal au cœur. Je me gare sur la première place de parking gratuite qui se présente, le long d'un caniveau. Alors qu'on descend de la voiture, je me souviens de ta muselière, accrochée loin d'ici sur la patère réservée aux tabliers. Je sais que j'ai promis de ne plus en parler, mais je me dis qu'ici tu devrais la porter, comme si se promener dans cette ville au bord de la mer sans que tu sois muselé nous faisait courir un danger. Je chasse ce sentiment ; aujourd'hui je suis étrangement euphorique, étrangement courageux. Peut-être à cause des rafales de vent, de l'air marin vivifiant. Peut-être que tous ces mois au volant m'ont ôté une partie de ma bizarrerie, de ma laideur, et les ont remplacées par de l'audace.

MARCHÉ DE PRODUCTEURS LOCAUX, annonce le panneau de l'homme-sandwich, et pourtant rares sont les propriétaires de stands qui ressemblent aux agriculteurs que j'ai connus, comme ces vieillards que je voyais à la messe, ou l'autostoppeur fabricant de sciure et ancien éleveur de porcs. Ces producteurs-là ont des écharpes en laine et des visages placides, insouciants. Leurs stands contiennent de la bruyère en pots, des pommes de terre roseval, des brioches en forme de tresses saupoudrées de sucre, des gâteaux recouverts d'un glaçage et posés sur des napperons en papier. Où que je me tourne, ce marché satisfait l'oiseau jardinier en moi. Tiens, des corbeilles de pommes vertes, rouges, jaunes, et des bouteilles de leur jus trouble. Des panonceaux égrènent leurs noms : WINSTON, JUPITER, EGREMONT RUSSET. Tu vois ces cages pleines de volatiles de tout poil, de poules naines noires ou rousses, et de cailles ? Et ces grosses canes blanches aux gros œufs blancs alignés dans des cartons posés sur leurs cages ?

Bien sûr que tu les vois. J'ai dû enrouler l'extrémité de ta laisse autour de mon poignet pour passer devant elles, et tu m'as presque arraché la main en tirant dessus. Je sais que le marché te désoriente. Il me désoriente moi aussi. Toutes ces couleurs, tout ce mouvement et ce bruit après tant de semaines seul avec toi dans la capsule de calme qu'est la voiture. Ces odeurs de farine moulue à la meule, de fromages à point, d'œufs cassés, de lavande, de plumes crottées. Tant de nouvelles senteurs que les caprices de ta truffe frétillante te mènent des jambons suspendus à leur crochet aux créatures à plume qui picorent innocemment. Une jeune fille, la lèvre supérieure ornée d'un piercing pareil à un grain de beauté argenté, nous tend un plateau couvert de minuscules tranches de pain.

« Voulez-vous essayer nos tapenades, monsieur ? » demande-t-elle d'une voix chantante.

Chaque tranche de pain est tartinée d'une mixture granuleuse d'un noir tirant sur le gris, d'un rouge éclatant ou d'un vert anémique. Je sais que je devrais passer mon chemin. En temps ordinaire, je m'éloignerais au plus vite en clopinant. Mais là, non. Je prends une petite tartine de la couleur rouge des signaux d'alarme, des avertissements. Le goût est relevé. Il se répand dans ma bouche, et c'est bon, tellement bon.

« Celle-là vous plaît ? Je la fais avec mes tomates confites, explique la jeune fille. Tenez, reprenez. »

Vaguement grisé par les tomates confites, j'accepte de nouveau. Je prends une seconde tartine rouge et, sans réfléchir, te la propose. Tu observes la scène, attendant docilement à mes pieds de pouvoir goûter à ton tour.

« Surprise ! » dis-je.

De tes soixante-cinq mots, c'est ton préféré.

Tu engloutis la tranche de pain, te pourlèches les babines, et la jeune fille éclate spontanément de rire. L'espace d'un instant, j'ai l'impression d'être quelqu'un de normal faisant quelque chose de normal. Je regarde la foule autour de moi, les marchands ambulants, les passants, les mères de famille derrière leur poussette à trois roues, les adolescents collés les uns aux autres, les vieillards qui trottinent, appuyés sur leur déambulateur. Et je me sens presque ordinaire, presque anodin, presque confiant. Et c'est bon, tellement bon.

« Je vais en prendre un pot, dis-je. De celle aux tomates confites. »

La jeune fille rit, mais pas méchamment. D'une liasse dans la poche de ma chemise, je tire un billet, le lui tends, et elle me rend la monnaie, me donne le pot de tapenade dans un sac en papier.

« Merci, dis-je. Merci beaucoup. »

Et on repart en direction de la mer, toi et moi, tout revigorés, tout ensoleillés.

Là où s'arrête la place dallée, une rambarde court le long du remblai qui surplombe la mer. J'y suis accoudé, et toi tu es debout sur tes pattes de derrière, les pattes de devant posées au bord du remblai comme un petit homme, comme l'enfant de deux ans dont tu as l'intelligence. Aussitôt je respire mieux, l'horizon s'élargit, la terre est noyée. Et bien que ce soit une autre baie, un autre océan, tu humes les relents écœurants de pourriture, de poisson, de marée, d'humidité, et tu te sens visiblement un peu chez toi.

Les vagues se brisent sur le béton, mais on aperçoit un semblant de plage un peu plus loin. Où en est la marée ? Sans doute au plus haut. Avant je connaissais les horaires, mais je les ai oubliés quelque part dans la campagne profonde. Je t'entraîne le long du remblai à la recherche du sable, on dépasse les derniers stands du marché et on s'éloigne de la foule, suivant la courbe de la baie jusqu'à ce qu'on tombe sur une caravane isolée.

Elle est étrangement loin de tout et de tous, comme si on l'avait repoussée en lisière de la ville. Par la baie vitrée à l'arrière je vois trois femmes aux cheveux d'un blond platine et aux épaules massives. Elles sont assises face à un immense écran fixé en hauteur sur la cloison. Sur l'écran, une femme aux cheveux du même blond, mais plus mince. Elle parle en souriant de toutes ses dents, agite les mains et promène son regard vide sur tout le monde et personne à la fois. Elle porte une robe d'un bleu virginal, et sur une petite étagère près de l'écran se trouvent justement une Vierge Marie, un scapulaire, des œillets dans un vase de cristal : une grotte faite maison.

Je me détourne, je ne veux pas que ces femmes me voient. Je remarque tes griffes arc-boutées sur le béton, et tu refuses de bouger. Qu'y a-t-il, qu'est-ce qui ne va pas ? Je te regarde droit dans les yeux pour tenter de comprendre, mais ils sont aussi noirs que ton pelage. Tout en pupilles, pas d'iris ni de blanc. Alors je crois me souvenir que tu as été élevé par des gens comme ces femmes, et que tu t'es enfui. Voilà pourquoi tu es presque plaqué au sol ? Voilà pourquoi tu tires, tires, tires sur ta laisse ? Après un dernier coup d'œil furtif à cette caravane, je me dis que ces gens sont des marginaux eux aussi, des parias, et que je devrais éprouver un élan de solidarité. Mais non.

Je tourne les talons et me laisse guider par toi pour retraverser la place, le marché, la ville, jusqu'à la voiture. Je verrouille les portières pour nous protéger du monde, des marchands ambulants et des passants, des nomades et des promeneurs. À travers le pare-brise, j'observe tous ces individus qui marchent dans la rue, qui sont juchés sur les tabourets des cafés, qui font la queue dans l'abribus. Je sais que chacun a un écran miniature dans sa poche. Je sais que chaque écran a une liste de personnes qui sont ailleurs et possèdent elles aussi un écran miniature. Je sais que dans chaque poche une femme blonde murmure pour rappeler à ceux qui la transportent qu'ils sont reliés. Assis dans notre capsule calme et verrouillée, j'essaie de me représenter en détail la vie de ces gens, afin qu'ils semblent plus familiers, moins déroutants. J'essaie de me représenter la couleur de leurs murs, le bric-à-brac sur la table de leur cuisine, la vue de leur fenêtre en façade. Mais j'ai beau faire, je ne vois que le jaune d'or de mes murs à moi, mes stylo-billes vides, la vase de ma baie.

J'ai encore à la main le sac en papier contenant le pot de tapenade. Je le pose à côté de moi. En même temps je songe qu'au marché je n'avais peut-être pas du tout l'air normal, anodin, confiant. Peut-être que la jeune vendeuse de tapenade cherchait à nous nuire depuis le début. Peut-être qu'elle nous a donné une dose de poison, un pot réservé à ceux qui paraissent bizarres, marchent dans la rue sans être munis d'un écran miniature. D'un coup de poing j'envoie promener le sac sur le tapis de sol, puis je me penche et le pousse sous le siège du passager. On quitte cette ville au bord de la mer, on quitte la route principale et on se met en quête d'un cul-de-sac rassurant où la vue sur la mer n'appartiendra qu'à nous.

Tu comprends. Je sais que tu comprends.

Regarde les mouettes à tête noire dans les champs, en train de forer la terre nue pour trouver des lombrics.

Elles inclinent leur tête sans oreilles à l'affût de la progression étouffée d'un ver de terre imprudent. Elles donnent dans la glèbe brune des coups de leur bec aussi acéré qu'une hachette. Regarde leur plumage qui a repris son apparence hivernale : une touffe de duvet sombre derrière l'œil. On s'est attardés si longtemps à l'intérieur des terres ? Je ne m'en étais pas rendu compte.

On découvre une étroite route de campagne qui mène à un chemin encore plus étroit. La voiture roule lentement dans les ornières, les herbes folles et les rigoles sur près d'un kilomètre. On arrive devant un groupe d'habitations, une plage sans panneau indicateur et une maison en coquillages face à la mer. Je connais l'existence de ces maisons, mais je n'en avais encore jamais vu. Je me gare et on sort jeter un coup d'œil. Les murs sont entièrement recouverts de centaines, voire de milliers de coques et de berniques. Chaque coquillage adhère au crépi ; chacun est délavé et terni. Le temps et les rigueurs du climat ont transformé cette maison en une bâtisse délabrée, incrustée de coquilles de mollusques morts. Qui l'habite ? Je me le demande. À ton avis, qui vit là ? Mais tu es occupé à flairer quelque chose, tu flaires sans arrêt quelque chose. Là, les chardons qui dépassent des barreaux de la grille en fer forgé, les piliers de part et d'autre, la mousse hérissée de soies. L'allée est envahie par les lichens et les arbustes prolifèrent. Sans doute une femme âgée. Une vieille dame trop fragile pour tondre sa pelouse ou passer ses berniques au jet. Elle a un fils ventripotent d'à peu près mon âge, j'imagine, qui promet sans cesse de venir travailler dans le jardin, mais ne le fait jamais. Je passerais volontiers la tondeuse et le jet pour cette dame. Je couperais volontiers ma tresse pour avoir une vieille mère qui me laisserait m'asseoir à la table de sa cuisine devant une tasse de thé fumant et un biscuit au gingembre. Peut-être te laisserait-elle aussi renifler son jardin en friche, retourner ses plates-bandes pour exhumer des crottes. Mais c'est trop tard, désolé. Je n'ai aucune idée de la façon de nouer des relations, de savoir si elles sont fiables, de prouver à des inconnus que nous sommes nous-mêmes fiables.

Il y a d'autres maisons ici. Ce n'est pas un endroit si reculé. L'une d'elles a une allée gravillonnée, bordée d'une haie de lauriers et d'un fuchsia. Devant une autre, un pilier de la grille est surmonté d'une tête d'animal sculptée dans la pierre. Tu te souviens des aigles couleur pêche ? Là, on dirait une tigresse, mais je n'en suis pas sûr, peut-être plutôt un léopard. Alors qu'on est plantés devant la grille de la maison aux coquillages, un jeune garçon avec des chaussettes de footballeur descend l'allée en traînant les pieds pour venir chercher une poubelle à roulettes. Regarde-le qui la tire entre les lauriers vers la maison. Ses gestes sont d'une brusquerie exagérée, alors que personne n'est témoin de sa mauvaise humeur, personne d'autre que toi et moi, et il ne nous a même pas vus.

On s'éloigne des chardons pour aller là où la falaise plonge dans l'Atlantique, et jusqu'à l'Amérique il n'y a plus qu'un bleu intense, bondissant. Je pense encore à ce garçon dans l'allée, qui ne mesure pas sa chance de vivre en ce lieu où il a la place de courir, avec chaque jour le vent marin pour lui donner des couleurs ; il trouve ça normal et s'arroge le droit de s'énerver contre une poubelle à roulettes. Je m'interroge : est-ce que j'ai eu de la chance moi aussi, sans en éprouver la moindre gratitude ? Parfois j'ai eu un peu faim, un peu froid, mais je n'ai jamais été malade ni battu, et chaque jour la mer me donnait des couleurs. Peut-être ai-je eu de la chance que mon père me reprenne, quand cette voisine a sonné à sa porte, de la chance qu'il ne m'ait pas de nouveau laissé seul au bord de la route. Mais il est trop tard pour éprouver de la gratitude. Il est trop tard pour éprouver autre chose que du regret.

J'aimerais avoir une maison en bord de mer rien qu'à moi, rien qu'à nous. Qu'est-ce que tu en dis ? Je recouvrirais les murs de coquillages, mais plus gais et fantaisistes, et je consoliderais nos fenêtres à l'aide de mes galets en verre poli, alignés bout à bout. On aurait une pelouse où tu pourrais lécher la rosée et un lopin pour mettre mes plantes maladives en pleine terre. Notre maison serait au fond d'un chemin étroit, avec une plage sans panneau indicateur et une vue dégagée sur l'Atlantique bondissant, exactement comme ici. Et j'installerais une chaise de jardin au bout de la pelouse. Là, tu vois ? Là, très précisément. Et je l'orienterais vers l'horizon ininterrompu.

Mais il est trop tard, bien sûr. Et soudain cet endroit devient triste, tu ne trouves pas ? Soudain le mirage du possible est obscurci par l'ombre d'une mouette qui s'élève dans le ciel. Elle vérifie où en est la marée, et ne la trouvant pas assez basse pour chercher des vers de vase elle repart vers l'intérieur des terres forer à nouveau dans les champs dénudés, fouiller dans les flaques brunes à côté des ibis.

On descend tant bien que mal à flanc de falaise.

En contrebas de la maison aux coquillages, des craves nichent entre la roche et les broussailles, la camomille et la criste-marine. Il y a chez eux quelque chose de sinistre, quelque chose d'impie dans leurs croassements de sorcière. Dans la maison de mon père, un manuel d'ornithologie transcrit ainsi le son qu'ils produisent : *tcheuf-tcheuf-tcheuf*, comme une locomotive à vapeur pleine d'allant. Mais ce manuel se trompe. En réalité, c'est un son rauque, comme si les craves grillaient trois paquets par jour et voulaient nous tenir à l'écart de leur nid, de la roche et des broussailles, de la criste-marine et de la camomille.

Les lichens d'ici sont différents des lichens de chez nous. Au lieu d'un jaune ardent, vois comme ils sont grumeleux et blancs, telle la surface de la Lune dessinée par un enfant. En bas de la falaise, une petite plage de galets, et la mer. L'eau a la noirceur d'un cachot, et les algues translucides qui ondulent sous sa surface ressemblent à une créature vivante qui nagerait et se débattrait, à la longue chevelure noire d'une prisonnière maintenue sous l'eau par des chaînes invisibles.

Je t'enlève ta laisse et tu t'élances sans la moindre prudence. Tu fourres ta truffe dans plusieurs trous, avales un objet non identifié, lèves la patte sur une touffe de trèfle mort, et pourtant tu arrives au pied de la falaise avant moi. Sur la grève, tu t'arrêtes pour enfoncer la tête entre les galets, puis te tortilles et te mets sur le dos. Tes pattes se soulèvent, leurs coussinets tournés vers le ciel. J'interromps ma descente laborieuse pour admirer ta petite danse improvisée, le martèlement jubilatoire de ton bout de queue. Est-ce que cette plage de galets te rappelle, comme à moi, celle où on pique-niquait chaque jour l'été dernier quand il ne pleuvait pas ? Désolé, mais je n'ai pas mon plaid ni ma gourde, ni de nourriture bien enveloppée pour un pique-nique. De toute façon tu as toujours eu peur du papier alu, alors tant pis.

Je m'assois et sors mon sachet de tabac. Je me roule une cigarette et la fume au soleil couchant. Ta truffe frétillante et toi vaquez à vos occupations urgentes : renifler, dévorer. Tu escalades et inspectes les rochers, n'oubliant de patauger dans aucune flaque, de troubler l'eau d'aucun bras de mer. Tu observes toutes les nouveautés, leur moindre frémissement. Tu guettes le moment où une partie du décor va se redresser, se transformer en proie. Je constate ta maladresse, ton équilibre affecté par ta vue dissymétrique. Tu trébuches et tombes, ébrèches tes os noueux et tuméfies ta peau pâle. Tu disparais assez longtemps pour que je m'inquiète. Puis tu réapparais, tirant une masse étrange sur les galets. Elle fait un mètre de plus que toi et traîne dans son sillage des algues, des dizaines de minuscules crabes, un régiment de berniques. C'est une énorme arête centrale.

J'éclate de rire.

« Et tu vas en faire quoi, de ce nouveau Moby Dick ? »

Tu lâches l'arête à mes pieds et agites la queue. C'était peut-être une grande roussette ou un poisson éperonné, voire un requin pèlerin. Maintenant c'est un cadeau.

« Un beau cadeau », dis-je. Tu t'installes près de moi et je me roule une deuxième cigarette, puis une autre, et une autre encore. On reste là jusqu'à ce que la mer atteigne la ligne sombre indiquant la marée haute au pied de la falaise. Je note l'heure. Je la mémorise. Jamais plus je ne m'autoriserai à oublier les horaires des marées.

Un pêcheur de bar lance sa ligne depuis les rochers les plus éloignés, se frayant un passage entre les crêtes déchiquetées et les trous béants, enjambant le varech humide et la surface lunaire des lichens. Les moutons d'écume montent à l'assaut, viennent lécher ses bottes, et ce sont de lourdes bottes, faites pour se noyer.

Je me demande pourquoi il se donne tant de mal pour

un poisson, pour le seul plaisir de lui casser le cou sur le grès, de lui trancher la tête, de le vider et de mettre ses filets au four à l'heure du dîner. Peut-être ne pêche-t-il pas pour manger, mais pour le plaisir de tuer, de répandre un peu de sang afin de satisfaire l'homme de Neandertal en lui. Difficile à comprendre quand on n'a pas soi-même le goût de la destruction. À moins que ce ne soit ni pour dîner ni pour le plaisir de tuer, mais pour le frisson causé par la profondeur de l'abîme entre ses bottes de noyé et la terre ferme, et ça je le comprends, car, autant que par la mer elle-même, je suis attiré par son étendue. J'ai besoin de savoir que, même si je ne suis qu'une petite créature terrestre, face à moi la mer est immense, infinie. Tu sens son odeur ? Tu sens son infinitude ?

On l'observe longuement. Tu inspectes les frémissements et moi je fume, puis j'oublie de fumer. Je me passionne autant pour l'enjeu que pour le pêcheur lui-même, guette la prise avec autant d'impatience. On suit sa progression lente mais sûre de rocher en rocher, l'adresse avec laquelle il lance sa ligne, plonge et remonte son appât gélatineux. Je commence à comprendre ce qu'il éprouve, ce vestige de l'instinct qui pousse à pêcher alors qu'il fait froid, que c'est dangereux et décevant. De l'autre côté du tapis de varech humide, je murmure : « Une dernière fois, un peu plus près, là, ça y est presque. »

Aux dernières lueurs du couchant, le pêcheur hisse un bar monstrueux de l'écume. Aussi gras qu'un bébé crocodile. Il le brandit, l'admire. Le poisson montre les dents, donne de grands coups de queue sur son ciré. Puis on regarde le pêcheur rejeter sa proie à la mer entre deux déferlantes. Le bar crève la surface dans une gerbe d'eau. Et l'homme poursuit son chemin. De rocher en rocher, avec nonchalance, balançant son appât. Recommençant tout, pour rien.

On passe devant des aires de jeux. Oui, ce sont bien des aires de jeux. Tu vois toutes ces structures compliquées, ces plaques de contreplaqué reliées par des tubes caoutchoutés, puis peintes ? Où sont les bons vieux toboggans et les bonnes vieilles balançoires ? Il y a quelque chose de menaçant dans ces dispositifs dernier cri, ces barreaux, ces filets, ces têtes de poneys montées sur d'épais ressorts. Sans leurs couleurs vives, ils ressembleraient à des instruments de torture du Moyen Âge. Ici, le chevalet, le pilori et la roue ; là, le bouc des sorcières et la chaise de Judas. L'aire est entourée de grillages et de barrières pour empêcher les enfants de sortir et les pédophiles d'entrer. Un panneau officiel rappelle le règlement : NE PAS COURIR, NE PAS SAUTER, PAS DE BOUSCULADES, NE PAS JETER D'IMMONDICES. À côté, un banc permettant aux gardiens d'assurer la surveillance, de vérifier que l'amusement ne tourne pas à la dépravation. Ils nous regardent passer. Mémorisent notre numéro minéralogique : 93-0Y-5731.

Combien de semaines depuis qu'on a fait demi-tour ? Combien d'entrées de champ revisitées ? On passe devant une aire de stationnement où un homme avec des chaussures à coque de métal et un gilet fluo est installé dans une remorque couverte. Elle contient des fagots et d'anciens sacs d'engrais remplis de sciure compactée. FAGOTS, annonce la pancarte, GRANULÉS. On doit être en plein hiver ; au lieu des fantômes dans les arbres et des citrouilles pourries, on voit défiler des décorations de Noël. Vois les ampoules suspendues aux branches nues d'un hêtre sur un trottoir, leur lumière blanche réveillant le gris perpétuel. Et ce père Noël peint à la bombe sur la vitrine du pharmacien : il nous salue entre les lotions anti-âge et les boissons protéinées. Voilà maintenant une voiture avec un nez rouge fixé au pare-chocs et des bois de rennes dépassant des vitres de chaque côté. Les gens sont étonnants !

On roule vers le sud, je pense. On se perd, on reprend la route en sens inverse et on retrouve le Sud. Je rate apparemment beaucoup de panneaux annonçant des culs-de-sac, je suis le spécialiste des demi-tours sur route. On essaie autant que possible de continuer à voir la mer, au point d'atterrir ou presque dans une grange, un ruisseau ou une fosse à purin. Jamais je ne me serais attendu à faire autant de marches arrière pour rouler en ligne droite. Il fait encore si froid, je continue à me réveiller la nuit, à rallumer le réchaud, et tu continues à te réveiller toi aussi, à venir humer les flammes bleues. Je prépare un grog au whiskey, du lait chaud et une mixture bourrative pour nous réchauffer le sang et l'estomac.

« Surprise ! » dis-je, et tu agites la queue.

Regarde tous ces poils, les tiens. Regarde-les s'accumuler dans chaque interstice de la voiture, s'entrelacer pour former une bourre duveteuse. J'enlève les housses des sièges et secoue nos plaids dehors. Je racle les interstices avec mes ongles pour extraire les flocons de bourre. Je laisse le vent les emporter. À la radio, un expert nous explique que les oiseaux récupèrent les poils et les cheveux épars pour en tapisser l'intérieur de leur nid. Mais bien sûr on n'est pas encore au printemps, me dis-je. On est en décembre. J'ai des mois et des mois d'avance, ou de retard.

De nouveau, je me réveille nez à nez avec un visage de l'autre côté de la vitre.

Cette fois ce n'est pas une vieille femme grisonnante, mais un enfant à la peau lustrée, un jeune garçon. Pas celui dont tu as spectaculairement mutilé le shih tzu, ni celui qui dirigeait sa mauvaise humeur contre une poubelle à roulettes, ni aucun de ceux à la tête encapuchonnée et aux chaussures de sport délacées, ni même celui avec des chaussures orthopédiques, armé de cailloux qui déformaient ses poches et sa trousse. Pourtant il a quelque chose de mystérieusement familier. Sur mes genoux, tu agites une patte endormie. Je baisse les yeux une seconde, mais tu ne te réveilles pas. Quand je les relève, le visage de ce garçon a changé. Ses sourcils semblent broussailleux, son nez couvert de boutons, de dartres, de verrues. Je regarde ce visage se transformer peu à peu en celui d'un troll. Et j'oublie que ce n'est qu'un tour joué par la lune, le reflet déformé de mon propre visage. L'espace d'une seconde, je l'oublie, et je suis terrifié.

J'étais debout devant l'évier, je tournais le dos à la table.

Tu m'écoutes ? J'aimerais te raconter quelque chose. J'aimerais te raconter ce qui s'est passé le matin où mon père s'est étouffé, assis dans la cuisine.

J'étais debout devant l'évier, je tournais le dos à la table.

Puis j'ai entendu quelque chose derrière moi, comme le bruit fait par une pompe à vélo quand le pneu est gonflé au maximum. Puis j'ai entendu le coup de poing que mon père a donné sur le formica. La vaisselle a vibré, tinté, et je me suis retourné.

Mon père a porté les mains à sa gorge. Comme il ne disait rien, ne toussait pas, ne criait pas, il a fallu que mon métronome intérieur marque plusieurs temps avant que je comprenne que quelque chose n'allait pas, que mon père était en danger. Pendant plusieurs secondes je suis resté planté là, bouche bée, essayant de me rappeler où j'avais vu ce geste, et soudain ça m'est revenu.

C'était le symbole international de l'étouffement sur mon poster intitulé : *Les premiers secours expliqués aux enfants*. J'aurais pu aller vérifier sur le mur de ma chambre, mais c'était inutile, je connaissais chaque étape par cœur. Par accident ou délibérément, mon père les incarnait. Je savais parfaitement qu'il étouffait, et je savais parfaitement ce que j'étais censé faire. J'étais censé incliner l'adulte vers l'avant, lui administrer fermement cinq coups sur le dos avec la base de ma paume et, en cas d'échec, refermer les bras sur cet adulte jusqu'à pouvoir croiser les mains sous son sternum. J'étais censé lui enfoncer dans l'estomac la jointure de mon pouce, et continuer tant que le bout de saucisse ne serait pas délogé.

Je savais, je savais, je savais comment faire toutes ces choses. Mais je ne les ai pas faites. Pas une seule.

Debout devant l'évier, je suis resté face à mon père, les bras ballants. J'ai laissé passer mon unique occasion de mettre en pratique le contenu des cases du poster. J'ai regardé les lèvres et les ongles de mon père bleuir. Le bleu, d'abord aussi pâle que celui des asters maritimes, a atteint l'intensité de celui des campanules et des myosotis. Et je n'étais ni paralysé par la peur ni frappé de stupeur ou d'amnésie. Rien de tel. Je n'ai rien fait, parce que j'ai tout bonnement décidé de ne rien faire.

Pendant des années, l'appartement au-dessus de l'épicerie a servi d'espace de stockage pour les articles vendus au rez-de-chaussée. Là, je vois des cartons empilés contre la vitrine, des flacons d'assouplissant et des bouteilles d'huile de tournesol. Dans la maison voisine, celle de mon père, aucune fenêtre n'est éclairée. Du moins pas dans les pièces en façade.

Nous revoilà donc. Garés à cheval sur le trottoir. Chez nous.

Je me demandais si j'avais bien pensé à tout éteindre. Les lampes avec mes précieuses ampoules à incandescence. Chaque jour, ces neuf, dix ou onze dernières semaines, je me suis interrogé, inquiété. Nous voilà de retour sur la place de parking de la voiture devant la terrasse, mais, par cette matinée si ensoleillée et avec tous les rideaux tirés, impossible de savoir avec certitude, pour les lampes. Soudain je crois voir le rideau tressaillir, le rideau de l'ancien atelier de mon père. La pièce aux coups de pinceau sur les murs, la pièce fermée à double tour. Tu as vu, toi aussi ? Il y a une vague lueur, j'en suis sûr, un faisceau circulaire qui se déplace vers la rue, dépasse le remblai, inspecte la baie. Je me demande si mon père ne serait pas assis là-haut, à manipuler sa lampe de bureau pour nous localiser. J'entends le mugissement d'une corne de brume. Un cargo arrive à quai le long des docks de la raffinerie, un immense tanker avec des dizaines de réflecteurs circulaires étincelant sur les monte-charge et les poulies. Un nuage passe devant le soleil du matin et, quand je me tourne à nouveau vers la fenêtre de mon père, le faisceau lumineux a disparu, bien sûr qu'il a disparu. Bien sûr que c'était seulement le soleil jouant sur les réflecteurs du tanker et la vitre de la fenêtre. Depuis la patère réservée aux tabliers jusqu'aux cheminées du toit, la maison est aussi sombre et somnolente qu'elle doit l'être.

Il est presque midi. La pluie de la nuit dernière a cessé, la baie est aussi lumineuse et ample que ce jour de printemps où je t'ai ramené du chenil et supplié de quitter ton recoin sous le tableau de bord. Tu te souviens des pétales de cerisiers pareils à des confettis, des talus en fleurs, du jaune aveuglant du colza ? Mais là on est en décembre, et c'est moi qui refuse de descendre de la voiture. Impossible de ne pas penser à ce garçon aux boucles rousses qui lui faisaient un halo autour de la tête, ni au déluge d'injures de sa mère ou à cette femme de la fourrière avec son lasso de capture, qui a promis de repasser. JE SAIS OÙ VOUS HABITEZ. Mais tout le monde sait où on habite, voilà pourquoi je ne peux pas descendre de la voiture.

Donc on reste là. On regarde les gens aller à l'épicerie et en revenir avec leurs sacs et leurs cartons, leurs céréales chocolatées et croustillantes, leurs bouteilles de chardonnay en promotion. Ce sont eux qui achètent des ceintures porte-outils et des nettoyeurs à haute pression, tu te rappelles ? Eux qui visitent les salles d'exposition des fabricants de cheminées le dimanche après-midi. Regarde la guirlande lumineuse tendue sur l'auvent de l'épicerie, la couronne de houx artificiel qui bat contre la porte chaque fois qu'elle se referme en claquant. La coiffeuse polonaise arrive et remonte son rideau métallique. Regarde les affiches scotchées à l'intérieur de sa vitrine. LISSEUR GHD EN PROMO, disent-elles, MANUCURE À MOITIÉ PRIX. Derrière elles, un renne en peluche. Il est aussi grand qu'un enfant, avec plusieurs rouges-gorges en polystyrène perchés sur son dos tacheté. Un ornithologue amateur installe son tabouret pliant sur la promenade et un trépied pour y poser ses gigantesques jumelles. Une petite aigrette se pavane, deux courlis, une nuée de chevaliers gambettes, le même vieux héron très digne. Les garçons de l'été sont partis ; ils hibernent derrière les stores de leur mère, et sur leur ancien point de ralliement il y a un sapin de Noël. Regarde ce noble conifère aux branches ornées de cadeaux. À la façon dont ils tremblent au vent, je sais qu'ils sont vides, juste là pour faire illusion.

On s'assoit dehors. On observe le monde qui continue à tourner en nous ignorant. Je sais que je devrais reprendre le volant et partir avant que quelqu'un reconnaisse la voiture et se souvienne. Mais j'ai envie de me glisser dans la maison. Envie de vérifier si j'ai bien éteint la chaudière et débranché le four. Envie de récupérer une partie des affaires que j'ai laissées là par négligence, et qui ne m'ont jamais paru si précieuses que lorsque j'ai dû m'en passer. Le sablier en cuivre et le taille-crayon en forme de panda mangeant une pousse de bambou. Et le coussin avec un éléphant indien brodé sur sa housse, transportant un tronc d'arbre sur ses défenses. J'ai lu quelque part que l'image d'un éléphant est censée porter chance, à condition qu'elle soit tournée vers nous. Si j'avais posé le coussin à l'envers, étouffant l'éléphant ? Et puis il y a Mister Buddy. Je m'en veux terriblement de l'avoir abandonné derrière la machine à laver pendant toutes ces années. Enfin, je veux aller chercher le nid d'hirondelles sous l'avancée du toit, car, si j'ai leur nid avec moi, peut-être que d'une façon ou d'une autre elles réussiront à me retrouver.

J'ai tellement envie d'entrer en douce dans la maison. Tellement envie de rester sous le jet brûlant de la douche, de sentir la crasse vieille de neuf, dix ou onze semaines glisser de ma peau et de mes cheveux, et disparaître dans la bonde le long des canalisations invisibles. J'ai l'impression de grouiller de minuscules vers, et que si je racle avec mes ongles chaque raclure devient un nouveau ver. Il s'enfonce, s'enfonce, s'enfonce sous ma peau.

Je lève les yeux vers la maison de mon père. Le soleil s'est débarrassé des nuages et a rendu les vitres opaques. Je pense à tous les livres non lus restés à l'intérieur. Je pense à la marmelade en train de moisir, aux crottes de souris qui s'accumulent entre les pages, aux céréales au son grignotées par ces mêmes souris et répandues sur l'étagère. Je pense à la boîte de poudre à lever avec l'image d'une boîte de poudre à lever avec l'image d'une boîte de poudre à lever, et ainsi de suite, à l'infini. Je pense au lavabo de la salle de bains, au bleu intense de la tache faite par l'eau, le même bleu que celui des myosotis, des lèvres et des ongles de mon père en train de s'étouffer. Cette tache indique l'endroit exact où le robinet goutte sur l'émail, sans arrêt, et je me demande si ce bleu se sera encore intensifié.

Que se passera-t-il si quelqu'un vient enfoncer la porte ? Elle n'est pas solide. Elle cédera facilement. Que se passera-t-il si des policiers fouillent mes affaires laissées là par négligence ? S'ils jettent le panda à la poubelle, brisent le verre fragile du sablier, déplacent d'un coup de pied le bourrelet en forme de serpent sur le pas de la porte de la chambre fermée à double tour, trouvent les boîtes à chaussures de mon père et s'esclaffent à la vue de ses jeux de société faits maison ? Que se passera-t-il si toutes ces choses sont évacuées jusqu'à la dernière dans une benne à ordures et abandonnées au coin de la rue ? Les voisins viendront fourrager pour voir quels ustensiles ou appareils ménagers mériteraient d'être recyclés, et ils repartiront rapidement, les mains vides. Stupéfaits de découvrir à quel point une vie peut devenir aussi misérable que la nôtre, aussi insignifiante.

Que se passera-t-il s'ils trouvent la moindre trace de ma mère ? Pour autant que je le sache, elle a toujours été là. Si notre vie était un film, il y aurait une photo dans un pendentif, une lettre d'amour, une tresse de cheveux. Que se passera-t-il s'ils décident de jeter un coup d'œil sous les combles ?

Suspendu à la jardinière de gauche, un ruban de ce plastique transparent qui entoure les palettes de produits livrés à l'épicerie. De la longueur d'un lampadaire, il étrangle la façade de la maison de mon père, claquant au vent. Je me demande pourquoi personne n'a pris la peine de l'enlever. Mais moi non plus je ne l'enlève pas.

À aucun moment mon père ne s'est levé de table pendant qu'il s'étouffait. Il n'a pas battu l'air de ses bras ; il n'a rien renversé. J'ai eu l'impression qu'il fallait très longtemps à son visage de vieillard asphyxié pour basculer sur le formica et s'immobiliser. Son nez a plongé pile entre les tasses et les assiettes, puis sa tête est tombée de tout son poids sans déplacer ne fût-ce qu'une petite cuiller. Je me souviens d'avoir contemplé le reste de lait décoloré au fond du bol dans lequel il avait mangé ses céréales au son, les taches grasses sur l'assiette où il avait piqué les rondelles de saucisse avec sa fourchette. Je me souviens d'avoir remarqué qu'il n'en restait pas une seule. Celle qui l'a étouffé devait être la dernière. Je me souviens d'avoir pensé que c'était désormais à moi de laver et d'essuyer le bol, la cuiller, l'assiette et la fourchette, de les remettre sur l'étagère et dans le tiroir.

Je n'avais jamais téléphoné de ma vie. Je n'avais jamais répondu à un coup de sonnette.

Je me suis assis à table près de lui. Je me suis représenté les ambulanciers dans leur tenue fluorescente.

Comme il pleuvait, je me suis également représenté les gouttelettes d'eau sur le plastique noir du sac mortuaire tandis qu'on emmènerait mon père sur une civière. J'ai vu mentalement les portes de l'ambulance se refermer, et lorsqu'elle s'est éloignée j'ai entendu la sirène hurler. Après quoi j'ai pris conscience qu'il n'y aurait bien sûr pas de sirène, qu'il était déjà trop tard pour se soucier de la mettre en route.

Derrière la grille bleue, il y a de nouveaux détritus dans l'allée, des détritus peu familiers. La porte d'entrée de la maison de mon père grince, comme en signe de protestation. Tu ajoutes de nouvelles traces de pattes aux anciennes, et je te suis. Tu vas directement dans le recoin de la cuisine où je rangeais ton bol à nourriture. Mais il est dans la voiture, tu te rappelles ? Il y est depuis des mois.

Aussitôt je repère le sablier et le taille-crayon en forme de panda au milieu du bric-à-brac sur la table de la cuisine. Je me souviens soudain que la table était toujours dégagée du vivant de mon père, donc ce bric-à-brac a dû mettre des années à s'accumuler et m'appartient exclusivement.

Je m'accroupis, j'étreins la machine à laver et la tire vers moi. J'entends le léger grattement et le doux bruissement d'une créature inanimée glissant sur le carrelage. Je tends le bras, saisis quelque chose, le ramène. Mister Buddy sort en trois poignées. Donc la nichée de rats a dû l'atteindre, lui arracher des flocons de bourre. J'enroule sa peau en peluche autour du rembourrage et fourre l'ensemble dans un sac plastique dont je noue les poignées, comme si Mister Buddy risquait de se reconstituer et de s'enfuir. Puis je prends le couteau à pain, un nouveau sac plastique, et je monte le tout à l'étage avec moi.

Tu me précèdes de quelques marches. Tu retrouves ton ancien emplacement sur le rebord de la fenêtre, et je tire le rideau pour que tu puisses profiter de la vue, t'assurer que rien n'a changé de place. Le coussin à l'éléphant est sur le fauteuil à bascule, broderie sur le dessus, bien sûr. Je dois me pencher au-dessus de toi pour ouvrir la fenêtre. Je lève le bras pour atteindre le nid d'hirondelles. À l'aide du couteau à pain, je le détache. À l'aide du sac plastique, je le rattrape au vol. Regarde les fins éclats de coquilles d'œufs qu'il contient encore, ils ont davantage l'odeur de la chaleur et de la vie que de la boue morte et desséchée. Viens ici voir mon nid, sentir la vie.

Je pose mon étrange bagage et je vais à la porte de la chambre fermée à double tour. Je soulève le serpent, laisse filtrer le courant d'air fétide. Je tourne la clé.

À l'intérieur il y a quelque chose dont j'ai besoin. Quelque chose que je dois faire.

Le matin où il s'est étouffé, j'étais assis à la table de la cuisine près de mon père mort et j'essayais de décider de la suite des événements. Je suis resté là longtemps. Même une fois ma décision prise, je suis resté assis. Au bout d'un certain temps, je me suis mis à parler. À tenir des discours sans queue ni tête comme je le faisais souvent, à ceci près que pour la première fois je me suis senti libre de dire autre chose, des choses différentes.

« Salut, vieux », ai-je dit, même si on était là tous les deux depuis toujours.

« Alors, ai-je continué, qu'est-ce que tu as raconté à cette femme ? »

J'avais oublié le nom de la voisine qui m'avait recueilli au bord de la route et reconduit chez mon père.

« Tu lui as raconté quoi, quand elle m'a trouvé tout

seul dans le fossé et dans le noir, qu'elle m'a reconduit et a sonné à ta porte ? »

Je tentais, tentais, tentais de retrouver son nom, mais impossible.

« Parle, vieux, qu'est-ce que tu lui as raconté ? »

Bien sûr mon père ne répondait pas, et bien sûr ça n'avait aucune importance. De toute façon je connaissais la réponse. Quel qu'ait été le nom de cette femme qui m'avait reconduit chez moi, je savais que mon père lui avait raconté que je m'étais enfui, que je ne voulais pas rentrer et restais introuvable. Parce que je n'étais pas un petit garçon normal. Je n'avais pas toute ma tête. J'étais différent. Voilà pourquoi personne n'est jamais revenu sonner à la porte, tu comprends ? Et pourquoi je ne suis jamais allé à l'école, ne me suis jamais mis en rang avec les autres petits garçons et les autres petites filles qui, eux, avaient toute leur tête, étaient tous normaux. Voilà pourquoi je n'ai jamais eu l'occasion de m'amuser sur de bons vieux toboggans et de bonnes vieilles balançoires. Tu comprends, maintenant ?

Moi, je comprends. Je comprends combien j'étais lâche. Je comprends que j'ai questionné mon père sur cette femme voisine parce que j'avais encore trop peur de le questionner sur cette femme ma mère. Le vieux était mort, mais je n'avais toujours pas le courage de l'affronter. J'ai cessé de parler et je me suis levé. J'ai fait la vaisselle, l'ai essuyée et rangée, et, une fois que j'ai eu fini, je suis monté dans la chambre de mon père. J'ai poussé la porte, tiré sur le cordon qui ouvrait la trappe donnant accès aux combles, déplié l'échelle. Puis je suis retourné dans la cuisine chercher mon père.

Quand elles se produisent, les choses ne sont jamais aussi insurmontables qu'elles l'étaient dans ma tête quand je les imaginais, tu te souviens de ça ? Mon père n'était pas si lourd à soulever ni si difficile à traîner. Il sentait la saucisse, le tabac froid et le dentifrice, et je me suis rendu compte que je n'avais jamais approché le vieux bonhomme d'assez près pour respirer son odeur. Il a perdu une pantoufle dans l'escalier, l'autre sur l'échelle. Puis je l'ai allongé sous les combles. Je l'ai mis sur le dos et lui ai fermé les paupières, comme on le fait dans les films. Si le toit avait été isolé, il y aurait eu des oreillers jaunes en laine de verre sur lesquels le coucher, mais le toit n'était pas isolé, il n'y avait pas d'oreillers jaunes, et c'était la faute de mon père.

J'ai replié l'échelle et les combles l'ont obligeamment réincorporée. J'ai fermé la chambre de mon père à double tour sans chercher la moindre trace de ma mère, et j'ai comblé l'espace sous la porte à l'aide d'un serpent de chiffons tout bosselé.

Là, en ouvrant la porte de cette chambre, je me répète que les choses ne sont jamais aussi insurmontables quand elles se produisent qu'elles l'étaient dans ma tête quand je les imaginais. Tu n'as pas oublié ? La chambre du vieux est comme je l'ai laissée, comme il l'a laissée. Il n'y a pratiquement pas de poussière, mais, la poussière étant faite de peau humaine, comment pourrait-il y en avoir ? C'est évident.

Tu entres sur mes talons et, lorsque je m'assois devant le bureau, tu t'assois à mes pieds. Tu sais quelle est la première chose que j'ai faite, après avoir mis mon père là-haut ? Je me suis enfermé dans la salle de bains pour échapper aux gyrophares. C'est assis sur le couvercle du siège des toilettes que je me suis rappelé avoir lu quelque chose au sujet d'une coutume baptisée « funérailles célestes ». Dans un livre sur le Tibet qui se trouve sur une étagère de la salle de séjour. Le Tibet, le plus haut pays du monde, au sol trop rocailleux pour y creuser des tombes. Mais ce n'est pas la raison pour laquelle les habitants emmènent leurs morts dans les montagnes, les éventrent et les abandonnent aux vautours. C'est parce qu'un cadavre n'est pour eux qu'un gros morceau de viande qu'il faut restituer le plus généreusement possible à la nature. Assis sur le couvercle du siège des toilettes, et de plus en plus conscient qu'aucun gyrophare n'apparaîtrait, j'ai compris que je n'aurais de toute façon pas pu creuser une tombe pour mon père dans mon jardin de gravier et de béton. J'ai compris que des « funérailles célestes » étaient ce que j'avais sans le savoir, et de mon mieux, improvisé pour lui ; lorsque les rats se sont multipliés, je m'en suis donc réjoui, voire félicité. Leur vacarme était une forme de compagnie, de consolation. Des « funérailles célestes », en quelque sorte.

Mais après quelques mois seulement, l'idée m'est venue qu'une fois qu'ils en auraient fini avec mon père ils risquaient de chercher un point faible, une fente entre les planches menant à une fissure dans l'enduit du plafond. Ils risquaient de ne pas se rendre compte que je n'étais pas mort, de ne pas faire la différence. Ils risquaient de gratter, gratter, gratter jusqu'à atterrir dans mon appartement et le saccager. Des mois et des années durant, leur vacarme n'a jamais totalement cessé, et je n'ai jamais totalement cessé de tendre l'oreille ni de redouter qu'ils soient en train d'élargir une fissure pour arriver jusqu'à moi.

Et puis, un matin, j'ai entendu un expert à la radio. Je ne t'en ai pas encore parlé, mais ça te concerne, tu m'écoutes ? Cet expert m'expliquait qu'un petit animal, un rat par exemple, flaire instantanément la présence d'un plus gros animal, d'un prédateur. Il la flaire et se tient à distance. Ça m'a d'abord fait réfléchir, puis chercher, et voilà comment tu es arrivé, toi, mon bon petit ratier. Et pendant quelque temps je n'ai plus entendu de grattements sous les combles, à moins que je n'aie oublié de tendre l'oreille.

Maintenant, me dis-je, où est-ce que je dissimulerais mes biens les plus précieux, si j'étais le vieux ? Le seul endroit qui me vient à l'esprit est : sous le lit. Donc je soulève l'angle de la couette qui traîne sur la moquette, je palpe le sol. Et je ressemble peut-être plus à mon père que je ne le prétends, car une seconde après ma main heurte un objet rigide. Pas un pendentif, ni une lettre, ni une tresse. À la place je ramène un bocal à bonbons démodé avec un couvercle qui se visse et une étiquette : BONBONS ASSORTIS SHELBY'S. VOTRE NOM. Dessous, quelqu'un a inscrit à la main, au stylo feutre rouge, un prénom féminin : RUBY. Je dévisse le couvercle et, parce que mon poing est trop gros pour rentrer à l'intérieur, je retourne le bocal. Il est rempli de sachets de bonbons acidulés, qui contiennent seulement un peu de poudre d'un blanc pur. Je les vérifie un à un jusqu'à ce que la poussière de sucre me fasse éternuer. Puis je me mets à plat ventre sous le lit de mon père et j'écarte les bras, passe mes paumes sur la moquette pour m'assurer qu'il n'y a rien d'autre. À ton avis, c'est ma mère, sur ce bocal ? Je décolle l'étiquette, comme si c'était une trace de son existence.

Je me relève et je tire sur le cordon, mais tu es trop court sur pattes et tu manques de bras pour grimper à l'échelle, donc je dois monter seul.

« Je reviens dans une minute », te dis-je.

*

Au milieu de toutes ces crottes de rats accumulées, difficile de croire que les ossements de mon père soient si propres. Je ne m'attendais pas à ce que les rats aient mangé ses vêtements, la saucisse dans sa trachée, et sa trachée. Ils ont rongé les cartilages qui faisaient tenir son squelette, ont promené celui-ci en pièces détachées sur le plancher. Seuls les os des orteils, d'une longueur exceptionnelle, sont reconnaissables comme étant ceux de mon père.

Je dois redescendre chercher un sac plastique supplémentaire et, quand il se révèle insuffisamment solide, une taie d'oreiller, et quand celle-ci se révèle trop petite, je dois transporter la cage thoracique de mon père jusqu'au billot en frêne de la cour et la débiter à la hache. La taie d'oreiller est imprimée de petites fleurs blanches, mais quand je les regarde de près ce ne sont pas des fleurs dont je peux donner le nom. Elles n'ont pas du tout la forme normale d'une fleur. Elles sont fausses, elles sont artificielles.

La taie d'oreiller sur l'épaule, je prends le sac contenant Mister Buddy et celui avec le nid des hirondelles, le sablier, le taille-crayon en forme de panda. Je ne m'arrête que pour saisir un cadre avec une photo, extraire l'inconnu souriant et coller à sa place sur le verre l'étiquette du bocal à bonbons. J'emmène ce cadre avec le reste, et je t'emmène aussi, bien sûr.

Bien sûr que je t'emmène.

*

Des courlis s'élèvent au-dessus du sapin de Noël et s'éparpillent au-dessus de la baie, pépiant, pépiant,

pépiant. Le manuel d'ornithologie transcrit ainsi leur cri : *cour-liii*, *cour-liii*, comme une sorte de tyrolienne. Mais ce n'est pas ça, pas du tout. Chaque cri est différent ; chaque cri signifie quelque chose de nouveau.

Les courlis survolent le bosquet de pins à l'extrémité de la promenade. Près du bosquet, une camionnette est garée sur le bas-côté. J'aperçois un homme coiffé d'un bonnet de laine en haut d'une échelle appuyée contre un arbre. Que fait-il ? Une boule marron atterrit dans l'herbe. Puis une deuxième, puis une troisième, jusqu'à ce que je voie que l'homme a une scie à la main et abat des pommes de pin, une par une. Au bout d'un moment, il descend et se promène entre les troncs avec un sac de jute pour les ramasser sur les aiguilles de pin. On l'observe longuement, mais il n'interrompt jamais son cérémonial pour regarder la promenade et le village derrière lui. Je me demande s'il recouvrira ensuite les pommes de pin de neige artificielle, s'il nouera des rubans rouges autour de leur tige pour les vendre dans une remorque avec des fagots et des granulés de sciure. Il en a un plein sac à présent, bien plus qu'il ne pourrait en suspendre aux branches de son propre sapin.

Dans notre cour, il y a un conifère en pot, tu te rappelles ? J'avais oublié son existence. C'est un épicéa, je crois, et qui fait à peine la circonférence d'une assiette à soupe. J'ai lu quelque part que le plus vieil épicéa au monde a huit cent cinquante-deux ans, et il n'est pas en pot, j'imagine. Chaque veille de Noël, quand j'étais petit, mon père le transportait dans la maison, le posait sur le rebord de la fenêtre du séjour et le laissait là jusqu'en janvier. Mais il ne le décorait jamais, et chaque année à Noël l'épicéa avait l'air désespéré. Et à chaque nouvelle année, je me réjouissais que mon père le remette dehors.

L'homme au bonnet de laine a fini de voler des pommes de pin. Il les charge dans sa camionnette et s'en va, et je sais qu'on devrait s'en aller nous aussi. Est-ce que je dois piquer un sprint pour récupérer l'épicéa derrière la maison ? Cette année, on pourrait le décorer. On pourrait l'installer sur la banquette arrière avec des étoiles en papier alu suspendues à ses branches. À ceci près que je ne suis pas un sprinter et que tu as peur du papier alu. Soudain je retrouve la mémoire : il y a des années, l'épicéa était à l'étroit dans son pot. Mon père ne l'a jamais replanté dans un plus grand pot, alors il est mort. J'avais oublié que, désormais, notre sapin de Noël n'est qu'un bout de bois.

Maintenant je sais ce que je dois faire. Je dois retourner là-bas à la faveur de l'obscurité, une fois l'épicerie et le salon de coiffure fermés, une fois les oiseaux de mer sur leurs perchoirs pour la nuit. Je dois revenir avec un jerrycan d'essence et une boîte d'allumettes. Tu imagines, les limaces calcinées et ratatinées ? Les assiettes explosant sur les murs, mes bois flottés transformés en bois d'allumage, les céréales au son réduites en cendres ? La maison rose saumon et jaune prenant des teintes saumon, rose et jaune plus flamboyantes que jamais ?

La pluie arrive. Elle arrive avec toutes les vicissitudes d'intensité, d'orientation, de taille des gouttes. La seule constante est sa persistance. Là où régnait le silence, il y a ses crépitements et ses tambourinements sur notre toit mince.

Lorsqu'on atteint le cimetière, c'est un vrai déluge. Si notre vie était un film, la pluie serait le signe que quelque chose de triste va se produire. Mais bien sûr, ce n'est pas un film. Personne ne nous regarde. Personne ne sait même où nous sommes.

Ce cimetière est celui où mon père aurait dû être enterré. Je me gare devant la grille. Tu es assis sur la banquette arrière, la tête calée entre les sièges avant. Tu gémis doucement pour que je te laisse sortir, même si tu ne sais pas où on est. Ce cimetière où mon père n'est pas enterré comme il devrait l'être ne se trouve pas dans l'enclos paroissial où il devrait être. C'est un cimetière d'appoint, relégué sur un terrain sans âme à plusieurs centaines de mètres du village. Dans mes souvenirs il a toujours été là, mais les lotissements de part et d'autre n'ont poussé que ces dernières années. Depuis la voiture, j'aperçois par-dessus le mur au fond du cimetière le jardin rectangulaire d'une maison jumelle. Il y a un abri de jardin avec un solide cadenas, une terrasse en pin verni et une niche assortie. C'est une niche sophistiquée, avec une fausse cheminée sur le toit, une fausse fenêtre sur le côté. Un museau blond et une truffe noire dépassent de la porte. Voilà sans doute pourquoi tu gémis, voilà ce que tu renifles dans les aérateurs.

« Dans une minute », te dis-je. J'ai presque fini de réfléchir. « Dans une minute. »

À l'intérieur de la voiture, notre haleine embue les vitres. Peu à peu, le cimetière, la terrasse et la niche disparaissent dans la brume. J'ouvre la portière côté conducteur et on sort sous la pluie. Curieusement, elle semble tomber moins dru qu'on ne l'aurait cru dans l'habitacle. Le cimetière est entouré d'un mur avec des pierres apparentes. Les charnières grincent lorsque je pousse la grille. Les sépultures forment un quadrillage, comme un Manhattan miniature. Sur la plupart, des stèles en marbre et du gravier brun-gris. J'ai lu quelque part que le gravier des cimetières est désormais importé de Chine, qu'il est illicite de ramasser des cailloux sur la plage, qu'il faut les acheter à un Chinois.

Les tombes les plus récentes sont des tumulus de terre surmontés d'une croix noire et d'une couronne mortuaire. Les fleurs forment les mots SŒUR, NOUNOU, PAPA. Certaines sont en plastique, d'autres en soie, les seules fleurs fraîches étant des œillets, d'une grande longévité bien qu'ils soient associés à la mort. Je laisse les couronnes derrière moi et commence par l'angle le plus éloigné, là où j'imagine que se trouvent les tombes les plus anciennes. La terre s'est tassée depuis longtemps sur chaque cercueil. Il n'y a ni croix, ni statuettes, ni bougies perpétuelles. Ni bibelots ni plaques commémoratives. Ni œillets. Il n'y a que du gazon mort, et des herbes folles bien vivantes. Je me demande si je ne devrais pas sortir de la taie d'oreiller le sternum de mon père et m'en servir maintenant, comme d'une baguette de sourcier. Mais pas pour trouver de l'eau, qui est là en abondance. Pour trouver ma mère, la tombe de ma mère.

Ce n'est pas nécessaire. Je la découvre facilement. Après toutes ces années où je ne l'ai jamais cherchée, ma mère est là. Elle a toujours été là. À NOTRE CHÈRE RUBY BIEN-AIMÉE. Une plaque grise toute simple sous le déluge incessant. 1933-1956, précise la plaque. Je réponds à haute voix.

« Mille neuf cent cinquante-six. J'avais deux ans. »

Tu sais, je croyais qu'elle était morte à ma naissance, à cause de ma naissance, et que mon père m'en avait toujours voulu. Moi qui croyais ne l'avoir jamais connue, je prends maintenant conscience que j'ai passé deux années entières avec elle et que je ne me souviens pas d'un seul moment. Alors je me demande pourquoi mon père m'en voulait. Et s'il ne m'en voulait pas, pourquoi était-il toujours si peu aimable ?

Tu lèves les yeux et tu sais que c'est à toi que je parle. Mais tu es occupé à mâchouiller un gravillon. Je l'entends crisser entre tes dents. Puis je te regarde l'avaler. Mais de toute façon tu as toujours mangé du gravier, tu te rappelles ?

« Ruby », dis-je. Le mot qui signifie rouge en latin, et désigne l'une des quatre pierres les plus précieuses. La couleur des signaux d'alarme et des avertissements.

« Bon chien, te dis-je sans raison. Bon chien. »

Les gouttes de pluie sont de plus en plus grosses ; elles tombent de plus en plus dru. On retourne dans la voiture et j'allume le réchaud, je sors la casserole et j'ouvre un paquet de pois cassés. Ensemble on regarde le retriever couché devant sa niche sur la terrasse. On le regarde tout l'après-midi, mais personne ne vient le chercher pour sa promenade ou pour lui apporter son dîner. La nuit tombe à cinq heures comme d'habitude, et pourtant tous les plafonniers de la maison du retriever sont éteints, alors que les ampoules des bougies perpétuelles constellent le cimetière de lueurs vacillantes. Une par sépulture, flottant au-dessus des ossements, des dents, des bagues et des montres des défunts, telles de minuscules vestales.

Près de moi sur le siège du passager, tu soupires. Les pattes de devant posées sur le tableau de bord, la truffe tout contre l'aérateur. Tu attends ta promenade.

« On va à la plage ? » dis-je, et tu agites la queue, l'agites de toutes tes forces.

Regarde la peau qui recouvre le bout de mes doigts et encercle mes ongles : rongée, déchiquetée, couverte de croûtes, racornie comme du vieux caoutchouc, crevassée et parcheminée comme un paysage sous l'effet de la sécheresse. Tu sais pourquoi elle est dans cet état. Tu me vois m'acharner sur elle continuellement, inlassablement, avec mes autres ongles ou mes dents. Parfois même avec mon canif. Doigt après doigt, je la décolle et l'arrache. Puis je laisse cicatriser, et dès que c'est fait je recommence. Tout le temps et dans toutes mes activités, tu me vois tirer dessus, tirer, tirer. Tantôt doucement, tantôt méchamment, toujours sans pouvoir me retenir. À une époque ça m'apaisait, maintenant ce n'est plus qu'une habitude inconsciente. Et comme pour toutes les habitudes, conscientes ou pas, le sommeil est la seule délivrance.

Le trajet en voiture du cimetière à Tawny Bay, notre baie fauve, prend entre cinq et sept minutes par la route côtière. Pendant ces cinq, six ou sept minutes je m'acharne sur la peau autour de mes ongles avec une hargne particulière. Ta truffe est collée à la vitre et le crâne de mon père semble hocher la tête au rythme des cahots et des virages. À la radio, un expert nous explique que la nageoire dorsale des baleines en captivité s'affaisse.

Voilà près d'un an qu'on est allés en voiture à la plage pour la première fois, au lieu de traverser à pied la forêt et les champs. Tu te souviens de la route de la raffinerie, de l'abri à bateaux, de la peau de banane, de l'orge ? Cette fois, je vais directement sur le parking. C'est un terrain gravillonné sur la colline face aux cheminées qui crachent leur fumée et à la manche à air qui flotte au vent. Il est en situation précaire au ras de la falaise rongée par l'érosion, juste au-dessus la plage.

Une voiture y est déjà garée, il faut attendre que ses occupants remontent le sentier à flanc de falaise et repartent. Je sais que tu meurs d'envie de sortir, mais on ne peut pas courir le risque de croiser des promeneurs nocturnes. Désolé. On est les derniers arrivés, d'accord ? On doit être patients.

On doit garder nos nageoires dorsales fièrement dressées.

En trébuchant, on dévale le sentier dans l'obscurité grisâtre. Trois mois de saison froide se sont écoulés depuis notre dernière promenade ici, et la plage est transformée. Le sable est couvert de monstres marins amorphes. Ils ondoient, puants et bruissants, et leur dos luit au clair de lune. Leur cage thoracique et leurs tibias dépassent du sable, comme dans un cimetière d'éléphants. Ils dégagent une odeur nauséabonde, et tu es en délire. Tu bondis, plonges, valses avec eux, grisé par leurs vapeurs soufrées. Ton odorat t'apprend aussitôt ce que je ne peux découvrir qu'au toucher. Je m'accroupis, effleure le sol. C'est du varech. Du varech arraché aux fonds marins et vomi sur le rivage par les tempêtes et la haute mer, parce que Tawny Bay se trouve à l'extérieur du port, sans protection. J'ai déjà vu des invasions de varech, mais jamais aussi impressionnantes que celle-ci. Je voudrais détacher une fronde, mais elle m'échappe, aussi flexible qu'une baguette mouillée. La tête enfouie dans ce fouillis, tu flaires des pistes aux relents aigres d'entrailles de poissons ou de vieilles couches pour bébés. Je t'appelle et te mets ta laisse. Je t'entraîne le long du sentier jusqu'à la voiture. Je ne peux pas risquer de te perdre, pas ici, pas maintenant.

« Demain, te dis-je, patience. »

Ce n'est pas vrai, ce que je t'ai raconté. Que les nuits paraîtraient plus douces une fois qu'on serait revenus au niveau de la mer. Désolé. Je t'ai menti sans le savoir. Maintenant on est aussi loin au sud qu'on peut l'être sans continuer vers le large, et il fait encore froid à pleurer. On se réveille encore la nuit et on regarde le givre envahir le pare-brise comme un énorme spirographe. Tu vois l'araignée piégée par le gel sur le rétroviseur latéral gauche ? Une à une, elle abandonne ses pattes pour se libérer.

Le matin venu, l'araignée est morte et le fossé couvert de gelée blanche. Regarde, les araignées qui ont survécu à la nuit ont tissé des hamacs miniatures entre les herbes gelées. Est-ce qu'elles ont le vertige ? Je me le demande. Regarde la différence entre l'herbe d'ici et celle à l'intérieur des terres. Drue, brillante et coupante, j'avais oublié. Tu lèves la patte, inondes d'urine bouillante une touffe d'héliotrope d'hiver, qui tremble encore de fureur longtemps après que tu as fini.

L'odeur du varech semble moins prononcée ce matin qu'hier soir. Il est tôt, la mer est basse et il n'y a aucune autre voiture, aucun promeneur. Je t'enlève ta laisse et tu t'élances vers le varech. Par endroits, une couche de près d'un mètre d'épaisseur recouvre le sable. Les vagues du matin, bien trop faibles pour l'entraîner, viennent pourtant la lécher avec persévérance. Il y a aussi des dizaines d'autres sortes d'algues, à différents stades de décomposition et mêlées d'éclats de coquillages, de tessons de bouteilles, de pneus de petites autos, de débris de casiers à homards, de tongs. De balises et de morceaux de balises, mais en trop grand nombre pour que je puisse les emporter, les stocker, m'y intéresser. On se promène sur la grève, se frayant tant bien que mal un passage. Ton ballon dégonflé à la main, je cherche une étendue de sable pour le lancer. Mais il n'y en a pas, et même à la lumière du jour notre baie fauve paraît étrange, peu familière. La plage qu'on connaissait tous deux se fossilise quelque part sous le varech.

À mi-chemin, un marsouin échoué. Je te rattrape alors que tu commences à lui mordiller la queue. Je te pousse pour l'examiner de près. Je ne suis pas un spécialiste, mais je sais reconnaître un marsouin, plus petit, noir et massif, d'un dauphin, plus long, gris et élégant. Les marsouins ressemblent à des orques, sans les taches blanches et en plus gentils. La peau de celui-là est aussi dure qu'un caramel dur, déchirée par endroits, lacérée par les rochers et les débris, les coups de bec d'un corbeau ou les incisives d'un rat. En travers de sa joue, une plaie béante part de l'angle de sa bouche. Tu avales quelques bouchées de sa queue avant que je t'écarte et t'entraîne plus loin.

Depuis l'extrémité de la plage, je jette un coup d'œil à l'endroit où gît le marsouin échoué. Vu d'ici, on dirait un vieux pneu de voiture de plus au milieu du varech. D'où viennent tous ces pneus ? Les fonds marins sont-ils couverts d'épaves de voitures ? Des anguilles rongent-elles la rouille ? Rongent, rongent, rongent, jusqu'à ce qu'un pneu se détache et remonte à la surface. Puis un autre, et un autre encore. Mais un goéland argenté s'élève au-dessus des pneus et je vois qu'il tient un morceau de chair rosâtre dans son bec orange fluo.

Avant qu'on retourne à la voiture, escalade avec moi la colline derrière la plage, jusqu'en haut du champ d'orge après la raffinerie, là où on a vu ensemble cette baie fauve pour la première fois, tu te rappelles ? Maintenant le champ est strié de brun, moucheté du vert persistant de la bourse-à-pasteur. Tu te souviens quand je t'ai appris à jouer au foot ? Tu te souviens du jour où ce colley à crinière de lion a surgi dans la brume ? Vue du sommet de la colline, Tawny Bay redevient notre plage. Peu importe sa couleur ou sa texture, peu importe les ennuis que tu as causés, c'est notre plage.

J'attends toute la matinée que tu vomisses les bouchées de marsouin. Je m'acharne sur la peau autour de mes ongles avec une ferveur particulière. Je la transforme en lambeaux sanguinolents. Mais tu ne vomis pas.

*

Nos réserves sont au plus bas.

On a passé combien de jours ici ? Plusieurs ? Davantage ? Mais le bord de la falaise cédera peut-être avant qu'on soit à court de nourriture. Hier, de la plage j'ai regardé un bloc de terre et d'herbes sèches se détacher sous le parking, tomber et se désintégrer sur le varech. Aujourd'hui, j'avance la voiture juste au-dessus du bloc de terre manquant. Debout sur le gravier, je saute et tape des pieds. Mais rien ne se produit, je sais que j'ai l'air ridicule, et je me demande si je voulais vraiment faire ça.

Il ne nous reste pas un seul biscuit au gingembre, désolé. Je ne stocke depuis le début que deux ou trois jours de nourriture dans la voiture : on n'a plus que six boîtes de nouilles à la sauce tomate, trois sachets de soupe de queue de bœuf et un sac de pommes royal gala, toutes ridées. J'essaie de nous rationner. De faire durer ce qui reste le plus longtemps possible, pour ne pas avoir à décider de la suite des événements. Mais un estomac plein est une sorte de sanctuaire, tu te rappelles ? À cause de la faim, je me sens moins rassuré ; mes tentatives pour prendre une décision sont marquées par la peur. Il y a toujours la tapenade aux tomates confites. J'entends le pot rouler sous les sièges, heurter la portière côté passager. Pas la peine de me fixer de ton œil vorace. Il y a aussi un sac géant de croquettes dans le coffre. C'est là que ma boîte à billets est cachée, tu te souviens de ça ? Des croquettes à la couenne de bœuf, additionnées de farines animales et d'un minimum de cendres. Elles sont là depuis des semaines, en cas d'urgence, ou justement pour faire face à ce genre de situation.

La situation étant que je ne peux me résoudre à retourner au village et à entrer dans l'épicerie. À choisir des articles et à les poser devant la caisse. Je ne peux pas, c'est tout. Si l'épicier chauve et rasé de près n'est pas là, ce sera sa fille avec son badge au nom d'APRIL. Elle me reconnaîtra, ils me reconnaîtront tous, et qu'est-ce qu'on deviendra ? Je sais qu'il y a d'autres villages et d'autres épiceries, je le sais. Mais je me sens incapable de reprendre le volant, de rouler où que ce soit. Je me sens incapable de m'arracher au cocon de la voiture sur cette falaise rongée par l'érosion. Désormais, le parking est mon seul refuge possible, mon seul sanctuaire possible, et je n'arrive pas à le quitter, désolé.

De toute façon, je n'ai plus d'argent. Mes fonds de tiroirs ont été raclés. Ma boîte à billets est aussi vide que le jour où on a partagé les sardines qu'elle contenait. En admettant que j'aie le courage de retourner au bureau de poste, le postier ne pourra que me dire qu'il ne reste rien sur mon compte, qu'il y a un problème avec ma carte de sécurité sociale. Puis d'une voix éteinte et morne, pour rompre le silence gênant, il parlera de la météo, du froid, et je répondrai : « Pour sûr, on ne peut jamais savoir à quoi s'attendre », même si ce n'est pas vrai : je savais alors à quoi m'attendre.

Je l'ai su pendant cinquante-sept ans. C'est maintenant seulement que je ne le sais pas. Seulement depuis que tu es là.

Voilà donc notre dernier poste d'observation en date, ce parking au bord d'une falaise prête à s'écrouler. Toujours aussi déracinés et à l'écart, tu te rappelles ?

Parfois des gens viennent à Tawny Bay en survêtement, ils essaient de faire leur jogging sur la plage. On les regarde déraper sur deux cents mètres de varech, après quoi ils capitulent et regagnent leur voiture. Maintenant qu'on est habitués à la puanteur et que chacun de nous deux trouve son chemin dans cette désolation glissante, je me réjouis de la présence du varech, de son apparence dissuasive. On fait le tour de la baie fauve chaque fois que la mer est basse et la plage déserte. Je clopine et je bats l'air de mes bras, tu galopes et tu trottes. Ensemble on joue maladroitement au foot. Je tente de t'apprendre à courser les mouettes, les pipits et les bécasseaux.

Je hurle : « VAS-Y ! TU PEUX VOLER, ONE EYE ! VOLE ! »

Mais tu as toujours été un animal plus intelligent que moi, et tu sais que tu ne peux pas voler.

La mer me rapporte toutes sortes de détritus à inventorier. Un nouvel assortiment à chaque marée, un stock sans cesse renouvelé. Les plus gros débris échouent en haut de la plage, le long de la strate argileuse au pied de la falaise, alors que les plus légers et les plus poreux restent près des vagues. Ici, des pneus de voitures, une poussette cassée, un ciré de marin pêcheur, une aiguille à tricoter, des pommes de pin, mes pommes de pin. Là, des mégots, des fragments de coquilles d'oursins et des morceaux de polystyrène. Certains sont en forme de C, de L, de S ou de T, et je me surprends toujours à chercher des E. Je sais que c'est bête, mais j'aimerais bien pouvoir écrire CÉLESTE.

Elle te fait des cadeaux, la mer. Tu trouves un guillemot mort et le trimballes des heures durant, tel un enfant possessif avec son jouet préféré, comme moi et Mister Buddy il y a longtemps. Je te regarde finir par déchirer son plumage et arracher la viande blanche de sa poitrine maigre. Tiens, un rectangle de contreplaqué usé par la mer. Tu vois ce motif géométrique de trous de vis, le fantôme d'une poignée ? Voilà pourquoi il n'a pas entièrement sombré dans la vase. Et là, c'est un morceau de la boîte aux lettres de mon père, j'en suis certain.

À un bout de la grève, le plus proche de nous, il y a un vieux panier à poissons qui fait un bon fauteuil, où je peux m'asseoir lorsque tu m'as épuisé. Pas vraiment me blottir dedans, mais m'y percher. Je m'y perche et je contemple les rouleaux, lents et imposants. Je contemple le ciel. Je vois le temps se gâter.

Quand j'étais gamin, je pouvais rester des heures à sauter dans les vagues sans me lasser, sans me soucier de ne plus sentir mes pieds gelés. Désormais je ne suis plus bon qu'à m'asseoir dans ce panier à poissons, à fumer cigarette sur cigarette, à observer les nuages, à écouter. Le bruit de Tawny Bay, c'est un clapotis contre les rochers. Et le criaillement des mouettes. Parfois, aussi, le cliquetis et le ronronnement d'un chalutier qui semble plus proche qu'il n'est.

Je rapporte ma planche de contreplaqué à la voiture. Je la montre au crâne de mon père comme si ses orbites pouvaient étrangement voir à travers la taie d'oreiller qui lui tient lieu de linceul.

La radio ne capte pas sur le parking de la falaise.

Je parcours les fréquences si lentement que le curseur bouge à peine, mais je ne trouve qu'un brouhaha lointain et des grésillements exaspérants. De temps à autre, je tombe sur une fréquence égarée. Une voix inconnue crie un seul mot couvrant les parasites, comme un S.O.S. prolongé. « ASSOCIÉ ! », « MISE À JOUR ! », « INADAPTÉ ! »

La nuit, je ne me tourne pas les pouces. J'aime bien entendre les vagues se ruer vers le sable et se briser. J'aime bien sentir les embruns sur mon pare-brise, même s'ils ne traversent pas le verre, et si le verre est insensible. Ils font ressembler le sommeil à une sorte de nage. Comme si mes membres étaient en apesanteur, flottant sur l'eau. Les nuits de tempête, je m'agite au rythme de la mer. Les nuits sans vent, je dors si profondément que mes mains et mes poignets sont écrasés sous mon corps, et qu'au réveil je les trouve vidés de leur sang et engourdis. Je redoute la nuit où je t'écraserai, toi. Tes os longilignes s'effriteront, tes poumons fragiles céderont, et je ne me réveillerai pas. Je continuerai à nager, jusqu'à ce que tout soit fini.

Il m'arrive encore de me dire que je mettrai le feu à la maison de mon père, qui n'est plus la maison de mon père et que je devrais cesser d'appeler ainsi. Mais je change toujours d'avis. J'en change sans arrêt, je me dissuade d'agir, comme je l'ai fait toute ma vie. Là, le silence et l'insomnie ont eu raison de ma détermination. Et je vois à quel point j'ai été stupide de croire que quelqu'un pourrait entrer par effraction et s'installer. Le vieux bonhomme est mort, et maintenant c'est ma maison. Même si des gens avaient la certitude qu'il est mort et que je ne reviendrai jamais, ils attendraient qu'un lointain cousin vienne faire valoir ses droits à ma place. Accrocher une pancarte À VENDRE entre les jardinières suspendues. Il m'a toujours semblé que les gens préféraient attendre quand ils en avaient la possibilité. Attendre que les murs s'écroulent tout seuls. Que toutes les espèces en voie de disparition aient disparu et que les deux calottes glaciaires aient fondu. Voilà du moins ce que j'ai envie de croire, et non pas le contraire, c'est-à-dire ce qui me fait peur. J'ai peur qu'on vienne nous chercher.

Voilà maintenant deux ans que la coiffeuse n'a pas versé un sou de loyer, je viens seulement de m'en apercevoir. Avant, elle le glissait par la fente de la boîte aux lettres le premier du mois, dans une enveloppe qui sentait la colle blanche et la crème pour les mains. Mais ces deux dernières années, pas un sou. Pourquoi se gênerait-elle, à présent que le propriétaire a disparu, et que de toute façon son fils débile ne se rendra compte de rien ? D'ailleurs je ne me suis en effet rendu compte de rien, non ? Peut-être que je suis le dindon de la farce, au fond.

Combien de temps ? Combien de temps s'est écoulé depuis qu'on est garés là ? Sur la banquette arrière, tu lèves l'œil, tu inclines la tête. Désolé de poser la même question, encore et toujours. Je sais que tu n'en sais rien, n'en as jamais rien su. Je sais que tant de jours ont passé, que la date est définitivement perdue. Mon tabac a disparu avec elle. J'ai beau savoir que le sachet est désespérément vide, je m'obstine à vérifier, vérifier, vérifier, au cas où quelques filaments couleur brindille auraient miraculeusement repoussé. L'eau minérale est presque finie et je garde celle des bonbonnes pour la boisson. Tu te désaltères dans le ruisseau gris qui court à travers champs jusqu'à la mer, alimenté au passage par la pluie et les effluents agricoles. Je te l'interdis, mais tu le fais quand même. Je guette des symptômes d'empoisonnement, des tremblements, des malaises, de la fièvre. Mais tu es toujours en pleine forme, invincible. Tu grognes. Je te donne un tibia de mon père et tu le ronges avec délectation.

« Bon chien », te dis-je.

Il a fallu entamer les croquettes. Elles ont l'air de te plaire, pour ma part je leur trouve un goût fade et poussiéreux. Je ne détecte pas le moindre arôme de bœuf et ne vois pas du tout où se situe la couenne sur une vache.

Deux taches noires à marée basse sur les rochers au loin deviennent des gens à mesure que la mer monte et que les vagues les ramènent vers la plage. Viennent-ils nous chercher ? De plus près, ce sont des Chinois en cirés, avec des sacs de jute blancs. Deux chacun, un sur chaque épaule. Les sacs dégoulinent. Les Chinois sont courbés sous le poids et plissent le visage à cause de la pluie. Ils portent des cuissardes en caoutchouc vert retenues par des bretelles. Les cuissardes leur montent à la hauteur des mamelons, les rapetissant jusqu'à en faire de petits clowns tristes ballottés par le vent. Mais ce ne sont que des pêcheurs de coques.

Regarde les pêcheurs de coques, regarde-les vaciller.

C'est le premier soir où il y a une voiture inconnue sur le parking après le coucher du soleil. Elle est à l'autre extrémité, mais tournée vers nous plutôt que vers le port comme les voitures des touristes habituels, et je me demande si elle vient nous chercher.

Je l'ai vue arriver et se garer face à nous, mais aucun occupant n'est sorti se promener sur la plage. Pendant quelque temps, j'ai continué ce que j'avais commencé.

J'essayais de remettre Mister Buddy en état. Mais comme je n'ai ni aiguille ni fil, c'est une entreprise inutile et frustrante. On est maintenant entre chien et loup, ce stade du crépuscule où chaque chose visible se désintègre. Les phares de la voiture inconnue sont éteints, le tableau de bord n'est pas éclairé. Pas trace d'un ou de plusieurs visages baignant dans une lumière inquiétante. Je n'allume pas nos phares moi non plus, et je ne peux pas laisser le réchaud répandre son halo bleuté, pas ce soir. Désolé. Je ne peux pas le laisser illuminer le squelette de mon père à travers les fausses fleurs blanches, ni les yeux de verre de Mister Buddy à travers son sac plastique. Je sais qu'il fait froid, mais il ne faut pas qu'on soit vus par le ou les occupants de cette voiture inconnue. Je ne peux pas capituler si facilement, pas maintenant.

Tu as l'air effrayé. C'est à cause de la façon dont tu te tiens : la tête basse, rentrée dans les épaules, les paupières mi-closes, le cou tressaillant au moindre craquement ou crissement. Es-tu effrayé par quelque chose dehors, ou bien es-tu gagné par mon propre sentiment de malaise incompressible, mes propres peurs stupides ? Impossible à dire. Tu montes sur mes genoux et t'agites. Je pose mes grandes mains sur toi. Je te caresse la tête et le cou jusqu'à ce que tes muscles se détendent et que ton corps s'apaise.

« Dors, te dis-je. Tout va bien. Dors. »

Je me retiens de regarder la voiture inconnue qui, elle, nous regarde avec ses yeux-phares, son sourire en forme de plaque minéralogique, son visage automobile. À la place, je me concentre sur le port. Au-delà des formes qui se désintègrent, la mer est un immense espace désert entre des langues de terre, et même la côte en face de nous n'est visible que par ses lumières éparses, mille petits points brillants. Chacun correspond à une voiture ou à un lampadaire, à la fenêtre d'une maison, d'une prison, d'un hôpital ou d'un pub. Chacun incarne l'histoire d'une vie qui continue, et chaque vie continue pour être consumée par les efforts onéreux que réclame la vie même, tu te rappelles ? C'est merveilleux, et pourtant étrangement désespérant. Le bruit de la mer est rehaussé par la nuit, mais son spectacle est occulté par l'abîme. Soudain une nageoire fend l'eau. Regarde cette nageoire. Elle a déjà disparu, mais c'était une nageoire dorsale, d'une exquise verticalité.

J'ai besoin d'une cigarette. J'en meurs d'envie.

Tu t'endors. J'essaie, mais je n'y arrive pas. Mon attention se déplace du port aux aiguilles lumineuses de la pendule du tableau de bord. Parfois elles se touchent et n'en forment plus qu'une. Il est entre minuit dix et minuit et quart quand la voiture inconnue allume ses phares et fait lentement demi-tour. Lorsque, clignotant mis, elle s'engage sur la route, j'aperçois deux amoureux aux cheveux en désordre côte à côte à l'avant. Ils sont tellement absorbés l'un par l'autre qu'ils ne jettent même pas un coup d'œil dans notre direction.

Tu t'éveilles un instant, puis te rendors. De nouveau j'essaie, de nouveau je n'y arrive pas. J'écoute les vagues se briser et cracher leur écume, les embruns jouer des timbales sur notre pare-brise. Cette nuit la mer est haute, plus haute que durant toutes les nuits écoulées depuis qu'on est là, dirait-on. Le ciel dégagé s'est couvert de nuages. Ils cachent la lune, puis commencent à se vider. Regarde ces gouttes épaisses et lourdes, plus proches de la neige que de la pluie. Il est exactement deux heures et demie du matin, et je ne trouve toujours pas le sommeil.

Regarde, derrière les nuages qui déversent leur pluie,

ces océans de lune, ces montagnes de lune, ces lacs emplis d'eau de lune. Tu te rappelles ? Mais y a-t-il seulement de l'eau sur la lune ? Je n'en suis plus si sûr.

Ils viennent dès le matin.

Le jour se lève, et je n'ai toujours pas fermé l'œil. La pluie a cessé et le vent est tombé. Je me redresse sur mon siège, du poing je dessine un hublot dans la buée, puis je souffle sur le givre pour le faire fondre. À travers le pare-brise, je vois que la haute mer a nettoyé la plage pendant la nuit. Au-delà des rochers, elle est maintenant aussi calme qu'une flaque d'eau en ville. Le varech et les débris ont disparu, ainsi que le ciré de marin et le panier à poissons, et même les pommes de pin. La mer se retire, le sable réapparaît centimètre par centimètre, ses étendues lisses, ses sommets arrondis et ses dépressions. En haut de la falaise, l'herbe semble cristallisée et l'héliotrope raide comme un bâton. Mais il n'y a pas trace de neige, et je me demande s'il a vraiment neigé, ou si j'en avais tellement envie que je l'ai rêvé.

Je sors de la voiture. Je mets l'eau gelée d'une flaque dans la casserole, la casse en deux ou trois morceaux. Je vais chercher le réchaud. Je découvre que c'est notre dernière recharge. J'allume le gaz au minimum, il produit un ronflement mélodieux en sortant des trous du brûleur. Je regarde la glace fondre pour devenir de l'eau de boisson, et je me demande pourquoi, pourquoi je fais autant d'efforts pour continuer.

Tu es réveillé, tu t'étires abondamment et bâilles avec une intonation si particulière qu'on dirait presque une parole humaine, comme « arche », « arme » ou « Arles ». Ce matin, tu n'es plus du tout effrayé. Je le vois à l'inclinaison de tes oreilles, au frétillement de ta truffe. Regarde à travers le pare-brise, regarde la plage que la mer nous a rendue. Au lieu de quoi tu regardes le contenu de ton bol, et ce sont encore des croquettes pour le petit déjeuner, désolé.

Ils viennent alors que tu lèches la dernière goutte de jus de croquettes. Ils viennent dans leurs voitures familiales avec leurs labradoodles couleur chocolat, leurs anoraks doublés de laine polaire, et deux ou trois enfants par famille, aux joues rouges comme des pommes d'api. Ils se garent n'importe comment sur le gravier. Ils émergent de leurs véhicules et se répartissent en plusieurs groupes. Ils s'étreignent, sautillent sur place, portent la main à leur bouche et pouffent de rire. Ils ouvrent des sacs de sport et des paniers d'osier, sortent des Thermos et des tasses de camping. Ils brandissent leurs clés de voiture, appuient sur des touches qui déclenchent des bips-bips et des clignotants sur commande.

Ils ne semblent pas remarquer notre présence. Ils descendent à la plage. Ensemble, on jette un coup d'œil par mon hublot dans la buée. Qui sont ces gens et que font-ils en contrebas sur la grève, en si grand nombre et de si bon matin ? Ils s'enveloppent dans des serviettes pareilles à des tentes et se tortillent pour enlever leurs vêtements d'hiver. Pantalons, culottes, jupes et chaussettes sont étendus comme une lessive sur le sable tout neuf. Et voilà qu'ils se débarrassent de leurs serviettes pour laisser voir des maillots de bain, des slips rayés et des combinaisons sans manches. Mais bien sûr ! C'est la baignade de Noël. Ils ne venaient pas nous chercher, finalement ; il se trouve juste que c'est Noël.

Notre hublot recommence à s'embuer au moment où les nageurs s'avancent dans la mer glaciale. On les entend s'exclamer et s'encourager lorsque la petite houle éclabousse leurs jambes d'un blanc laiteux. On les regarde plonger et faire laborieusement quelques brasses entre les algues et les lettres en polystyrène. Puis ils repartent en courant vers la plage dans un tourbillon de joues rosies et de genoux violacés. Déjà, ils réintègrent leurs serviettes pareilles à des tentes. Il faut détourner le regard pendant qu'ils se rhabillent. Je te vois jeter de petits coups d'œil, alors tourne la tête. Les nageurs s'attardent et blaguent sur la plage. Ils sortent des mignonnettes de cognac, serrent des tasses en plastique dans leurs mains et boivent à petites gorgées. Les voilà qui remontent vers le rectangle gravillonné. Tu te mets à bondir et à aboyer, mais je te fais taire. C'est déjà fini, il faut se rasseoir calmement. Pas question de se faire remarquer par des inconnus si enjoués. Un jour comme celui-ci, pas question de gâcher leur joie avec nos faces de carême, notre chargement de nids volés, d'ours morts et de pères en décomposition.

Voiture après voiture, famille après famille, les nageurs s'en vont. Les aiguilles de la pendule du tableau de bord se touchent, verticales, indiquant midi, et le parking sur la falaise rongée par l'érosion est de nouveau désert.

Tu pleures pour pouvoir sortir. J'entrouvre la portière côté conducteur, aussitôt tu bondis sur mes genoux et tu es dehors avant que j'aie pu te mettre en laisse. J'ouvre la bouche pour te rappeler, mais à quoi bon ? C'est l'heure du dîner, le jour de Noël. Je me représente les nageurs aux fourneaux, arrosant des viandes de leur jus, épluchant, tournant une sauce. Personne ne viendra, pas maintenant. Donc je prends la planche de contreplaqué sous le bras, la taie d'oreiller à l'épaule. Tu danses sur le gravier, flaires les traces des labradoodles de ce matin, pisses où ils ont pissé. Puis tu dévales le flanc de la falaise et je descends derrière toi en trébuchant.

Le sable tout neuf est couvert d'empreintes de pattes et de pieds, de prénoms écrits avec l'index, de dessins de cœurs et de smileys. Il y a des trous fraîchement creusés, des éraflures, des ronds laissés par les gamins qui ont enfoncé leurs talons dans le sable et tourné sur eux-mêmes pour tracer un cercle parfait de la longueur parfaite de leurs pieds parfaits. Bien que la grève ait été balayée par la mer, je vois encore le marsouin, repoussé contre la strate argileuse au pied de la falaise. Regarde, les enfants des nageurs de Noël lui ont lancé une pierre dans le crâne. Le maxillaire est déboîté, l'orbite orientée vers le ciel écrasée sous la pierre qui a servi de projectile. L'équivalent d'une cuillerée de dents de marsouin a été arraché et elles sont éparpillées sur le sable tels des confettis chromés. Mais tu ne les vois pas, tu es loin devant, presque à l'extrémité de la grève. Tu frôles les dunes, toujours en marge comme un rat d'égout. Tu lèves la truffe vers la falaise, sensible à l'attrait des collines et des forêts d'où tu viens. Je te suis. J'arrive au bout et je me retourne. Je vérifie qu'il n'y a pas de voitures sur le gravier. J'inspecte la plage du regard à la recherche de nouveaux arrivants. Mais il n'y a rien ni personne sur toute la longueur de la baie fauve. Il n'y a que nous, et alors ?

Alors je m'agenouille, pose la planche de contreplaqué et la recouvre de la taie d'oreiller. J'attache le tout avec des algues, méticuleusement. Je noue le varech, les zostères, de manière à former une boucle. Te voilà revenu vers moi ; tu m'observes.

Alors je défais ma tresse duveteuse, je secoue mes cheveux gras. Je débarrasse mon corps hideux de mes vêtements, une épaisseur crasseuse après l'autre, jusqu'à ce que je sois debout parmi les mouches et les puces de mer sans rien d'autre sur moi que mon slip et mon maillot de corps troué. Un petit vent ébouriffe les poils bouclés de ma poitrine, de mon dos, de mes mollets, de mes avant-bras. Regarde, un ongle incarné qui suppure. Troublé, tu lèches le pus et agites la queue. Je suis horrible. Je sais que je suis horrible. Et pourtant, fidèlement, tu me suis au bord de l'eau. Sagement, tu t'assois entre les coquillages et les galets. Patiemment, tu attends pendant que j'avance dans la mer glaciale. Tirant, tirant, tirant mon père sur la planche de contreplaqué.

Je sens les vaguelettes entraîner au loin ma marinade de crasse. Je me souviens que de retour dans la maison de mon père, *ma* maison, je mourais d'envie de prendre une douche. Mais quand j'ai eu fait tout le reste, je n'ai pas supporté l'idée d'attendre que l'eau chauffe, d'écouter les canalisations faire craquer leurs jointures, me parler après un aussi long silence. Le varech me caresse les chevilles. Puis les cuisses, puis le ventre. Puis la poitrine, puis le menton. Il fait froid, froid, froid, un froid rabat-joie, démoralisant, à avoir des engelures, la goutte au nez, les yeux qui brûlent et mal aux dents, mais le vieux bonhomme flotte derrière moi sur son vieux bateau, imperturbable.

Maintenant je dois t'avouer quelque chose. J'aimerais soulever les pieds, battre l'eau et faire deux ou trois brasses devant toi, mais je ne sais pas nager. Voilà pourquoi je me suis arrêté là où l'eau chatouille ma barbe, pourquoi je me suis retourné pour contempler bêtement la plage. Je vois les champs bruns, les arbres nus, les fermes, les panaches pâles crachés par leurs cheminées. Et les mouettes à tête noire qui décrivent des cercles au-dessus de la baie, les chevaliers gambettes, les barges, les vanneaux, les huîtriers. Je distingue peut-être même les tortillons de vase recrachés par une arénicole, qui s'élèvent lentement dans l'eau et retombent. Je te vois, toi, ma seule famille, et je me demande pourquoi tu ne t'enfuis pas vers les collines. Tu dois bien te rendre compte que tu y arriverais, que je ne pourrais pas te rattraper. Et pourtant tu restes assis au bord de l'eau ; et pourtant tu m'attends.

Je pousse la planche de contreplaqué de toutes mes forces, assez pour que les remous m'éclaboussent les yeux ; et lorsque je peux les rouvrir, je vois mon père dériver en solitaire. Le courant l'emporte, l'entraîne vers l'endroit où disparaissent les oiseaux de mer la nuit et à marée haute, cet immense continent flottant baptisé « le large ».

Je commence à revenir sur mes pas. L'eau dégouline de mon menton à ma poitrine, à mon ventre à mes cuisses, à mes chevilles, et ainsi de suite. Maintenant on sait. On est remontés jusqu'aux jours perdus, et on peut tout recommencer.

Joyeux Noël, One Eye.

Les flammes tremblotent et crachotent un moment avant de faiblir et de mourir.

Dans mes vêtements, je ruisselle. Je suis aussi mouillé qu'un poisson, la peau hérissée de la tête aux pieds par la chair de poule comme des écailles soulevées, le visage de la couleur des violettes et des vesces des haies. On n'a plus de gaz ; la dernière recharge est vide. Je la retourne et la secoue, mais le bleu mélodieux refuse d'être réanimé. Je vérifie mon sachet de tabac, même si je sais, bien sûr que je sais. Je me rassois sur le siège du conducteur. Je contemple les ronds pâles de mes paumes ouvertes sur mes genoux : le blanc du sureau, de l'angélique. J'agite les doigts, inutilement. Je dégouline. Tu prends ton élan sur le gravier, atterris sur mes genoux et m'écrases les mains. Quelque chose dans le contact entre ton pelage et ma peau hérissée par la chair de poule me rappelle un hamster que j'ai tenu dans mes mains il y a un demi-siècle, mon hamster nain, les frôlements, les ondulations et la chaleur de son petit corps. Mais mon hamster faisait la taille d'un kiwi, alors que tu es monumental, et tout sauf espiègle. Tu es solide et grave. Tu es la sécurité et tu es ma famille. Mais ta chaleur ne suffit pas, désolé.

« Assis, te dis-je. Assis. »

Désormais, le seul moyen d'atténuer le froid est de faire un tour avec le radiateur à fond, le ventilateur ronflant, le moteur envoyant des flots d'air chaud par les aérateurs. Au moment où j'ai le plus besoin du réconfort de mes addictions, mes doigts me lâchent. Ils sont trop engourdis pour rouler une cigarette, pour tirer sur mes impatiences. Ils font à tâtons les gestes les plus simples, boucler ma ceinture de sécurité, mettre le contact. La voiture n'a pas parcouru un mètre depuis des jours, ses entrailles grasses sont aussi froides qu'un paquet de bâtonnets de poisson surgelé. Je m'attends à ce qu'elle ne démarre pas, mais dès la première tentative le moteur se met en route après quelques hoquets. Tu poses tes pattes de devant sur le dossier de ta banquette, plaques ta truffe contre la lunette arrière. Tu regardes la plage s'éloigner, notre baie fauve se réduire à la taille d'une carte postale, puis d'un timbre-poste, et disparaître.

On roule, on roule, on roule. On monte, on descend,

on tourne tantôt à droite, tantôt à gauche, sur une série de routes de campagne plus ou moins familières. On passe devant des champs de blé d'hiver et des églantiers au tronc courbé à angle droit pour résister aux vents marins. Devant des détritus détrempés, des ajoncs calcinés, des bosquets de pins, des éoliennes, des empilements de bottes de foin dans leurs imperméables de plastique noir. On fait des embardées pour éviter des lapins effarés et on cahote sur des nids-de-poule d'une profondeur insondable.

Je déplace le curseur de l'autoradio à la recherche d'une fréquence. D'avant en arrière. Une voix couvre le grésillement. « GLOIRE, lance-t-elle. GLOIRE GLOIRE GLOIRE. » Elle se tait et le grésillement reprend.

Tu as vu que je nous fais décrire une boucle ? On approche à nouveau du village. Regarde les branches nues des cerisiers. Les maisons avec des gens à l'intérieur, les magasins avec des marchandises à l'intérieur, l'église avec tous ses dieux en plâtre à l'intérieur, et tout et tout le monde reste à l'intérieur parce que c'est Noël, bien sûr, et qu'il n'y a nulle part où aller. Regarde la promenade, le panneau d'information, le noble sapin et sa parure de cadeaux vides. Regarde le traiteur chinois, le *fish and chips*. Le premier pub, le second. L'épicerie et le salon de coiffure, fermés tous les deux. Regarde cette communauté dont on a été insidieusement chassés. Comprends qu'une communauté n'est une bonne chose que si on en fait partie.

La voiture se gare toute seule devant la terrasse, à cheval sur le trottoir. Je sors bruyamment de la boîte à gants les clés de la maison rose saumon. Cette fois, il faut que je te laisse ici, mais je serai de retour en un éclair, je te le promets.

« Je reviens dans une minute », te dis-je.

À l'intérieur, je sens l'odeur. Celle que je ne sentais jamais avant. Une odeur de moisissure, de fumée de cigarette, d'ail, de lessive faite à la main, de café, de poussière humide, de pantoufles imprégnées de sueur, et celle de ma propre haleine atroce qui se mêle à la puanteur innommable de mon chez-moi. Je me rappelle que je dois jeter un coup d'œil pour voir s'il reste du tabac quelque part. Je passe en revue le bric-à-brac sur la table, les tiroirs de la cuisine. Au fond d'un placard, je déniche quelques feuilles à rouler humides dans un paquet réduit à rien à force d'avoir été découpé. Chaque découpe est de la forme d'un minuscule rectangle, voilà donc d'où venaient les filtres de mon père. Depuis le début il les volait aux paquets de feuilles. Enfin résolu, ce petit mystère idiot.

Je n'ai pas d'essence ni de mazout, ni même d'alcool à brûler. J'éparpille le contenu d'une boîte d'allume-feu sur le sol de la salle de séjour. Je trouve une bombe de dégrippant et en vaporise le contenu sur le fauteuil à bascule, la table basse, la moquette. Je gratte une allumette. Je la lance.

Je prends mes jambes à mon cou.

Alors qu'on s'éloigne de la maison de mon père, de *ma* maison, je ferme les yeux. J'imagine les portemanteaux surchargés, les taches non identifiées sur le lino de la cuisine, le fauteuil à bascule, le bourrelet de porte en forme de serpent, la marmelade moisie. Je sais que je devrais me concentrer sur la route, mais tout va bien, la voiture ne nous laissera pas dévier de notre trajectoire. Elle connaît le chemin.

Je vois d'ici toute la maison devenue la proie des flammes jaune et rose. Depuis les parquets grinçants jusqu'aux livres rongés par les vers et, au-dessus, jusqu'au plafond sans isolation et au toit d'ardoises pentu. Je vois d'ici les hérissons de mousse se couvrir de flammèches, trottiner et bondir de toit en toit sur toutes les bâtisses du village, propageant l'incendie dans leur sillage. Je les vois traverser la forêt en surfant sur le vent, s'arrêter un moment pour dévorer la peau de banane, puis s'abattre sur la raffinerie. Je vois d'ici un holocauste. Des feux d'artifice gigantesques, volcaniques, apocalyptiques. Ils embrasent le ciel et la baie comme par la plus belle des journées d'été.

On roule toujours plus haut. Jusqu'au sommet de la colline de la raffinerie. Là, on s'arrête. On descend de la voiture pour contempler le village d'en haut. On voit que les touffes d'herbe qui se détachent sur le ciel n'ont pas brûlé, ne brûlent pas. On voit que le feu n'a pas pris, que la maison l'a déjà étouffé. Et je me représente mon père encore à l'intérieur, en train de fumer et de marcher d'un pas traînant sur les tapis en lirette. Les perles du rideau de douche s'entrechoquent doucement, les rubans arc-en-ciel lui caressent le visage. Il cherche ses pantoufles, éteignant au passage les flammes sous ses chaussettes.

Le village murmurait bien, non ? Ce murmure est devenu un grommellement, tu l'entends toi aussi ? On remonte dans la voiture et je reprends la route. Qu'est-ce que je peux faire d'autre ?

Le village est derrière nous. Il n'en reste déjà plus rien qu'un enchevêtrement de carrés aux tons pastel et beiges dans le rétroviseur.

Ça paraît un endroit tellement triste. Regarde toute cette tristesse.

Il y a un demi-siècle, j'ai refermé le poing sur mon hamster, mon premier et mon seul cadeau d'anniversaire, mon hamster nain, et je l'ai étouffé. Je l'ai fait uniquement parce que je croyais que c'était impossible. Sinon je n'aurais jamais refermé le poing. Ensuite, j'ai gardé mon hamster au creux de ma paume et senti son frêle corps soudain immobile, sa douce chaleur qui se dissipait, le contact de sa fourrure nouvellement enduite de sang. Jusque-là j'ignorais qu'on pouvait mettre fin à une vie si facilement, de manière si ignominieuse.

On fait une dernière fois le tour de ces routes de campagne familières. On s'engage dans un chemin si étroit et mal entretenu que les deux ailes de la voiture sont griffées par les ajoncs, qu'un pied de séneçon trop long chatouille le ventre du châssis. Le chemin se termine par un sentier fantôme, la paroi d'une falaise, la corde bleue d'un marin pêcheur. Tu te rappelles ? L'herbe drue et la potentille, les terriers abandonnés. La scabieuse, la camomille et les silènes ont disparu, avec les coccinelles et les syrphes. C'est marée haute, notre plage de galets et le rocher plat qui nous servait de table de pique-nique sont sous l'eau. Voici la pente où on se garait ; elle semble soudain plus abrupte. J'oriente les phares vers la mer, sans rien d'autre que les ajoncs pour arrêter la chute de la voiture, notre chute. Au cas où elle tomberait, au cas où on tomberait. Je mets le frein à main.

C'est marée haute, il n'y a plus de gaz, plus de tabac. Et bientôt plus de croquettes. Il suffirait d'une légère défaillance du frein à main. Pas même une pression, mais un petit coup sec, rien qu'un petit coup sec. C'est une journée froide ; est-ce encore Noël ? Impossible de m'en souvenir. Il y a des rochers sous la surface, en contrebas des phares. Je ne les vois pas, mais je sais qu'ils sont là. Je le sais au bouillonnement des vagues. Alors qu'au large elles se contentent d'onduler sans se briser. C'est un endroit triste, mais j'ai tendance à trouver tristes la plupart des endroits, donc c'est peut-être moi qui suis triste, au fond, et pas eux. Peut-être que je n'ai nulle part où aller ni aucune raison d'y aller.

Regarde dans le rétroviseur. Tu vois les vaches, les bacs à sable et les résidences secondaires vides ? Tu vois toute cette terre officiellement enregistrée et ses centaines de nuances de brun ? Maintenant regarde à travers le pare-brise. Tu vois la pulsation rouge de cette balise, et l'eau déserte ? Je n'ai jamais pu évaluer précisément ce que tu vois par ton œilleton solitaire. Est-ce qu'il modifie les distances, la profondeur, la perspective ? Je sais que je n'ai pas besoin d'énumérer comme je le fais tout ce devant quoi on passe. Je sais que je n'ai pas besoin de te parler comme ça. Je sais que c'est absurde, totalement absurde. Mais je dois t'avouer quelque chose, et cette fois c'est important, d'accord ? Cette fois il faut que tu écoutes. Il faut que tu comprennes.

Je ne suis pas un pêcheur au lancer. Tu te souviens de lui ? De son obstination à recommencer sans arrêt, pour rien ? Eh bien, je ne suis pas un pêcheur au lancer. Et tu te souviens de ce terrier dans la forêt où j'ai failli te suivre ? Eh bien, je me demande pourquoi j'ai fait marche arrière au lieu de continuer, au lieu de laisser le talus s'écrouler sur moi et vider mes poumons de leur air, pour en finir une bonne fois. Mais ç'aurait été injuste, parce que tu ne m'appartiens pas, One Eye. Tu ne m'appartiens pas et j'ai eu tort de te traiter comme si tu m'appartenais. Tu appartiens aux collines qui t'appellent, aux champs et aux fossés inexplorés, aux trous dans la forêt, à la ligne d'horizon, aux blaireaux. Les saisons ne m'appartiennent pas, la mer et le ciel non plus. Tout ce que je possède, c'est la maison de mon père, l'endroit le plus triste de tout notre petit monde. Et la policière reviendra tôt ou tard, les ossements du vieux s'échoueront sur le rivage et seront identifiés ; et même si je changeais, je redeviendrais moi-même. Voilà.

Tu crois que, si je desserrais le frein à main, la voiture nous ramènerait toute seule à la maison rose saumon, à contrecœur mais irrésistiblement, comme j'ai toujours dit qu'elle le ferait ? L'oiseau de la peur vole dans ma cage thoracique, mais sous ses ailes mes organes se putréfient peu à peu. Il y a un rocher moussu pas très loin au large. Un petit îlot où sont rassemblés dix, quinze ou vingt cormorans. Puis la balise d'un casier à homards et une bouteille en plastique qui flotte à côté. Puis une bonbonne bleue avec une mouette perchée dessus. Désolé, je recommence. J'énumère la moindre chose comme si tu ne voyais rien du tout, comme si j'étais l'œil que tu as perdu.

« Vois par toi-même, te dis-je. Regarde. »

J'ai la paume sur le frein à main, mes phares sont dirigés vers l'eau. Et toi tu dois maintenant te détourner du rivage. Tu dois écouter les forêts et les champs.

Il n'y a que toi, One Eye. Il n'y a que toi.

Maintenant écoute. Tu entends ? Les blaireaux t'appellent.

Je ferme les yeux, notre vie est un film, et on défile, on défile, on défile.

La voiture se gare à sa place devant la terrasse, à cheval sur le trottoir ; dans la maison je range les allume-feu, le dégrippant, on ressort faire un tour sur la promenade, et dans la boue au pied du remblai on trouve la taie d'oreiller contenant les ossements, encore sur sa planche de contreplaqué ; je transporte le tout le long de notre allée et, par l'échelle, jusque sous les combles. Je referme à double tour la chambre fermée à double tour, je remets le serpent en place.

Dans la cuisine je pose la poêle avec les saucisses sur le brûleur et, assis à mes pieds, tu attends pendant que je les fais frire. Et comme tu te tiens bien, je te félicite.

« Bon chien, te dis-je. Bon chien. »

ÉPILOGUE

Une minuscule silhouette au bord de la falaise, telle une marionnette du théâtre du grand large.

Il a la tête basse, rentrée dans les épaules. Un sentier de ronces et d'ajoncs piétinés descend à flanc de falaise en ligne droite, depuis l'endroit où sa minuscule silhouette est courbée jusqu'à l'eau. Il baisse les yeux comme s'il attendait que quelque chose réapparaisse en contrebas.

La mer est haute.

Il voit une bonbonne, une bouteille en plastique. Il voit la balise d'un casier à homards osciller au rythme des vagues, lutter contre le poids du bloc de béton qui sert d'ancre. Mais il ne voit pas la flotte de l'école de voile qu'un violent coup de vent vient de disperser. Les bateaux s'efforcent de se regrouper, et il ne les voit pas car ils sont trop petits, trop bleus, trop éparpillés. Il ne voit pas non plus les congres à plusieurs pieds sous la surface. Invisibles, ils grignotent, grignotent, grignotent.

Maintenant il tourne la tête pour regarder les champs. Il fixe les poteaux télégraphiques, les sapins et les haies, comme s'il apprenait l'horizon par cœur, comme s'il écoutait très attentivement.

Un canon effaroucheur d'oiseaux fait feu vers le ciel

dans un roulement de tonnerre. Et tous les corbeaux, les mouettes et les étourneaux, tous les cormorans de l'île aux cormorans s'envolent à tire-d'aile, s'élèvent dans une synchronisation parfaite. Et la minuscule silhouette au bord de la falaise se remet sur ses pattes et s'élance à fond de train.

Il court, il court, il court.

C'est One Eye.

Il est en route.

REMERCIEMENTS

Merci, Thomas Morris : sans tes encouragements étonnants, tes critiques constructives et tes efforts totalement désintéressés, ce livre n'aurait sans doute jamais vu le jour.

Merci, Sarah Davis-Goff et Lisa Coen : votre gentillesse, votre enthousiasme et votre dévouement ont démenti toutes mes préventions contre le monde de l'édition.

Merci, David Baume, de m'avoir pardonné d'embrasser cette carrière absurde, et merci, Mark Beatty, pour tous tes commentaires élégiaques qui éclairent mes journées.

Merci, Deborah Baume : si jamais j'arrive à quelque chose dans la vie, ce sera grâce à toi.

Et, bien sûr, merci à toi, Wink, peu importe d'où tu sors et les ennuis que tu causes : envers et contre tout, je continue à me réjouir que tu aies atterri chez nous.

MIXTE
Papier issu de sources responsables
FSC® C003309

L'éditeur de cet ouvrage s'engage dans une démarche de certification FSC® qui contribue à la préservation des forêts pour les générations futures.

Pour en savoir plus :
www.editis.com/engagement-rse/

10/18 – 92 avenue de France, 75013 PARIS

Imprimé en France par CPI

N° d'impression : 2068833
X07369/01